KB059645

캐릭터 메이커

THE CHARACTER MAKER

캐릭터
*메이커

캐릭터를 만들기 위한 6가지 이론과 워크숍

오쓰카 에이지 지음
선정우 옮김

북바이북

일러두기

1. 『캐릭터 메이커』는 2008년 4월 아스키미디어웍스에서 출간되었다.
   이 책은 2014년 2월 세이카이샤에서 간행된 신서판을 저본으로 삼았다.

2. 본문에 인용된 책 가운데 원서가 아닌 일본어 번역본을 참고한 도서는 다음과 같다.
   — 『게드 전기 1 : 그림자와의 싸움』 어슐러 K. 르 귄 지음, 시미즈 마사코 옮김, 이와나미쇼텐, 1976
      (한국어판 제목 : 『어스시의 마법사』)
   — 『기원의 소설, 소설의 기원』 마르트 로베르 지음, 이와사키 쓰토무·니시나가 요시나리 옮김,
      가와데쇼보신샤, 1975
   — 『꿈과 신화의 세계』 조지프 헨더슨 지음, 가와이 하야오·나니와 히로시 옮김, 신센샤, 1974
   — 『놀이와 현실』 D. W. 위니콧 지음, 하시모토 마사오 옮김, 이와사키학술출판사, 1979
   — 『민담 형태론』 블라디미르 프로프 지음, 기타오카 세이지·후쿠다 미치요 옮김, 하쿠바쇼보, 1983
   — 『민담의 구조』 앨런 던데스 지음, 이케가미 요시히코 외 옮김, 다이슈칸쇼텐, 1980
   — 『스티그마의 사회학』 어빙 고프먼 지음, 이시구로 다케시 옮김, 세리카쇼보, 1987
   — 『신화와 현실』 미르치아 엘리아데 지음, 나카무라 교코 옮김, 세리카쇼보, 1973
   — 『신화의 법칙』 크리스토퍼 보글러 지음, 고모토 미카 옮김, 스토리아츠&사이언스연구소, 2002
      (한국어판 제목 : 『신화, 영웅 그리고 시나리오 쓰기』)
   — 『에로스 논집』 지그문트 프로이트 지음, 나카야마 겐 옮김, 치쿠마쇼보, 1997(한국어판 제목 : 성욕에
      관한 세 편의 에세이)
   — 『이야기론 — 프로프에서 에코까지』 장 미셸 아담 지음, 스에마쓰 히사시·사토 마사토시 옮김,
      하쿠스이샤, 2004
   — 『인간과 상징』 M. L. 폰 프란츠·C. G. 융 외 지음, 가와이 하야오 옮김, 가와데쇼보신샤, 1975
   — 『천의 얼굴을 가진 영웅』 조지프 캠벨 지음, 히라타 다케야스·아사와 유키오 외 옮김, 진분쇼인, 1984
   — 『쿨레쇼프 영화 감독론』 쿨레쇼프 지음, 마가미 기타로 옮김, 에이가효론샤, 1937.

3. 독자의 이해를 돕기 위해 옮긴이의 주가 필요한 부분은 책의 끝에 미주로 보충했다.

4. 일본어 인명 및 지명 표기는 「외래어표기법」(1986년 문교부 교시)에 따랐다.
   단, 우리에게 익숙한 한자어의 경우 가독성을 고려하여 한국어 읽기로 표기했다.

5. 본문에 사용한 부호와 기호의 뜻은 다음과 같다.
   — 단행본 : 『 』
   — 단편소설, 논문, 기사 : 「 」
   — 잡지, 프로그램, 영화, 애니메이션, 게임 : 〈 〉
   — 시리즈물 : ' '
   — 강조와 인용 : ' ', " "

캐릭터는 '디자인'하는 것이 아니다

캐릭터는 어떻게 만들까?

이 책은 캐릭터 작법 매뉴얼이다. 프로 작가가 되고자 하는 사람, 캐릭터 제작과 관련된 직업을 가지고 있는 사람들은 물론 직업과 상관없이 캐릭터에 관심 있는 사람 모두에게 쓸모가 있도록 만들었다. 이론부터 공부하고 싶은 사람은 각 장의 서두부터 읽으면 되고, 이론이 필요 없는 사람은 각 장 말미에 있는 '워크숍' 부분만 읽어도 된다.

'캐릭터'는 만화·게임·애니메이션·소설 등 장르를 불문하고 어디에나 존재한다. '캐릭터'는 '이야기'와 함께 작품의 성패를 결정지을 뿐만 아니라 '작품'을 떠나 캐릭터 상품으로도 소비되고 있으며, 때로는 독자의 '2차 창작'에 이용되기도 한다. 코믹마켓[1]에 모이는 팬들은 일방적으로 상업 작품을 소비하는 것이 아니라, 작품에 등장하는 캐릭터를 가지고 새로운 작품을 만든다. 오늘날 만화나 애니메이션 영역에서 '2차 창작'은 '코스프레'[2]와 함께 일반화된 캐릭터 사용법이다.

언제부터인가 만화나 애니메이션을 '저패니메이션'[3]이나 '콘텐츠 산업'이라 일컬으며 — 그것이 올바르다고는 생각하지 않지만 — 일종의 '국책 산업'이라는 식으로 떠받드는 분위기가 있다. 펀드를 만들어 애니메이션이나 게임을 투자 대상으로 삼는 움직임마저 생겼다.

얼마 전에 가이요도[4]의 식완[5] 시크릿 피규어[6]가 야후 옥션[7] 등에서 비싸게 팔리자 사재기 현상이 발생한 걸 보면, 캐릭터가 투기 대상이 되어버린 것은 아닌가 싶을 정도다. 보통 사람들이 '가이요도'라는 이름을 잘 알고 있다는 것 역시 '캐릭터'를 둘러싼 환경의 변화를 상징한다.

그렇다면 캐릭터는 대체 어떻게 만들어야 할까?

'캐릭터를 만든다'는 표현에 바로 해답의 실마리가 있다.

내 직업은 만화 원작자이다. 만화를 '만드는' 현장에서 활동하면서 최근 들어 '만화가'가 아니라 '캐릭터 디자이너'가 되고 싶다는 사람들을 꽤 자주 만났다. 애니메이션이나 게임 업계에는 캐릭터 디자이너라는 직종이 있다. 사실 내가 운영하는 사무소에도 캐릭터 디자이너가 있다. 내가 쓰는 만화 원작에는 대부분 각본 단계에서 캐릭터 디자인을 첨부한다(《그림 1》). 내가 캐릭터 디자인을 '그림'으로 표현하는 이유는 편집자나 파트너 만화가에게 캐릭터 이미지를 전달할 때 말보다 그림이 더 합리적이기 때문이다. 애니메이션 업계에서 캐릭터 디자인이 직업화된 이유도 여러 애니메이터가 하나의 캐릭터를 만들 때 양식을 통일시킬 필요가 있기 때문이다. 캐릭터 디자인 작업에는 이처럼 공동작업의 의사소통을 유연하게 만드는 역할이 있다.

물론 '캐릭터' 자체를 시각적으로 '디자인'하는 작업도 존재한다. 그러나 애니메이션 제작에서 캐릭터를 시각적으로 디자인하는 것과 애니메이션에 적합하도록 공동작업용으로 다시 디자인하는 것은 다

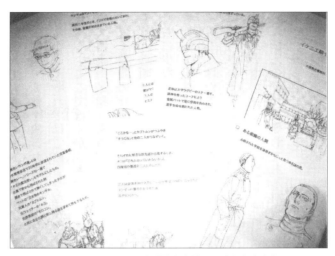

그림 1 오쓰카 에이지 원작 작품의 기획서에 첨부된 캐릭터 디자인

른 공정이다. '원작'의 일부로 첨부하는 캐릭터 디자인은 어디까지나 시안일 뿐, 실제 작품에서는 만화가들이 본인의 작풍에 따라 작업한다. 이처럼 캐릭터 디자인이란 캐릭터를 '그림'으로 구현하는 작업을 의미한다.

그렇다면 나의 원작 작품 『다중인격 탐정 사이코』의 '캐릭터'를 '만든' 사람은 누구일까?

시각적 디자인에 국한하면, 내 사무소의 스태프가 디자인한 것을 다지마 쇼[8]가 본인의 스타일대로 다시 디자인한 것이다. 하지만 다중인격 탐정의 세부 설정을 생각해내고 엉터리 러프 스케치를 스태프에게 넘긴 것은 나다. 이는 〈신세기 에반게리온〉[9]의 아야나미 레이를 '만든' 사람이 안노 히데아키[10] 감독인가, 사다모토 요시유키[11]인가 하는 질문과도 같다. 또 약간 민감한 사례를 들자면 〈우주전함 야마토〉[12]의 캐릭터를 '만든' 사람은 프로듀서인 니시자키 요시노부[13]일까 만화가 마쓰모토 레이지[14]일까, 라는 질문도 되겠다.

〈우주전함 야마토〉의 경우, 마쓰모토 레이지 이전에 사이토 다카오[15]를 기용하고자 검토한 적이 있어서 사이토의 캐릭터를 모사한 기획서가 만들어졌던 것을 마니아들은 다 알고 있었다. 나는 다른 만화가가 파일럿판 비슷한 것을 중간까지 그린 미발표 원고를 직접 보기도 했다. 게다가 히지리 유키[16]판 『야마토』도 잡지에 연재된 적이 있다. 즉 일이 다르게 흘러갔더라면 〈우주전함 야마토〉의 '캐릭터 디자인'은 마쓰모토 레이지가 아닌 다른 만화가의 것이 될 수도 있었다는 말이다.

캐릭터 디자인 작업이나 그와 관련되어 있는 사람들의 업무를 부정하려는 것은 아니다. 만화·애니메이션·게임 제작이 분업화되고 동일한 '원작'이 다양한 영역을 넘나들며 사용되는 이상, 직업으로서는 앞으로 더욱 중요해질 거라 생각한다.

하지만 캐릭터의 시각적 디자인은 어디까지나 '캐릭터를 만드는' 작업의 일부분을 구성하고 있을 뿐이라는 사실을 잊어서는 안 된다. 만화·애니메이션·게임 현장에서는 상식이지만, 캐릭터 디자이너 지망생 가운데는 '캐릭터를 만드는 것'을 '캐릭터 그림을 그리는 것'으로 생각하는 사람이 적지 않다. 만화가 지망생들도 마찬가지다. 만화를 그리기 위해 필사적으로 캐릭터를 '디자인'하는 모습을 자주 보게 되는데, 주로 헤어스타일이나 복장 등 외견상의 특징으로 '개성'을 만들어내려는 고민만 거듭한다. '창작' 동인지를 보더라도 캐릭터 디자인을 하느라 지쳐버려서 본편은 그리지도 못하고 일러스트집만 냈다는 경우가 꽤 있지 않은가.

따라서 이 책에서는 캐릭터란 '디자인하는 것'이 아니라 '만드는 것'이라고 정의하는 것에서부터 출발하고자 한다. 캐릭터를 '디자인'하는 것은 캐릭터를 '만드는' 것의 일부분을 구성하고 있지만, 전부는 아니다. 디자인한다, 즉 시각적 차원에서만 새로운 것을 만들어내려고 해봤자 캐릭터를 '만들 수는 없다'. 캐릭터를 시각적으로 디자인하는 것은 캐릭터를 타인과 공유하기 위한 공정일 뿐 새로운 것을 '만들어내는' 과정은 아니다.

캐릭터에 관한 두 가지 결론

'캐릭터를 만든다'는 것은 무슨 뜻일까. 어떻게 만들면 좋을까.

결론은 대략 두 가지로 정리된다.

첫째, 캐릭터란 이야기와 뗄 수 없는 관계에 있다는 사실이다.

요즘 만화 평론을 보면, 이제는 캐릭터가 데즈카 오사무[17]적인 스토리로부터 자유로워졌다고 주장하기도 한다. 동인지나 캐릭터 상품을 통해 캐릭터가 단독으로 소비되는 경우도 분명 있다. 하지만 만화, 애니메이션, 그리고 대부분의 캐릭터가('하쓰네 미쿠'[18]와 같은 예외가 있기는 하지만) 이야기 형식의 콘텐츠로 출시된다는 사실엔 변함이 없다.

이 책은 '이야기론', 즉 이야기에는 일정한 문법이나 형식이 있다는 입장을 바탕으로 이야기에서의 역할을 고려하여 캐릭터를 '만드는' 방법을 제안한다. 이론만 가지고 창작이 가능하겠냐는 반발도 있 겠지만, 이야기 창작에 이론을 응용하는 것은 충분히 '실용화'되어 있다. 창작적 재능이 별로 없는 내가 만화 업계에서 나름대로 살아올 수 있었던 것도 대학 시절 접했던 이야기론을 응용한 덕분이다. 이야 기론을 실제 창작에 응용하는 것은 조지 루카스[19]의 〈스타 워즈〉 이 후, (찬반양론은 있으나) 할리우드에서도 그리 드물지 않은 방법이다.

둘째, '캐릭터를 만든다'는 것의 근저에 '나를 표현한다'는 문제가 숨 어 있다는 사실이다. '사소설私小說[20]'에서 '나에 관해 쓰는 것'과 만화·게임의 '캐릭터를 만드는 것' 사이에 본질적인 차이는 없다. 그렇다 고 해서 어설픈 자기표현 따위를 긍정한다는 의미는 아니다. 우리들 이 만드는 캐릭터가 '상품'이라는 사실은 부정할 수 없다. 하지만 상 품성을 확실하게 담보하면서도 캐릭터의 오리지널리티나 개성을 결 정짓는 것은 결국 제작자인 '나'이다.

이미 있는 캐릭터를 눈에 띄게 차용한 만화·게임 가운데 매력적인 것이 있다면 거기에 어떤 형태로든 제작자의 '나'가 반영되어 있기 때문이다. 다만 중요한 것은 '사소설'의 '나'와 만화·게임의 '캐릭터' 는 출력할 때 재단하는 법이 다르다는 사실이다. 이 책에서는 그 '재 단법'을 매뉴얼로 익힐 수 있도록 했다.

위의 두 가지를 전제로 하여 각 장마다 이론을 익히고 워크숍을 통해 직접 연습할 수 있도록 구성했다. 즉 이 책을 '캐릭터 제작 매뉴 얼'로 사용하면 자동으로 캐릭터를 제작할 수 있게 된다. 6개의 워크 숍을 직접 해본다면 쓸 만한 캐릭터을 만드는 기초 능력을 갖추게 될 가능성이 높다.

　이 책은 만화 창작 수업 가운데 캐릭터 제작에 관한 강의를 정리한
것이다. 각 워크숍에 수록한 작례들은 당시 학생들이 제출했던 것을
바탕으로 했다. 그 작품들을 제출한 학생들은 만화·애니메이션을 전
공하는 학생들이었는데, 대부분이 백지에 가까운 상태로 입학했지만
(만화 한 장도 그려본 적이 없는 학생이 대부분이었다) 수업을 시작한 지 반 년
정도 되었을 때에는 어느 정도 캐릭터를 만들어낼 수 있었다. 그림은
내가 운영하는 사무소의 스태프가 클린업(정리해서 완성시킴)했지만 캐
릭터 설정 및 디자인 세부사항은 학생이 창작한 그대로다. 또한 코멘
트를 달기 편한 것으로 골랐을 뿐 우수한 결과물만 모은 것은 아니다.
오히려 잘 만든 작품은 걸작이 될 가능성이 농후하므로 본인이 직접
만화나 애니메이션으로 만들기를 기대하며 제외한 경우도 많았다.

캐릭터에는 제작자의 고유성이 가득하다

매뉴얼만으로 캐릭터를 반쯤은 자동으로 만들 수 있다는 주장에 대
해 황당하다거나 짜증내는 사람들도 있을 것이다. 하지만 나는 '이야
기의 구조'라던가 매뉴얼화한 워크숍 등 제작자의 '고유성'을 박탈하
는 것처럼 보이는 방법을 통할 때 오히려 제작자의 '고유성'이 구체
적으로 드러난다고 생각한다.

　문단이나 미술계 인사 중에서 '자기표현'으로서의 문학이나 예술
을 하고 싶다면서도 실제로는 아무것도 하지 않는 사람을 많이 봐왔
다. 이런 식으로 말을 하니까 사람들이 나를 싫어하는 것이겠지만,

그들이 지극히 공허한 '나'를 '존재한다'고 우기는 것에 비하면 만화·애니메이션의 '캐릭터'에는 오히려 제작자의 풍부한 '고유성'이 넘쳐난다고 본다.

나는 제작자, 혹은 인간 자체의 고유성을 상당히 믿는 편이다. 그렇기 때문에 역설적으로 캐릭터의 '속성' 같은 건 주사위 눈으로 결정해버리라고까지 태연하게 말할 수 있다. 반복하건대, 주사위 눈을 통해 캐릭터를 만든다고 하더라도 제작자의 '나'에 뿌리내린 표현은 충분히 가능하며, 이 책을 통해 그 사실을 확인하고자 한다.

그럼 이제 본격적인 강의로 들어가보자.

차례

서문 **캐릭터는 '디자인'하는 것이 아니다**

캐릭터는 어떻게 만들까? 05 | 캐릭터에 관한 두 가지 결론 09 | 캐릭터에는 제작자의 고
유성이 가득하다 11

1강 **아바타식 캐릭터 입문**

감정이입 대상으로서의 아바타 17 | 주인공의 내면 역시 아바타다 20 | 캐릭터는 파트의
조합인가? 23 | 만화 기호설의 기원 25 | 러시아 구성주의와 디즈니의 캐릭터 서식 28 |
캐릭터에는 모던과 포스트모던이 공존한다 32 | 캐릭터는 '속성'의 조합이다 34 |
〈워크숍 1〉 주사위를 이용해 캐릭터를 만들어보자. 37

2강 **'라이너스의 담요'로서의 캐릭터**

새로운 단어와 미디어, 그리고 '나' 47 | 언문일치 속에서 '캐릭터'가 나타난다 50 | '사소
설'은 곧 '캐릭터 소설'이다 51 | 허구의 '나'를 만드는 법 52 | 가족 로망스가 사람을 작가
답게 만든다 55 | '이행 대상'으로서의 캐릭터 61 | 미야자키 하야오 애니메이션 캐릭터의
매력 65 | 우바카와와 모빌슈트 67
〈워크숍 2〉 '토토로'나 '라이너스의 담요' 같은 이행 대상 캐릭터를 만들어보자 72

3강 **데즈카 오사무는 왜 주제를 캐릭터의 속성으로 삼는가**

데즈카 오사무가 사용한 단어의 출처 79 | 캐릭터와 리얼리즘의 상극 83 | 『쇼짱의 모험』
을 향한 시선 88 | 또 하나의 현실 속에 살아 있는 신체 91 | 아톰의 명제 92 | '신체'를 둘
러싼 모순 96
〈워크숍 3〉 '아톰의 명제'를 속성으로 한 캐릭터를 만들어보자. 98

4강 이야기와 캐릭터의 관계

이야기와 캐릭터는 분리할 수 없다 109 | 야나기타 구니오의 캐릭터론 110 | 잃어버린 자신의 일부를 찾다 113 | 민담의 최소 단위 117 | 이야기는 '균형'을 향해 진행된다 120 | 성흔을 가진 주인공들의 숙명 121 | '표식'과 '나라는 사실' 124

〈워크숍 4〉 랜덤 메이커로 '성흔'이 새겨진 주인공을 만들어보자 128

5강 주인공을 모험에 나서게 하는 몇 가지 방법

주인공은 스스로 움직이지 않는다 141 | 탐색자형 주인공과 피해자형 주인공 144 | 통과의례의 기본 프로세스 147 | 디즈니랜드와 '상징적인 죽음' 150 | 왜 영웅은 출발을 주저하는가? 151 | 마법 아이템을 주는 자 154 | 세계의 '이쪽 편'에서 '건너편'으로 156 | 이야기론은 창작에 응용할 수 있다 158 | 할리우드 영화의 각본 매뉴얼 164

〈워크숍 5〉 여행을 떠나기 싫어하는 주인공과 주인공을 출발시키는 캐릭터를 만들어보자 170

6강 자신의 그림자와의 싸움

'적'의 부재 혹은 오해 179 | 반대 방향으로 자아실현을 이끄는 자 183 | 다스 베이더는 루크의 적인가? 185 | 현실의 〈스타 워즈〉화 188 | '그림자'는 쓰러뜨리는 대상이 아니다 190 | 오직 '그림자'만 존재하는 이야기 196

〈워크숍 6〉 나의 그림자를 만들어보자 198

보강 캐릭터는 '전략'이 될 수 있을까? 203

지자 후기 221

역자 해설 224

주석 240

찾아보기 264

1강
아바타식 캐릭터 입문

감정이입 대상으로서의 아바타

캐릭터란 무엇인가. 이에 대한 정의에 앞서 우선 실마리로 삼고 싶은 것이 '아바타'라는 개념이다. 아바타라고 하면 〈세컨드 라이프〉[1]나 SNS(소셜 네트워크 서비스), 인터넷 게임에서 본인을 대신해주는 캐릭터를 연상할 것이다. 그런데 아바타는 할리우드 영화에서 캐릭터 유형을 설명할 때에도 사용하는 개념이다. 이 경우 아바타는 관객이 감정이입을 하게 되는 캐릭터를 가리키는데, 주인공에만 해당되는 것은 아니다. 소설이나 만화 작품에 대해 편집자가 조언할 때 "주인공에게 감정이입할 수가 없다"는 식으로 말을 하곤 하는데, 실제로 독자가 반드시 주인공에게만 감정이입을 하는 것은 아니다. '독자가 주인공에 감정이입하는 것이 당연하다'는 건 매우 일본적인 생각이다.

할리우드 영화나 미국 드라마에서는 일반적으로 주인공에게 감정이입을 하게 하기보다는 주인공 옆에 감정이입하기 쉬운 캐릭터를 배치한다. 예를 들어 드라마 〈X 파일〉에서도 시청자는 UFO를 믿는 별종 FBI 수사관 멀더에게 감정이입을 하는 게 아니라, 상식을 갖춘 파트너 여성 수사관 스컬리의 시선을 통해 주인공 멀더를 바라본다. 〈X 파일〉은 UFO를 필두로 인체발화, UMA(미확인동물)까지 수많은 종류의 오컬트 사건을 등장시키기 때문에 보통 시청자들이 '이건 좀 심한 거 아냐? 이건 좀 말이 안 되지 않아?'라고 생각할 만한 작품이지만, 스컬리라는 파트너가 시청자보다 먼저 멀더의 행동을 회의적인 시선으로 바라본다. 그렇게 스컬리의 상식적인 판단이나 사고를 보여줌으로 인해서 시청자는 UFO 같이(영화나 드라마에서 수백, 수천 번 사용되었을) 뻔하디 뻔한 소재와 그것을 믿는 주인공 멀더를 받아들이게 되는 것이다. 이처럼 시청자나 관객 대신 작품 세계의 주민이 되어 주인공을 이해시키는 등장인물을 할리우드 영화에서는 '버디 buddy' 혹은 '아바타'라고 한다. 내 작품을 예로 들자면『다중인격 탐정 사이코』에서 주인공 아마미야 가즈히코를 바라보는 사사야마 도오루가 버디, 아바타이다. 가상현실 속에서 자기를 대신해주는 캐릭터를 아바타라고 부르는 것은 이런 맥락에 가까울 것이다.

아바타의 어원은 산스크리트어 아바타라avataara로서, 이것을 영어로 표기한 것이 아바타avatar라는 사실은 잘 알려져 있다. 아바타는 힌두교에서 불사의 존재, 지고의 존재가 현세에 나타날 때 취하는 화신化身을 의미한다. 예를 들어 힌두교에서는 싯다르타가 붓다의 아바타라로서 이 세상에 나타났다고 이해한다. 신이라는 초월적 존재가 다른 세상에 있고, 이 세상에 나타날 때의 모습, 즉 화신이 아바타이다. 그것을 요즘에는 인터넷의 이쪽 편과 저쪽 편으로 비유하곤 한다.

인터넷 용어로서 아바타를 최초로 사용한 것은 루카스필름이 1985년에 개발한 〈루카스필름즈 해비태트〉(이하 '해비태트')[2]라는 비주얼 채팅 서비스였다. 일본에서는 1990년부터 후지쓰가 PC통신 서비스 니프티서브NIFTY-Serve[3]에서 제공했던 가상 도시의 주민이 되는 서비스에서 처음 사용되었다. 이는 〈세컨드 라이프〉의 원형이 되었다고 할 수 있다. 니프티서브 이용자는 가상현실에서 아바타라는 '움직이는 인형'이 되어 여러 가지 행동을 했다.

> 아바타는 걸으며 물건을 줍거나 버리기도 하고, 장치를 조작하기도 하고, 서로 표정과 몸짓을 섞어 이야기하기도 하는 등 전부 플레이어의 뜻대로 움직인다. 조작은 조이스틱, 말하는 것은 키보드를 통한 입력 방식이다. 각각의 대사는 아바타 위에 말풍선으로 나타난다.
>
> (Chip Morningstar and F. Randall Farmer, 「The Lessons of Lucasfilm's Habitat」, in: Michael Benedikt (ed.), Cyberspace. First Steps, MIT Press, 1990)
>
> http://homepage3.nifty.com/~tezuka-k/Habingo/LucasHabi.html

해비태트 개발자의 논문에서 인용한 말로서, 현재 인터넷상에서 통용되는 아바타의 개념이 이 시점에 거의 완성되었다고 보아도 무방하다. 할리우드 영화에 아바타라는 단어가 언제 도입되었는지는 잘 모르겠다. 어쨌든 인터넷이나 영화에서 사용하는 아바타라는 용어에는 공통적으로 이쪽에 속한 사람이 또 다른 세계에서 살아가는 '화신'이라는 개념이 담겨 있다.

캐릭터의 관점에서 볼 때, 할리우드 영화에 쓰이는 아바타 개념의 흥미로운 부분은 '고스트 아바타'에서 특히 두드러진다. 할리우드 영화에서도 관객을 대신하여 주인공을 바라보는 아바타(버디) 캐릭터가 등장하지 않는 경우가 간혹 있다. 주인공이 중얼거리며 자문자답을 하거나 독백 형식의 내레이션이 많이 나오는 경우에는 버디 역할이 필요 없다. 주인공을 옆에서 지켜보는 게 버디(아바타)의 역할이므로 독백을 통해 자문자답하는 주인공은 주인공과 버디 역할을 겸하는 셈이다. 이처럼 아바타가 버디로 캐릭터화되어 등장하지 않는 자문자답형 시나리오일 경우, 이를 '고스트 아바타'라고 부르는 듯하다.

여기서 흥미로운 사실 하나를 발견할 수 있다. 주인공 '나'를 바라보는 '나' 역시도 아바타라면, 일본 근대소설에서 중점적으로 다루었던 '내면' 또한 할리우드 영화의 '고스트 아바타'라고 할 수 있다. 그렇다면 근대소설의 한 형식인 사소설은 고스트 아바타 형식을 차용한 소설이 된다. 독자가 주인공에게 직접 감정이입해야 한다는 발상이 '일본적'이라고 말한 것은 바로 이러한 이유 때문이다.

주인공의 내면 역시 아바타다

일본의 근대소설은 1인칭 서술 형식을 채택했는지 여부와는 관계없이, '나'란 존재를 '나'의 시선으로 관찰하는 형식을 약간은 과도할 정도로 사용해왔다. 인간존재 및 자연현상뿐 아니라 습관이나 역사마저도 자연과학적 시선으로 기술하는 자연주의 소설 역시 일본에서는 오로지 '나'의 '내면'에만 집중하는 방향으로 발전했다. 메이지 시대[4]의 일본 자연주의파 문학 서클 류도회龍土會의 중심인물이기도 했던 민속학자 야나기타 구니오[5]는 이를 두고 '카메라 찍는 법을 막 배운 사람이 자신이나 가족들만 찍는 것과 같다'고 비판했다.

지금도 일본인들은 소설이나 문학이라고 하면 자신의 마음속을 관찰하여 독백 형식으로 드러내는 것이라고 믿는 경향이 있다. 주인공에게 감정이입해야 한다는 믿음은 일본의 소설을 비롯한 문학 표현 양식이 사소설적 구조에 익숙해졌다는 것과 관련이 있다. 다시 말해 '고스트 아바타'라는 보이지 않는 아바타, 혹은 존재하지 않는 버디를 통해 주인공을 이해하는 것에 길들어서 독자가 주인공에게 직접 감정이입하는 것으로 생각하곤 한다.

만화에서도 1970년대 초반, 하기오 모토[6]나 오시마 유미코[7] 등 소위 '24년조'가 1인칭 시점의 독백을 채택한 이후, 소녀만화는 고스트 아바타 형식의 표현으로 진화되어 왔다. 말풍선 바깥에 주인공의 '내면'을 서술한 텍스트를 배치하는 것이 소녀만화의 기본 형식(《그림 1》)이다. 이 1인칭 서술을 통해 독자는 주인공에게 과도하게 감정이입하게 된다.

이처럼 주인공 캐릭터의 내면까지도 아바타로 여기는 사고방식은 그 어원인 아바타라에 가까운 것일 수도 있다. 힌두교권에서는 자기가 '마하 아바타라'라는 10가지 화신 중 하나라고 주장하는 사람이 종종 있다. 그 사람들은 현세의 자신 안에 '아바타라'라는 신격神格이 들어 있다고 주장하는데, 이는 아바타를 현세의 '외견'과 '내면'이 결합된 거라고 보는 시각이다.

그림 1 「로지온 로마노비치 라스콜리니코프」(오시마 유미코 지음, 아사히소노라마, 1976)

캐릭터는 파트의 조합인가?

다시 아바타 이야기로 돌아가보자. 예를 들어 〈세컨드 라이프〉를 시작하려면 아바타가 필요한데, 대부분의 이용자는 아바타를 직접 만든다. 하지만 아바타를 만드는 과정은 미리 만들어진 체형, 헤어스타일 및 색깔, 눈·코·입의 모양, 피부색, 옷, 신발, 안경 등의 아이템을 고르는 식으로 되어 있다.

이처럼 아바타의 모습은 여러 파트의 조합으로 이루어진다. 닌텐도 위Wii[8]의 광고를 보면 아카시야 산마[9]를 닮은 남자를 게임기로 그리는 장면이 나오는데, 그 바탕에는 다양하게 만들어놓은 눈, 코, 입 등을 조합해 얼굴을 구성한 후 인물을 만든다는 개념이 깔려 있다. 즉 미리 준비된 파트를 조합함으로써 실제 존재하는 인간의 얼굴을 만들어낸다. 이처럼 아바타라는 개념에는 힌두교적인 '화신', 근대소설적인 '내면'과 더불어 '파트를 자유자재로 조합해서 만든 캐릭터'라는 의미가 덧붙여져 있다.

이런 방식은 웹에서 사용되는 아바타뿐만 아니라 게임이나 애니메이션 캐릭터를 제작하는 데 있어서도 일반화된 듯하다. 아즈마 히로키[10]는 애니메이션 〈디지캐럿〉의 주인공인 데지코라는 캐릭터가 모에[11] 계열 만화의 여러 파트의 조합에 불과하다고 지적했다(『동물화하는 포스트모던』, 문학동네, 2007). 캐릭터의 부분들이 패턴화되어 있기에 캐릭터를 속성별로 검색할 수 있는 엔진이 등장할 수 있었던 것이다. 그러나 이러한 캐릭터 조합설은 인터넷 등장 이후 제기된 포스트모던적인 것이 아니라, 1920년대 문화적 배경에서 유래한 전형적인 모더니즘에 기반하고 있다는 사실을 알아야 한다. 따라서 만화에서 캐릭터 조합설이 어떤 역사적 배경을 갖고 있는지 살펴볼 필요가 있다.

만화에서 캐릭터 조합설을 주장한 사람은 데즈카 오사무이다. 데즈카는 1979년 만화 전문지 〈파후〉와의 인터뷰에서 이렇게 말했다.

> 예를 들어, 내가 그리는 여자가 무기질하다느니, 섹시하지 않다느니, 마네킹 같다느니 하는 소리를 듣곤 하는데, 난 아무래도 스스로 그림을 그리려는 생각이 별로 없는 것 같아요. 애초에 그림을 그리는 게 내 본업도 아니고요. 데생 같은 걸 해본 적도 없고, 완전히 독학으로 터득한 그림이에요. 말하자면 표현의 수단이랄까, 내가 만들고 싶은 스토리를 위한 도구로서 그림 비슷한 것을 그리고 있을 뿐이에요. 나는 그걸 딱히 그림으로 여기지 않는 것 같다는 생각이 요즘 들어요.
>
> 이를 테면 **상형문자** 같은 거죠. 내 그림은 깜짝 놀라면 눈동자가 동그랗게 되고, 화를 내면 반드시 히게오야지[12]처럼 눈 주위에 주름이 잡히고, 가끔은 얼굴이 튀어나오기도 하거든요.(웃음)
>
> 그런 식의 **패턴**이 있어요. 일종의 **기호**라고 할까요. 그래서 **이런저런 패턴들을 조합하면** 하나의 그림 비슷한 게 만들어지는 거죠. 그런 식으로 패턴이 조합된 게 내 머릿속에 수백 개가 있어요. 그건 순수한 회화가 아니라 완전히 생략된 일종의 기호예요.
>
> (중략)
>
> 캐릭터도 마찬가지예요. 내 작품에는 여러 캐릭터가 등장하는데요, 전부 패턴화되어 있어요. 나쁜 캐릭터, 키가 크고 마른 캐릭터, 눈이 큰

캐릭터, 미인이든 미남이든 얼굴은 전부 똑같아요. 헤어스타일만 다를
뿐…. 헤어스타일도 잘 보면 다른 캐릭터에서 가져온 경우도 많아요.
내게 있어 캐릭터란 일종의 단어예요. [굵은 글씨는 저자 강조]

(「데즈카 오사무 인터뷰 : 커피와 홍차로 심야까지…」, 〈파후〉 1979년 10월호,

가즈키 지세코 기획·구성, 세이스이샤)

만화 기호설의 기원

데즈카 오사무는 자신의 만화에서 '그림'은 대상을 리얼리즘적으로
묘사한 것이 아니라, 캐릭터를 구성하는 요소들을 조합한 것이라고
말했다. 즉 다양한 패턴이 조합된 '상형문자'처럼 '완전히 생략된 일
종의 기호'라고 단언했다. 이러한 데즈카 오사무의 입장은 이후 만화
연구에 큰 영향을 미쳐 만화 그림을 구성하는 기호들을 해석하는 연
구의 한 흐름이 형성되었는데, 이를 만화 기호설이라고 한다.

데즈카는 몇 권의 만화 입문서에서 만화 기호설을 주장해왔다.〈그
림 2, 3, 4〉는 데즈카 오사무의 만화 입문서 중 하나인『데즈카 오사
무의 만화 대학― 응용편』에 실린 그림이다. 그는 캐릭터의 구성 요
소뿐만 아니라 만화가의 '화풍'조차도 신장, 체형(〈그림 2〉), 펜터치(〈그림
3〉), 사실감 정도(〈그림 4〉)로 나눌 수 있다고 주장한다.〈그림 5〉를
보면『게게게의 기타로』(미즈키 시게루[13] 지음)의 캐릭터인 네즈미오토
코를 '3-B-ㄴ-b' 구성 요소로 나눴는데, 신장이 '3', 체형이 'B', 펜터
치가 'ㄴ', 사실감 정도가 'b'라는 의미이다. 이처럼 만화가의 오리지
널리티를 나타내는 화풍조차도 '패턴의 조합'으로 설명한다.

키가 큰가 작은가

얼굴과 몸의 균형

사람의 키는 확실한 특징이 된다.
스토리 만화의 인물은 큰 키로,
코믹 만화의 인물은 작은 키로 그리는 게 좋다.

그림 2 신장과 체형
「데즈카 오사무의 만화 대학」, 〈소년 북〉 1968년
1·2월호 별책부록

그림 3 펜터치(같은 책)

캐릭터를 여러 구성 요소로 나눈다는 데즈카 오사무의 생각은 새
로운 것이 아니라 2차 세계대전 이전의 만화 표현을 계승한 것이었다.
이러한 조합설의 기원은 다이쇼大正 시대[14]로 거슬러 올라간다. 〈그림
6〉은 다이쇼 시대에 출간된 다나카 하쓰지의 『만화 그리는 법』 중 한
페이지인데, 이 책은 다이쇼 후기에서 쇼와 초기에 간행된 만화 입문
서 가운데 선구적 저작으로 꼽힌다.

따라서 술집의 여급을 그릴 때에는 못생겼더라도 남자를 홀릴 듯한
색채를 사용할 필요가 있다. 즉 다홍색이나 보라색, 빨강이나 노랑을

그림 4 사실감 정도(같은 책)　　　　　　　　그림 5 패턴의 조합(같은 책)

써서, 충분히 화려하고 밝은, 세상을 버리고 부모를 버리고 사랑이 깨지고 자포자기한 분위기를 나타내야 한다. 즉 (ㄱ) 부분을 검게 칠하고, (ㄴ) 부분을 하얗게 하고, (ㄷ) 부분, 즉 입은 여급의 얼굴 중에서 가장 중요한 부위로써 캐릭터의 특징을 입 하나로 표현할 수 있으므로, 매우 유혹적으로 보이기 위해 진홍색을 칠하고, (ㄹ) 부분인 코는 지극히 우습게 그릴 필요가 있다.

(『만화 그리는 법』, 다나카 하쓰지 지음, 추오출판사, 1920)

이처럼 다나카 하쓰지는 여급의 얼굴을 구성하는 요소들을 나눌 수

그림 6 여급의 얼굴 (『만화 그리는 법』)

있다고 주장한 셈이다. 그의 그림은 '약화식略画式'이라고 불리는 호쿠사이北斎 만화의 기초가 되기도 한 '전통' 작풍의 연장선상에 있다. 그림을 구성 요소로 나누어 매뉴얼화하는 방식은 일본의 근세부터 근대 초반에 걸쳐 '약화'라는 명칭으로 정형화되었다. 특히 에도江戸 시대[15]의 만화와 근대 만화를 잇는 다리가 되는 메이지名治 시기 '약화'에 대해서는 좀 더 깊이 연구할 필요가 있다. 다나카 하쓰지의 입문서가 흥미로운 이유는 근대 이전의 형식성과 다이쇼 후기에 유입된 러시아 아방가르드로 대표되는 전위미술이 만나는 위치에 존재하기 때문이다.

러시아 구성주의와 디즈니의 캐릭터 서식

러시아 아방가르드 중에서도 일본의 젊은 미술가들에게 영향을 끼친 것은 구성주의였다. 아주 단순하게 말하자면, 구성주의는 표현하고자 하는 대상을 최소 단위로 나누는데, 그 최소 단위만으로는 아무 의미도 없다는 입장이다. '사람의 얼굴'을 구성하는 요소는 눈, 코, 입 등인데, 그것을 그리는 방식은 동그라미, 사각형, 삼각형 혹은 살짝 변형된 단순한 기하학적 도형에 불과하다. 닌텐도 위의 게임 소프트웨어 광고에서 아카시야 산마 얼굴을 동그라미, 사각형, 삼각형의 조합으로 만들었던 것을 떠올려보자. 구성주의는 최소 단위인 기호의 조합으로 대상을 만든다는 사고방식을 갖고 있었다. 이는 그림을 그래픽 디자인으로 여기는 배경이기도 한데, 미술 시간에 동그라미와 삼각형을 조합하여 색칠하는 것을 '구성'이라고 부르는 이유도 바로 그 때문이다.

만화 캐릭터 표현에 있어 '구성'이란 개념은 다이쇼 후기에 유입되었고, 쇼와 초반에는 디즈니를 필두로 한 할리우드산 애니메이션 형식도 도입되었다. 이 시기의 할리우드 애니메이션은 파트(구성 요소)를 조합해 캐릭터를 그리는 형식을 확립시켰다. 이는 여러 스태프가 같은 캐릭터를 대량으로, 그리고 효율적으로 그리기 위해 만든 방식이었다.

〈그림 7〉을 보면 알 수 있듯이, 디즈니의 초기 캐릭터인 토끼 오스왈드, 오토 메스머의 펠릭스, 미키 마우스는 눈, 코, 이마 라인 등은 같지만, 크기 및 배열 방식(예를 들어 좌우 눈동자 사이의 거리)과 귀의 모양이 다르다. 즉 구성 요소를 다르게 조합함으로써 각 캐릭터의 고유성이 만들어졌다. 이 캐릭터들은 마치 웹에서 아바타를 만드는 것처럼 만들어졌다. 이런 방식은 1920년대 애니메이션 산업의 여명기에

그림 7 오스왈드, 펠릭스, 미키 마우스
(『미키 마우스 화집』, 크레이그 요·자넷 모라 요 엮음,
다케우치 카즈요 외 옮김, 고단샤, 1999)

공유하고 있던 것이다. 이러한 방식으로 쥐를 그리면 전부 미키 마우스가 된다. 디즈니 이전에 이미 미키 마우스 캐릭터가 존재했다는 것은 바로 그런 이유에서이다.

　데즈카 오사무의 만화 기호설에 나타나는 아바타적 캐릭터관은 1920년대 미국 자본주의 예술의 상징이라 할 수 있는 할리우드 애니메이션과 1920년대 러시아혁명 직후에 성립된 러시아 구성주의가 쇼와 초기에 만나면서 만들어졌다고 할 수 있다. 이것이 캐릭터를 파트의 조합으로 보는 사고방식이 포스트모던적이 아니라 모더니즘적이라고 하는 이유이다.

그림 8　노라쿠로
(『노라쿠로 상등병』, 다가와 스이호 지
음, 고단샤, 1932)

그림 9　미국 애니메이션의 개 캐릭터
(《The Police Dog on the wire》, C.T.
앤더슨, 1914)

　　러시아 구성주의와 디즈니적 캐릭터 작법은 다이쇼 말기, 무라야
마 도모요시[16] 등이 주도한 전위미술 운동 잡지 〈마보〉에도 참가한
다카미자와 미치나오[17]에 의해 〈그림 8〉과 같은 캐릭터로 구체화된
다. 〈그림 9〉를 보면 '노라쿠로[18]'가 등장하기 이전에 그와 비슷한 개
캐릭터가 미국 애니메이션에 있었다는 사실을 알 수 있다. 이는 캐릭
터의 차용이라기보다 동일한 캐릭터 구성법으로 개를 그렸더니 똑같
은 결과가 나왔다고 보는 편이 맞을 것이다. 다카미자와 미치나오는
쇼와 초반에 다가와 스이호라는 필명으로 만화 분야로 옮겨갔는데,
그것은 전위미술에서 대중 미디어로 변절했다기보다는 구성주의와
미국산 애니메이션의 방식을 통합한 결과 '만화'에 도달했다고 보아
야 한다.

캐릭터 조합설에 대해 한 가지만 더 보충하자면, 캐릭터를 구성 요소로 나눈다는 개념은 1970년대 미국에서 생긴 TRPG(Tabletalk Role Playing Game)에서도 기원을 찾을 수 있다. TRPG 플레이어는 스스로 연기할 캐릭터의 외양은 물론 출신이나 수치화된 능력 등을 주사위를 던지거나 임의로 정해나간다. 컴퓨터 RPG에서 맨 처음 캐릭터를 만들게끔 되어 있는 것도 바로 TRPG에서 유래한 것이다. 아바타란 개념을 처음 웹에 도입한 〈해비태트〉의 개발자는 이렇게 말한 바 있다.

> 〈해비태트〉를 만들게 된 계기는 컴퓨터 해커 SF소설인 『진정한 이름들True Names』(1, 버너빈지Vernor Vinge 지음)이었다. **물론, 어린 시절의 역할 놀이나 최근의 롤플레잉게임, 그밖의 경험들도 있다.** 거기에 약간의 멍청함과 사이버펑크(2, 3)와 객체 지향 프로그래밍(4)의 맛을 추가했다. [굵은 글씨는 저자 강조]
>
> (「The Lessons of Lucasfilm's Habitat」)

TRPG의 캐릭터 메이킹이 아바타를 만드는 법에 영향을 미쳤다고까지는 할 순 없겠지만, 그 둘의 기반은 유사하다고 봐도 무방하다.

캐릭터에는 모던과 포스트모던이 공존한다

아바타라는 웹에서의 캐릭터 개념을 통해 캐릭터의 흥미로운 두 가지 요소를 발견할 수 있다.

첫째, 아바타는 가상세계에서 '나'의 '화신'이므로 나 자신을 바라보는 시점, 즉 '나'나 '내면'이라는 근대적 개인과 한 묶음이라는 의미이기도 하다.

둘째, 아바타를 일정한 단위로 나눌 수 있다는 생각은 웹 이후에 성립된 포스트모던적인 것이 아니라 1920년대 아방가르드 예술에 존재하던 모더니즘적 사고에서 유래한 것이라는 점이다.

첫 번째 아바타관은 '나'라는 존재의 고유성이라는 문제와 연결된다. 두 번째 문제는 캐릭터는 그것을 구성하는 단순한 요소로 환원시킬 수 있고, 각각의 캐릭터는 요소들의 조합에 불과하다는 사고에 기반하고 있다. 이 두 가지 문제는 '과연 인간에게 고유성이란 있는가'라는 질문을 낳는다. 즉 캐릭터를 '나'라는 고유성을 반영하는 것으로 본다면 근대적 의미에서 창작의 근거가 되는 오리지널리티가 있다는 뜻이고, 반대로 어떤 요소들의 조합일 뿐이라면 오리지널리티는 존재하지 않는다는 창작론에 도달하게 된다. 이처럼 캐릭터에는 인간의 주체성을 둘러싼 모던과 포스트모던 사상이 공존하는 것처럼 보인다.

단순하게 말하자면 작품이 작가의 고유성을 표현한 것이라는 입장이나, 그저 여러 가지 요소들의 조합일 뿐이라는 반대되는 입장에 '예술'이나 '창작', 혹은 '작품'이 존재한다는 점은 분명하다. 어느 쪽이 맞는 말일까? 양쪽 의견을 통합할 수는 없을까? 양쪽 입장 중에 어느 게 맞는지 사상, 문학, 예술의 측면에서 논의하는 작업은 다른 이들에게 맡기고, 우리는 주사위를 던져 나온 요소들을 조합하여 캐릭터를 만드는 워크숍을 통해 두 가지 입장의 모순을 체험해보자.

먼저 조합으로 만드는 아바타론을 정리해보자. 얼마 전에 핑키 스트리트라는 콜렉션 피규어가 유행한 바 있다. 핑키 스트리트는 머리카락, 얼굴, 상반신, 하반신 등을 교체할 수 있도록 만들어진 피규어로, 각 부분을 조합해서 갖가지 캐릭터를 만들 수 있다. 아바타, 핑키 스트리트, 만화 기호설은 모두 캐릭터의 구성 요소를 분할하여 '치환 가능한 단위'로 바꿔 넣는다.

핑키 스트리트에서 '치환 가능한 단위'는 다음 6가지이다.

1. 머리카락
2. 얼굴
3. 상반신·옷
4. 치마
5. 하반신·신발
6. 부속물

'치환 가능한 단위'는 임의로 설정할 수도 있다. 얼굴의 구성 요소를 눈·코 등으로 더 세분화하는 것도 얼마든지 가능하다.

캐릭터는 '속성'의 조합이다

이처럼 '치환 가능한 단위'를 조합해 인물을 설정한다는 개념은 장 미셸 아담Jean Michel Adam의 『이야기론 ─ 프로프에서 에코까지』라는 이야기론 입문서에 해설되어 있다. 다음은 〈뽀빠이〉 캐릭터에 관한 묘사이다.

> 파이프와 굵은 두 팔, 한쪽 눈을 감고 비뚤어진 미소를 띠고 있다.
> 실로 그림에 그려진 것과 동일한 그가 있다. 말 많은 약혼녀 올리브와
> 함께. (중략) 발에 안 맞는 신발, 매력적이라고 하기 힘든 몸, X자 다리,
> 기름지고 무거운 묶은 머리의 올리브 오일이 달려온다.
>
> (『이야기론 ― 프로프에서 에코까지』, 장 미셸 아담 지음)

이 책에서는 뽀빠이 캐릭터를 〈표 1〉과 같이 분석해놓았다. 예를 들어 '파이프'를 '잎담배'로, '한쪽 눈'을 '양쪽 눈'으로, '감다'를 '크게 뜨다'로 바꾸면 브루투스로 바뀐다.

뽀빠이와 브루투스의 차이는 '파이프'와 '잎담배'에 있다. 더욱 세밀하게 묘사하면 체형, 수염 유무, 복장 등 '치환 가능'한 항목은 얼마든지 늘릴 수 있다.

여기서 사용되는 '속성'이라는 단어는 '치환 가능한 단위'를 의미한다. 속성은 캐릭터의 겉모습뿐만 아니라 성격이나 행동방식 등 '내면'에도 해당한다. 참고로 이 '속성'이라는 단어를 캐릭터의 구성 요소에 사용하는 것은, 4강에서 다룰 블라디미르 프로프Vladimir Propp의 이야기론에서 유래한다.

예를 들어 '쓴데레'[19]라는 속성은 캐릭터의 '남성에 대한 행동방식' 중에서 ① 여동생 계열, ② 좋은 집안 아가씨 계열, ③ 쓴데레… 라는 식으로 선택 가능한 것으로써 이런 선택지는 무수히 많다.

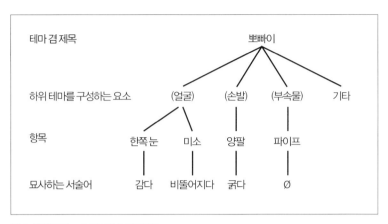

테마 겸 제목			뽀빠이		
하위 테마를 구성하는 요소	(얼굴)		(손발)	(부속물)	기타
항목	한쪽 눈	미소	양팔	파이프	
묘사하는 서술어	감다	비뚤어지다	굵다	Ø	

표 1 『이야기론 — 프로프에서 에코까지』

　오늘날의 게임·애니메이션 등에서 이러한 속성의 항목들은 세분화되었지만, 같은 속성을 선택하는 경향이 있어 '비슷해 보이는' 캐릭터가 양산되고 있다. 하지만 '캐릭터 조합설'을 포기한다고 해서 독창적인 캐릭터를 만들 수 있는가 하면 그것도 아니다. 과연 그런지 알아보기 위해서라도 속성들을 조합해서 캐릭터를 만드는 실험을 해 보자.

　참고로 이와 같은 조합적 캐릭터 메이킹 핸드북으로는 쓰카모토 히로요시가 감수한 『캐릭터 매트릭스』(마르샤, 2004)가 있다. 주사위를 쓰진 않지만, 캐릭터를 속성들로 분리하여 수학의 '행렬', 즉 '매트릭스'처럼 늘어놓는 방식을 취하고 있다. 다음 페이지에 나오는 〈워크숍 1〉에 관심 있는 사람은 참고하길 바란다.

워크숍 1

주사위를 이용해 캐릭터를 만들어보자.

| 과제 |

〈표 2〉를 보자. 8면 주사위를 준비한 다음, 표에 따라 세 번 굴리자.

처음에 짝수가 나오면 상단 블록, 홀수면 하단 블록을 선택하고, 남은 두 번으로 가로세로 조합을 결정한다. 그러면 세로 16 항목과 가로 8 항목이 교차하는 하나의 조합이 주사위를 통해 선택될 것이다.

예를 들어 '귀'를 결정할 때 주사위 눈이 1번으로 나오면 '고양이 귀'를 가진 캐릭터가 된다. 혹은 '머리'가 '메뚜기'라면 〈가면 라이더〉[20], '등'이 '익룡'이라면 〈데빌맨〉[21]이 된다. 보다시피 이것은 인간 신체의 일부를 동물의 것으로 바꾸는 것이다. 기존의 다른 캐릭터도 이 표에 위치시킬 수 있는 것들이 있다. 물론 가로축은 얼마든지 상세하게 만들 수 있으며 동물도 바꿀 수 있다.

여기서 핵심은 속성의 결정을 주사위에 맡긴다는 것이다. 그러다 보니 자기가 의도하지 않았던 캐릭터를 만들게 된다. 예를 들어 '개'와 '코'처럼 말도 안 되는 조합이 나올 수도 있다. 데즈카 오사무의 작품 중에 『키리히토 찬가』 주인공이 이런 조합이긴 하다(〈그림 10〉). 데즈카 오사무라면 말도 안 되는 조합을 태연하게 만들어내지만, 대부분의 사람들은 자유롭게 선택하도록 하면 '고양이' '귀'라든지 '익룡' '등'과 같이 특정 패턴을 선택한다. 그러지 않도록 주사위에 선택을 맡겨보자.

그림 10 『키리히토 찬가』의 한 장면(『데즈카 오사무 만화 대전집 DVD-ROM』, 데즈카프로덕션 감수, 고단샤 협력, 데즈카 오사무 디지털만화대전집 제작위원회 〈아사히신문사, 인크리먼트P, 비디오 팩 닛폰〉 제작·발행, 2001)

첫 번째	두 번째		1 고양이	2 개	3 늑대	4 익룡	5 말	6 악어	7 메뚜기	8 박쥐
짝수	1	머리(머리 부분 전체)								
	2	입								
	3	코								
	4	귀								
	5	눈								
	6	머리카락								
	7	손목부터 손끝까지								
	8	발								
홀수	1	등								
	2	엉덩이								
	3	팔								
	4	상반신								
	5	하반신								
	6	좌우 반신								
	7	전신								
	8	키메라								

표 2 오쓰카 에이지 수업 자료 중에서

| 작례 해설 |

그럼 작례를 살펴보자. 거듭 말하지만, 이번 워크숍의 포인트는 속성의 결정을 주사위에 맡겨버린다는 점이다. 캐릭터가 속성의 조합에 불과하다면, '나의 선택'은 오히려 방해가 되니 확실하게 버리는 것도 괜찮은 선택이다.

세상에는 고양이 귀를 가진 캐릭터가 무수히 많고, 변종이라고 해봤자 '강아지 귀' 정도밖에 없지 않은가. 하지만 대부분의 모에 캐릭터 창작자는 2×8×8=128가지 선택 가능성 중에 '고양이 귀'를 선택했을 뿐이다. 기존 애니메이션·게임 캐릭터를 살펴보면 〈표 2〉의 128가지 조합 중 극히 일부밖에 없으며, 조합은 편향되어 있다. 어쩌면 조합 방식으로 캐릭터를 만들 때 독창성이 제한되는 것은 조합 자체의 문제라기보다는 선택의 자유가 창작자에게 맡겨져 있다는 점이 아닐까 싶다.

〈작례 1〉은 '머리가 말'이라는 조합이다. 이게 만약 '머리가 표범'이라고 하면 구리모토 가오루[22]의 『구인 사가』, '머리가 호랑이'라면 가지와라 잇키[23]의 『타이거 마스크』, '머리가 고양이'라면 지브리 애니메이션 〈귀를 기울이면〉의 바론이란 캐릭터가 될 것이다. 하지만 '머리가 말'이라고 하면 일본 민속신앙에 나오는 바토칸논馬頭観音[24]밖에 떠오르지 않는다. 그런 의미에서 약간 허무맹랑한 조합이다.

머리가 말이라는 황당한 설정은 어떻게 캐릭터화했을까? 바로 '말머리 마스크를 쓴 살인마'가 되었다. 예전에 살인을 저지른 청년이 레서판다 모자를 쓰고 나왔는데 보도 초기에 '레서판다 남男'으로 불

〈작례 1〉

말 머리 살인마

이름：불명

성별：남자

연령：불명

말 머리 가면을 쓴 채, 다운재킷을 입고 헐렁한 청바지에 샌들 차림이다. 저녁이면 날이 빠진 낡은 부엌칼을 들고 공원에 나타나 터널 놀이기구 안으로 어린이를 끌어들여 참살하는 살인마.

리며 화제가 된 적이 있다(그 청년은 사이코 서스펜스의 주인공 같은 '살인마'가 아니었음이 후속 보도에서 밝혀졌지만) 이것도 '레서판다 모자'와 '살인자'라는 말도 안 되는 조합이 사람들의 상상력을 자극했기 때문이다.

작례로 돌아가자. 특이한 가면을 쓴다는 것은 '살인범' 캐릭터의 전형이다. 그러나 다른 무엇을 씌울까 고민해봐도 〈13일의 금요일〉의 제이슨처럼 하키 마스크나 스티븐 킹의 호러물에 나올 것 같은 피에로 가면, 혹은 현실의 범죄자들이 애용하는 눈만 드러내는 스키 모자 정도인데 그다지 새롭지는 않다. 그에 비해 말 머리에 다운재킷을 입은 살인마는 충분히 오리지널리티가 있는 캐릭터다. 그렇다고 해도 '머리가 말'이라는 조합 그 자체는 주사위의 계시일 뿐이라는 것을 기억하자.

〈작례 2〉

카인

항상 엉덩이에 달린 개와 행동을 함께하는 마
족. 시끄러운 분위기를 싫어한다.

〈작례 3〉

후미노

가족 여행 중 지뢰를 밟아 목숨은 건졌지만 하반신을 잃었
다. 답답하고 무기력한 나날을 보내던 중 아버지가 앞다리를
잃은 개를 데려온다. 아버지는 과학자인데, 후미노를 위해
사람과 동물을 일시적으로 융합시킬 수 있는 기계를 발명한
다. 그로 인해 후미노는 자유롭게 돌아다닐 수 있게 된다. 괴
이한 모습 탓에 밤에만 외출할 수 있지만, 원래 댄스를 했던
덕분에 몸의 날렵함을 살려 의적으로 활동한다. 마음대로 움
직일 수 있게 되면서부터 본래의 밝은 성격을 되찾는다. 융
합 기계는 개가 차고 있는 목걸이. 개는 평소엔 애완동물로
항상 후미노 곁에 있다. 후미노가 의적 활동을 할 때에는 아
버지가 잡히지 않도록 도움을 준다.

'말'이라는 설정을 인간 신체의 일부에 대입했을 경우 '하반신이 말'이 나온다면 그리스 신화가 금방 떠올라 무난한 캐릭터를 만들겠지만, 주사위의 신은 실로 변덕스럽다.

〈작례 2〉는 '엉덩이가 개'라는, 이 역시도 매우 무리한 조합이지만 막상 그림을 그려보니 꽤나 독특한 캐릭터가 되었다. 사람의 엉덩이에 개 꼬리를 붙인 정도였으면 무난한 캐릭터가 되었을 텐데, 엉덩이에서 개 상반신이 나왔다는 점이 독특하다. 작가가 주사위의 지시를 우직하게 따랐기 때문이다. 중요한 것은 이런 불가능한 조합에 어떤 설정이나 스토리를 붙일 것인가 하는 점인데, 그런 의미에서 〈작례 3〉은 무척 흥미롭다. 이것도 '하반신이 개'라는 조합이다. '다리를 잃은 소녀'가 '앞다리가 없는 개'와 하나가 되어 자유롭게 움직인다는 캐릭터 설정은 일본의 TV 애니메이션에선 방송 규제에는 걸리겠지만 인상에는 강하게 남을 것이다.

사실 신체 일부분이 다른 생물과 바뀐다는 것은 그로테스크하고 거부감을 줄 수 있지만 '귀가 고양이'라는 조합에는 그런 위화감이 없다. 하지만 예전에 오시마 유미코의 『솜나라 별』에 나오는 고양이 꼬마를 처음 봤을 때 '고양이 귀'가 익숙하지 않았던 터라 상당히 그로테스크하다고 느꼈던 기억이 난다.

주사위에 캐릭터의 속성을 맡기는 캐릭터 조합설의 초보적 실험은 창작자들에게 위화감을 느끼게 하지만, 그 바탕 위에서 창의력이 발동된다. 아바타가 '나'이자 조합으로 이루어진 캐릭터인 것처럼, 자신에게서 비롯된 속성과 조합으로 이루어진 속성이 하나의 캐릭터를 만드는 과정에 모순 없이 공존한다는 것을 알 수 있다.

이제 여러분도 창의력의 향방을 주사위에 맡겨보도록 하자.

새로운 단어와 미디어, 그리고 '나'

아바타는 웹 시대 이후에 생겨난 개념 같지만 이와 맞닿아 있는 캐릭터 조합론은 다이쇼 시대의 모더니즘에서, '나' 혹은 '내면'이라는 요소는 근대소설에서 근원을 찾을 수 있다. 이에 대해 좀 더 깊이 알아보기 위해 근대 작품들에 나타난 캐릭터의 역사를 살펴보도록 하자.

우리는 대체로 캐릭터에 '내면'이 있다는 것을 당연하다고 여긴다. 나는 그렇게 된 배경에 사소설이 있다고 생각한다. 우리는 자신에게 '기분'이나 '마음'이 있다는 것을 의심하지 않는다. 그렇게 확신할 수 있는 이유는 그것을 '언어화'할 수 있기 때문이다.

일본 근대소설의 역사에서는 언문일치와 사소설과 자연주의를 일체라고 설명하는데, 당시에는 '나'의 내면을 자연과학적으로 관찰하고 그것을 구어체로 표현하는 것이 새로운 '문학'이라고 생각했다. 어느 시대나 마찬가지겠지만, 젊은이들은 자신들의 독점적인 새로운 언어를 새로운 미디어로 표현하고 싶어 한다.[1] 휴대전화 문자에 사용되는 이모티콘이라든지, 2채널[2] 용어, 혹은 'KY어'[3]가 일본어를 흐트러뜨린다며 한탄하는 사람들도 한때는 '변형 소녀문자'라고 불리던 둥근 서체[4]를 만들어내기도 했다. 그런 새로운 언어와 미디어, 그리고 '나'라는 3자의 결합이 이루어진 것은 근대였다라고까지 말할 수 있다. 다음 문장을 읽어보자.

> 너무 긴 문장이고, 아주 못 쓴 글이므로 아무한테도 보여주지 않으셨으면 합니다. 꼭 부탁드리옵나이다. 아무쪼록 몇 번이고 편지가 있었으면 하고 바라마지 않사옵니다.
> 7월 1일 밤 미오코
> 그리운 오라버님께
>
> 2일
> 일기를 쓰자마자 보냅니다. 언니와 시게 씨도 내일 물리와 세계지리 시험이 있어서, 답장을 쓰려고 생각했지만 시험이 걱정되어 중단하고, 시험을 치른 다음에 꼭 쓰겠다고 하셨습니다. 안녕히 계십시오.
> 이것은 절대 누구에게도 보여주면 안 되어요.
> (「어느 여자의 편지」, 『메이지 문학 전집 72』, 미즈노 요슈 지음,
> 치쿠마쇼보, 1969)

이것은 내가 '메이지의 무라카미 하루키'라고 일컫는 미즈노 요슈[5]라는 작가의 소설 「어느 여자의 편지」 중 한 구절이다. 미즈노 요슈는 민속학자 야나기타 구니오에게 『도오노 이야기』[6]의 화자 사사키 기젠[7]을 소개하기도 하고, 다이쇼 시대가 되자 오컬트나 심령주의에 경도되

어 문학에는 소원해지기도 하는 등 한마디로 약간 희한한 사람이다. 그의 작품들을 보면 '여동생 모에'[8]의 기원과도 같은 인물들이 등장한다. 『여동생에게 보내는 편지』(1912)라는 다소 독특한 책은 오빠와 여동생이 편지를 주고받을 때 어떻게 쓰면 되는지를 알려주는 지침서이다. 야나기타 구니오도 『여동생의 힘』에서 오빠와 여동생의 교류가 가까워진 것은 근대사회의 새로운 특징이라고 지적한 바 있다.

소설 「어느 여자의 편지」는 여자아이 세 명이 한 명의 '오라버니'한테 일제히 편지를 보내 오라버니의 관심을 끌기 위해 경쟁한다는 내용으로, 세 명의 편지가 순서대로 배열되어 있다. 세 명의 '여동생'은 '오라버니'의 친동생이 아니다. 그저 한 명의 남성을 '오라버니', 혹은 '오빠'라고 부르는 것뿐이다. 그러다가 세 명 중 한 명이 '오라버니'와 육체적 관계를 맺게 되면서 복잡하게 전개된다. 한 남자가 세 명의 '여동생' 계열 캐릭터로부터 관심을 받고, 그녀들의 독백이 주구장창 이어지는가 하면 마지막엔 내용이 복잡하게 전개된다는 흐름이 현대의 걸게임[9]과 동일한 구성이 아닌가 싶다.

이 소설에서 재미있는 부분은 세 명이 딱딱한 문어체인 '소로문'[10]으로 편지를 쓰다가, 한 명이 '언문일치'로 쓰기 시작하자 나머지 두 사람도 뒤따르는 부분이다. 인용한 문장은 세 명 중에서도 가장 '모에'도가 높은 듯한 미오코라는 여자아이가 쓴 것인데, 이 미오코란 여동생 캐릭터는 미즈노 요슈도 맘에 들었는지 그의 시나 다른 문장에도 등장한다.

언문일치 속에서 '캐릭터'가 나타난다

미오코를 포함한 세 명의 여자아이가 '언문일치'의 문장으로 '나를 알아주세요, 오라버니'라는 편지를 보낸다는 것이 「어느 여자의 편지」의 핵심이다. 이 작품에서 주의 깊게 살펴봐야 할 부분은 '소로문'에서 '언문일치'로 바뀐 순간 그녀들의 '나'가 나타난다는 점이다. 앞에 인용한 미오코의 편지에도 전반부는 극존칭이었는데, 언문일치체로 바뀐 순간부터 여동생 캐릭터로서의 분위기가 터져 나오는 것이 느껴지지 않는가. 그녀들의 '나', 다시 말해 '캐릭터'는 '오라버니'와 '여동생'이라는 관계가 되면서 비로소 성립한다. 그것은 그녀들이 '언문일치체 편지'라는 허구세계에서 '여동생'이란 아바타(＝화신)를 연기하는 것으로 해석할 수 있다.

그러나 편지를 통한 연기는 '오라버니'의 마음이 세 명 중 한 명에게 있다는 사실을 '여동생'들이 알게 되면서 끝이 난다. 선택받지 못한 두 명 중 한 명은 언문일치체를 다시 소로문으로 문체를 변경하여 다른 사람이 쓴 듯한 편지를 던져놓고 떠난다. 이런 식으로 언문일치체와 소로문 사이를 왔다 갔다 하면서 편지를 쓴 사람의 '나'가 나타나기도 하고 사라지기도 하는 것은 다야마 가타이[11]의 소설 「이불」도 마찬가지다. 그 소설의 여주인공인 요시코는 도쿄에서 스승인 작가 곁에 머무르는 동안 주어를 '나'로 한 1인칭 편지를 전하면서 스승을 유혹하지만, 시골로 돌아간 뒤에는 주어를 뺀 '소로문' 문체로 쓴 편지를 보낸다.

이와 같이 메이지 시대의 '여동생'들은 '도쿄' 혹은 '오빠 – 여동생'

이란 연애 게임에서는 '나'로 행동했지만, 그들의 실제 삶은 근대 이전의 인습이나 가문제도에 갇혀 있었다. 따라서 가상현실과도 같은 언문일치체 '편지' 속에서만 '나'라는 아바타를 연기할 수 있었다. '여동생'에게만 국한된 것이 아니라 다야마 가타이나 미즈노 요슈 등 남성 문학가들의 '사소설' 역시 가상세계에서 '나'라는 아바타를 통해 '내면'을 말한 것으로 볼 수 있다.

'사소설'은 곧 '캐릭터 소설'이다

나는 지금까지 '사소설'이라는 형식 속에 뿌리를 내리고 있는 '와타시가타리私語り'[12]나 '내면'이 캐릭터와 다르지 않다고 주장해왔다. 그리고 '작가를 반영하는 나'가 아니라 '캐릭터'라는 무생물 속에 깃든 '나'를 그리는 소설을 '캐릭터 소설'이라고 명명했다(『캐릭터 소설 쓰는 법』, 북바이북, 2013). 이와 같은 의미에서 '사소설'도 '캐릭터 소설'이라고 했던 입장을 바꿀 생각은 없다.

다만 사소설은 소설 속의 '나'를 우리가 진짜 '나'라고 생각해버린다는 점에서 무척 성가시다. 나는 미즈노 요슈나 다야마 가타이의 '나'와 그들이 만들어낸 '여동생' 캐릭터와 요시코 등의 '나' 사이에는 아무 차이가 없다고 본다. 따라서 전자의 '나'의 후예들이 쓴 소설은 '문학'이라고 부르면서 '여동생'들이 쓴 것은 '라이트노벨'이라고 부르는 것은 한마디로 어처구니가 없다.

이처럼 1인칭으로 쓰여진 글의 '나'는 대부분 '아바타로서의 나'라고 할 수 있다. 예를 들면 '나'를 드러낸다고 생각하는 블로그의 글도 마찬가지다. 2채널 게시판에 과격한 댓글을 쓴 사람이 정반대의 성격인 경우가 있듯이 웹에 존재하는 것은 '아바타로서의 나', '캐릭터로서의 나'라고 볼 수 있다. 웹은 익명이나 닉네임으로 구성된 '아바타로서의 나'가 넘쳐흐르는 공간이지만, 나는 그곳에서 일본 근대문학이 되살아나는 듯한 느낌을 받는다. '근대'란 '언문일치체'라는 새로운 도구를 가지고 '나'에 대해 말하기 시작한 시대이다. 그러한 '언문일치체'는 오늘날 웹이라는 도구로 바뀌었다.

허구의 '나'를 만드는 방법

'아바타로서의 나'라는 문제는 캐릭터를 만드는 직업에 종사하려는 사람들에게 매우 중요하다. 웹에서의 아바타에는 애니메이션이나 만화에서 디자인 소스를 따온 캐릭터가 그것을 조작하는 이의 '캐릭터로서의 나'와 한 묶음으로 존재한다.

　예를 들어 2007년 미국에서 〈세컨드 라이프〉를 소재로 한 단편영화가 화제를 모은 적이 있다. 〈Molotov's Dispatches in Search of the Creator: A Second Life Odyssey〉라는 영화인데, 한 남자가 현실의 삶을 버리고 〈세컨드 라이프〉에서 완전히 다른 사람으로 인생을 시작한다는 내용이다. 주인공은 〈세컨드 라이프〉의 아바타이고 무대 역시 〈세컨드 라이프〉라는 가상공간이다. 아바타를 배우로, 로케이션 장소를 게임 〈세컨드 라이프〉로 정했다는 점에서도 획기적이지만 나는 아바타인 주인공이 1인칭 독백으로 '나'의 인생에 대해 담담히 말하는 형식이 흥미로웠다. 아바타가 주인공인 이야기에 고스트 아바타 형식을 채용한 작품인 것이다. 이 작품에서 '나'라는 허구를 만들어낸 방식은 캐릭터 제작의 새로운 방법론으로 받아들일 만하다.

이와 비슷하게 『이야기 체조』(북바이북, 2014)에는 쓰게 요시하루의 사소설풍 만화를 1인칭으로 노벨라이즈[13]함으로써 '허구의 나'를 만드는 워크숍이 있다. 최근에는 같은 워크숍에서 아즈마 히데오[14]의 『밤의 물고기』(〈그림 1〉)를 과제로 제시하기도 했다. 아즈마 히데오는 사소설풍 작품보다 개그가 정신적으로 더 힘든 작업이라고 한다. 사소설풍의 작품은 겉으로 보기에는 '나'란 존재가 고뇌하면서 고백을 하는 것처럼 보이지만, 프로 작가에겐 '캐릭터로서의 나'를 표현하는 작업이 오히려 쉽다. 거기에 '그려지는 나'는 캐릭터로서 객체시되고 컨트롤된다. 따라서 쓰게 요시하루나 아즈마 히데오의 '나'가 되어 노벨라이즈하는 작업은 '나'를 제삼자가 1인칭 서술로 문장화하는 것이 되므로 '나'에게 감정이 이입될 여지는 없다.

캐릭터를 만들 때 필요한 기술은 '나'를 리얼하게 드러내는 것이 아니라, 캐릭터를 자신과 필요 이상으로 혼동하지 않는 것이다. '진정한 나' 따윈 애초에 존재하지 않는다, 라고까지는 말하지 않겠다. 물론 작자의 내면과 캐릭터는 이어져 있게 마련이다. 하지만 그것을 '캐릭터'로서 객체시하기 위해서는 자신을 직접적으로 드러내지 않는 기술이 필요하다. 하지만 좁은 의미에서의 '문학'을 하려는 분에겐 이런 기술이 오히려 방해가 될 테니 추천하지 않겠다.

나는 쓰게 요시하루와 아즈마 히데오를 노벨라이즈하는 작업 이외에도 '허구의 나'를 만드는 워크숍 과정 중 하나로 다음과 같은 과제

그림 1
『밤의 물고기』, 아즈마 히데오 지음, 오타슷판, 1992

를 제시하기도 한다.

　　현재 당신의 부모가 진짜 아버지 어머니가 아니고, 진짜 부모는 따로 있다고 상상해보라. 그리고 그 진짜 부모에 관한 내용을 1인칭 주인공 시점으로 짧게 서술해보라.

아마도 이런 상상을 해본 사람이 적지 않을 것이다. 사실 나도 어린 시절(초등학교 입학 전이었던 것 같다) 도쿄 스미다가와의 가치도키바시 다리 옆 구멍가게에서 태어났는데 지금의 부모가 데려와서 키운 거라고 생각하곤 했다. 요즘도 '진짜 집', '진짜 부모' 꿈을 꾼다. 적어도 호적상으로는 양자가 아니니까 어릴 적 내 공상의 산물일 뿐일 것이다.

가족 로망스가 사람을 작가답게 만든다
프로이트는 이런 공상을 가족 로망스라고 불렀다. 그는 어린이가 자기 부모가 진짜 부모가 아니라는 공상을 하면서 부모로부터 자립한다고 보았다.

　　어린아이들은 생활 속에서 무시당하거나 무시당하고 있다고 느끼는 일이 자주 있다. 그런 순간을 맞닥뜨리면 어린아이는 부모로부터 온전한 사랑을 받지 못하고 있다는 생각을 갖게 된다. 그리고 다른 형제자매들과 부모의 사랑을 나눠가져야만 한다는 사실에 서운함을 느낀다. 자신이 좋아하는 만큼 부모에게 충분히 사랑받고 있지 못하다는 느낌이 들면서 자신이 서자 혹은 양자라는 생각을 하게 된다. 이것은 유아기에서부터 자주 의식되고 기억되어온 사고방식이다. 신경증 환자가 아닌 사람들도 독서의 영향 등을 받아 이런 식으로 부모의 적대적인 행동을 이해하고 반응했던 것으로 기억한다.

(「가족 로망스」, 『에로스 논집』, 지그문트 프로이트 지음)

마르트 로베르Marthe Robert는 『기원의 소설, 소설의 기원』에 프로이트의 가족 로망스론에 대해 이렇게 썼다.

만약 소설가가 오이디푸스적 '사생아'의 성향을 갖고 있으면 세계를 향해 몸을 던지고, '버려진 아이' 쪽이라면 결연히 '다른' 세계를 창조하게 되는데, 이것은 결국 진실에 도전하는 것이다. 전자의 경우 발자크, 위고, 유진 쉬, 톨스토이, 도스토옙스키, 프루스트, 포크너, 디킨스 등이 속한다. 그들은 심리학자, 진실주의자, 사실주의자, 자연주의자, '사회참여 작가'를 자칭하며, 마치 어떤 신이나 조물주에게 존재의 비밀을 듣기라도 한 것처럼 삶의 리듬과 꿈틀거림을 흉내 내며 자신의 역사를 수정한다. 후자에는 기사도소설 작가와 더불어 세르반테스가 이에 속한다. 여기에 속하는 작가는 『트리스탄과 이졸데』 혹은 시라노 드 베르주라크의 『다른 세상』을 쓴다. 그는 호프만, 장 파울, 노발리스, 카프카, 멜빌이 되고, 역사와 지리를 무시하거나 뒤집어엎으면서 세상을 격노시킨다. 전자는 모든 것을 계량하고 확인하여 자신이 진실이라 믿는 것에 적합한 이미지로 그것을 표현한다. 즉 그는 모든 것을 배우고, 장인, 상인, 은행가, 군인, 철학자, 과학자가 되어야 한다. 반대로 후자는 자신의 세계관 바깥에 존재하는 어떠한 의무도 인정하지 않는다. 자신의 깊은 욕망을 짓누르는 속박, 바로 그것으로 인해 자유로운 그는 요정, 거인, 난쟁이, 영리한 개로 불리는 부조리한 피조물들을 만든다. 그의 망상이 나타내는 고의적인 방향성만이 그의 변신에 질서를 부여한다.

(『기원의 소설, 소설의 기원』, 마르트 로베르 지음)

즉 근대문학이든 판타지소설이든 그 시초는 가족 로망스에 있다는 이야기다. 로베르는 가족 로망스적인 상상력이 사람을 작가로 만든다는 말을 하고 있는 것이다. '진짜 핏줄'을 찾는 것은 좋건 나쁘건 '판타지 세계'라는 거대 서사에 자신이 연결되어 있다는 기분을 느끼게 하지만, 결국 진짜 부모는 어디에도 없다. 따라서 사람들은 '나'란 존재가 있을 수 있는 장소를 현실에 만들기 위해서 이야기를 지어내거나 누군가에게서 자신의 일부를 찾으려고 한다.

하지만 작가가 되는 사람은 예외일지라도 대부분의 사람들은 평범한 가족 로망스를 '공상'하면서 성장한다. 일부는 성장한 뒤에도 이 '공상'에 계속 사로잡혀 혈통망상이라는 정신의학적 증상을 보이기도 한다. 앞에서 인용한 프로이트의 짧은 논문에서 다룬 증상과도 같은 것이다.

내가 로베르의 주장에 동의하는 이유는 예를 들어 디킨스의 소설이 그렇듯 근대소설 중 태반이 '고아'가 진짜 부모를 찾는 이야기이기 때문이다. 일본 근대소설 중에서도 도쿠다 슈세이[15]의 『야성』을 비롯하여 많은 고아 이야기가 있다.

참고로 프로이트가 가족 소설이라는 문제를 생각하게 된 것은 그의 제자 오토 랑크Otto Rank가 쓴 「영웅 탄생 신화」라는 논문이 계기가 되었다고 한다. 랑크는 오이디푸스, 모세, 지크프리트, 아킬레스 등 동서고금 신화 속의 영웅 이야기는 모두 '버려진 아이'에서 출발하여 양부모가 길러주고 나중에 진짜 부모를 만나는 내용이라는 점을 지적했다. 영웅신화는 가족 로망스를 통해 자아실현 이야기를 그린다.

따라서 가족 로망스는 신화나 근대소설의 캐릭터 '나'를 만드는 기초라고 봐도 좋을 듯하다. 가족 로망스야말로 어린이들이 '나'에 대해 만드는 최초의 허구, 즉 '캐릭터로서의 나'라고 할 수 있다.

앞서 제시한 과제는 한마디로 가족 로망스를 만들어보는 워크숍이다. 다음 작례는 한 워크숍 참가자가 만든 것이다.

내 진짜 가족은 산 건너편 작은 마을에서 돌을 조각하는 일을 합니다.

항상 집 안 여기저기에 여러 가지 색깔의 돌조각이 굴러다녔는데, 어린 시절 우리는 그걸 모으는 것을 취미로 삼았습니다.

아버지는 작업이 끝나면 커다란 손으로 우리를 차례대로 안아 올렸습니다.

어머니는 그 모습을 보고 방울 소리 같은 목소리로 웃으셨고, 우리는 어머니가 더 웃으시도록 각자 모은 돌을 경쟁하듯이 어머니께 선물하려고 했습니다.

(시모구치 미호)

부모님은 나를 매우 소중하게 키워주었지만, 내가 하는 말은 전혀 듣지 않았다. 중요한 일은 무엇이든 부모님이 결정했고, 이거 해라 저 거 해라 하고 말할 뿐이었다.

내가 아무 걱정 없이 안전한 길만 걷게 하기 위해 필사적으로 레일 을 까는 것처럼 보였다.

내 진짜 부모님은 직업도 없이 빈둥빈둥거렸던 것은 아닐까?

어머니는 어떤 이유에선지 건강을 잃고 내가 철들기도 전에 돌아가 셨다. 정신이 이상해진 아버지는 일이 손에 잡히지 않아 집에 거의 들 어오지 않았고, 결국 어디론가 사라졌다.

어머니가 병에 걸리기 전까지 두 분은 잘 지내셨다. 우리 집은 해안 이 한눈에 내려다보이는 작은 언덕 위에 있었고, 저녁놀이 매우 아름 다운 곳이었다.

(kei)

가족 로망스를 만드는 게 워크숍의 끝은 아니다. 이 가족 로망스를 바탕으로 '이야기'를 만드는 과정이 남아 있다. 그런데 본인이 만든 가족 로망스가 아니라 다른 사람이 만든 것에 이어서 써야 한다. 즉 서로의 가족 로망스를 맞바꿔서 뒷이야기를 쓰는 것이다.

다음 글은 앞의 작례를 다른 사람이 이어서 쓴 것이다.

하지만 같이 돌을 모으던 오빠는 점점 다른 놀이에 열중하게 되었고, 미호는 혼자서 돌을 모아 어머니에게 선물했습니다.

어느 날 돌 조각 사이에서 작은 목소리가 들렸습니다.

"안녕? 부탁이 있어."

미호가 깜짝 놀라 소리가 난 쪽을 바라보니, 거기엔 작은 생쥐가 있었습니다.

생쥐는 돌 조각 뒤에서 나오더니 "내가 살 집을 만들어줬으면 해"라고 말했습니다.

"응? 왜?" 미호가 묻자,

"지금까지 살던 집을 큰 차가 부숴버렸어! 고양이도 많고 무서워서 먹이를 마음 놓고 먹을 수가 없어. 제발 좀 도와줘."

미호는 생쥐가 가여워서 집을 만들어주기로 했습니다.

그날부터 매일 돌집을 만들기 시작했습니다. 이번에는 되도록 큰 돌을 찾아 쌓았습니다. 드디어 돌로 된 작은 산 같은 집이 만들어졌습니다.

생쥐는 매우 기뻐했습니다. 답례로 미호에게 반짝반짝 빛나는 방울을 주었습니다.

"이건 큰 고양이가 차고 있던 거야. 고양이 목에서 떨어진 걸 주웠지."

미호는 그 방울을 손에 꼭 쥐고 자랑스럽게 집으로 돌아갔습니다.

그 방울에 대해서는 아무한테도 말하지 않았습니다. 물론 오빠한테도 비밀입니다.

그리고 이것만큼은 어머니에게도 선물하지 않았습니다.

(아오키 가즈코)

굳이 다른 사람의 '나'를 이어받아 이야기를 만들어내는 이유는 '내'가 '나'를 바탕으로 캐릭터를 만들 때 대체로 자신을 제어할 수 없기 때문이다. 내가 존경하는 문예평론가 마쓰모토 도오루[16] 선생이 대학에서 소설 작법을 가르칠 때, 리스트 컷[17] 계열 고백 소설을 써온 학생한테 "독자는 자네에 관해 알고 싶은 것이 아니야"라고 꾸짖었다는 말을 전해들은 적이 있다. 그 말은 '나'를 캐릭터로 완전히 제어하지 못한다면 문학이든 라이트노벨이든 쓸 수 없다는 뜻이라고 생각한다.

앞에서 언급했듯 나는 캐릭터에 작자 본인이 어느 정도 반영될 수밖에 없다고 생각한다. 다음 장에서도 다루겠지만, 예를 들어 데즈카 오사무가 만든 캐릭터에는 데즈카 오사무가 짙게 반영되어 있다. 게다가 작품의 주제를 캐릭터의 '속성'에 집어넣었을 정도다.

하지만 상품으로서 캐릭터를 만들려면 단순히 작가의 내면을 고백할 게 아니라 제대로 가공하거나 충분히 계산해서 재단할 필요가 있다. 그 부분을 염두에 두고, 캐릭터를 만드는 데 심리학을 좀 더 원용해보자.

'이행 대상'으로서의 캐릭터

어린이가 어른이 되는 과정에서 '공상 속의 부모'를 만들어내는 가족 로맨스와 닮은 '이행 대상'이라는 개념이 있다. 이것은 발달심리학자 도널드 위니콧D. W. Winnicott이 지적한 개념인데, 유아가 어머니에게서 분리되는 과정에서 어머니, 구체적으로는 '유방'을 대신하게 되는 물건이다. 유아가 이불을 입에 무는 행위나 의미가 불분명한 단어를 반복적으로 웅얼거리는 행동 등이 여기에 해당된다.

나는 앞에 나열한 것들을 모두 이행 현상이라고 부른다. 이것들 외
에도 어떤 유아를 조사하더라도 특정 사물 및 현상(이를테면 털실 뭉
치, 모포나 털이불 끝자락, 단어나 노래, 버릇 등)이 나타날 것이다. 그것들
은 유아가 잠들기까지 매우 중요한 역할을 하는데, 불안감 특히 우울
불안depressive anxiety에 대한 방어 기능을 맡는다. 유아는 부드러운 물
건 혹은 다른 유형의 대상을 찾아내 사용하는데, 그것이 바로 이행 대
상이다. 이 대상은 매우 중요하다. 부모는 그 대상의 가치를 알게 되
고, 여행을 갈 때에도 항상 챙기게 된다. 어머니는 그 물건이 지저분해
지거나 냄새가 나더라도 그냥 놔둔다. 그 이유는 그것을 세탁해버리면
유아가 체험해온 연속성이 중단되어 그 대상이 갖는 의미와 가치가
파괴되기 때문이다.

(중략)

이 최초의 소유물은 유아기 초반에 발달하는 특수한 기교와 결합된
형태로 사용되고, 보다 직접적인 자기애적 활동과는 별도로 존재하게
된다. 테디베어, 인형, 딱딱한 장난감이 유아의 생활 속에 서서히 포함
된다. 또한 남자아이는 어느 정도 딱딱한 대상물을 사용하는 것에 능
숙해지고, 여자아이는 인형으로 하나의 가족을 만드는 경향이 생긴다.

(『놀이와 현실』, 도널드 위니콧 지음)

어린 시절 너덜너덜한 인형을 안아야만 잠이 들었다는 이야기를

부모에게서 들었던 사람이 있을 것이다. 가장 알기 쉬운 사례라면 A. A. 밀른A. A. Milne의 『곰돌이 푸』[18]에서 크리스토퍼 로빈이 갖고 있는 곰인형이 그것이다. '곰돌이 푸'는 크리스토퍼 로빈의 '공상 속 친구'라고 할 수 있다. 나는 어린 시절 '루미'라는 여자 인형에 집착했다고 하는데, 미소녀 피규어를 좋아하는 성향이 이미 그 시절부터 나타났던 건 아닌가 싶다.

또 한 가지 예를 들자면 찰스 M. 슐츠Charles M. Schulz의 만화 『피너츠』에서 라이너스가 항상 손에 들고 있는 담요도 '이행 대상'이다. 이행 대상이라는 개념은 종종 '라이너스의 담요'로 비유된다. 라이너스는 찰리 브라운의 친구들 중에서 나이가 제일 어린데(아마 루시의 동생이었을 거다), 항상 어른스럽게 의연한 태도를 취한다. 하지만 담요를 빼앗기면 아기로 돌아가버린다. 이처럼 '이행 대상'은 공상만이 아니라 구체적인 사물이 될 때도 있다.

이행 대상은 캐릭터의 한 가지 본질이기도 하다. 어린아이들이 캐릭터나 캐릭터 상품을 좋아하는 것은, 그것들이 이행 대상으로서의 측면을 갖고 있기 때문이다. 서구에서는 어린아이를 혼자 재우는 경우가 많은데, 그때 곁에 두는 곰인형이 이행 대상이라고 할 수 있다.

발달심리학에 있어서의 이행 대상은 어디까지나 유아에게서만 볼 수 있는 현상인데, 나는 청소년이나 성인에게도 일종의 이행 대상이 필요하다고 생각한다. 예를 들자면 TV 코미디 시리즈 〈미스터 빈〉의 주인공은 곰인형을 가지고 다닌다. 또 고다르의 영화 〈네 멋대로 해라〉에도 패트리샤가 침실에 있는 곰인형을 만지작거리며 대화하는 장면이 나온다. 그 영화에서 패트리샤는 파리에 있는 미국인, 즉 이방인이고 게다가 보이는 것만큼 성숙하지도 않다. 위태롭고 불안정한 그녀의 존재를 몰래 받쳐주는 것이 곰인형인 것이다.

융학파 심리학자 조지프 헨더슨J. Henderson도 테디베어 '곰'에 관해 비슷한 말을 했다. 헨더슨은 논문 「원형 이미지로서의 곰」에서 곰이 일종의 원형元型(아키타이프archetype)이라고 지적했다. 융학파의 '원형'론[19]은 캐릭터를 이해하는 데 유용한 개념이다. 비유하자면 '원형'이란 사람의 마음속에 있는 캐릭터 혹은 성격의 '배아'와도 같은 존재이다. 배아로 비유하는 이유는 그것이 제대로 자라나는 경우도 있지만 자라나지 못하거나 지나치다고 할 만큼 자라는 경우도 있기 때문이다. 헨더슨은 서구 어린이들이 테디베어를 매개 삼아 "모성적인 본능과 접촉을 유지하며, 순종적인 자아보다는 본능적인 자아를 차츰 형성해가면서 어머니로부터 독립"(「원형 이미지로서의 곰」, 『꿈과 신화의 세계』)한다고 분석했다. '곰'이라는 표상에서 위니콧이 말한 '이행 대상'과 같은 것을 발견한 것이다.

헨더슨의 이론을 염두에 두고 보면, 존 어빙John Winslow Irving[20]의 소설 『호텔 뉴햄프셔』는 무척 흥미롭다. 어느 일가족이 곰과 함께 살고 있는데 실수로 곰을 죽이게 되고, 떠돌듯이 주거를 전전한다는 내용인데, 영화판에서 나스타샤 킨스키가 연기한 수지는 '곰'을 상실한 일가족의 불안을 상징하듯 '곰'의 모피를 뒤집어쓰고 등장한다. 말하자면 그녀는 '라이너스의 담요'로서 '곰'을 두른 것이다.

이처럼 이행 대상이란 유아부터 성인까지, 정신적인 의미에서 '완전히 어른이 되지 못한' 사람들에게 필요하다. 그것은 그들이 현실로 이행하기 위한 아이템과도 같다.

미야자키 하야오 애니메이션 캐릭터의 매력

사실 미야자키 하야오의 애니메이션은 '이행 대상'의 보고이다. 왜냐하면 그의 작품은 항상 어린아이가 부모에게서 떨어지면서 발생하는 분리불안과 소년 소녀가 어른으로 한발 내딛는 것을 주제로 삼고 있기 때문이다.

미야자키 하야오의 초기 애니메이션 작품 중에 〈판다 아기 판다〉[21]가 있는데, 이 작품의 주인공은 할머니와 둘이 사는 소녀 미미다. 할머니가 급한 일로 외출을 하고, 미미 혼자서 집을 지킨다는 것이 스토리의 발단이다. 그렇게 혼자 남은 불안정한 상황 속에서 출현하는 것이 판다와 아기 판다다. 〈이웃집 토토로〉도 마찬가지다. 사쓰키와 메이의 어머니는 병약하고 아버지는 간병으로 바쁘다. 부모에게서 갑자기 '분리'되어버린 불안한 상황에 놓인 자매 앞에 나타나는 것이 토토로다. 판다와 토토로는 모두 '이행 대상'으로서의 캐릭터이다.

이행 대상 캐릭터의 특징은 패트리샤의 테디베어나 라이너스의 담요처럼 그저 그곳에 '있을' 뿐이다. 〈이웃집 토토로〉에서 토토로는 '있어줄 뿐'이지 사쓰키와 메이의 어머니 병을 고쳐주진 않는다. 기껏해야 작중에서 또 하나의 '이행 대상'인 '고양이버스'를 불러줄 따름이다. 미야자키 애니메이션에는 〈바람 계곡의 나우시카〉의 테토, 그리고 왕충, 〈모노노케 히메〉[22]의 희고 거대한 두 마리 개(였던가 아니면 늑대였던가?)처럼 반드시 주인공의 곁에 있어주기만 하는 캐릭터가 등장하는데, 기본적으로는 아무 일도 하지 않지만 때로는 폭주를 하기도 한다.

그런 의미에서 미야자키 애니메이션의 가장 대표적인 '이행 대상'은 〈센과 치히로의 행방불명〉의 가오나시일 것이다. 가오나시는 치히로가 부모로부터 떨어지자 마치 부모와 교체하듯이 따라와서는 해주는 것도 없으면서 그냥 곁에 있는다. 그러다가 치히로 안에 있는 불안정한 자아를 받아들인 것처럼 갑자기 폭주한다. 그리고 유바바를 찾아가는 치히로를 따라가준다. 이처럼 '그저 곁에 있어준다'는 것이 매우 중요하다.

미야자키 애니메이션의 '이행 대상'형 캐릭터는 미야자키 하야오로부터 큰 영향을 받은 픽사의 3D 애니메이션 〈몬스터 주식회사〉의 설리에게도 계승되었다. 혼자 자는 것을 무서워하는 어린 소녀의 침실에 설리가 나타난다. 설리는 서구형 이행 대상인 '곰'과 미야자키 애니메이션의 캐릭터가 융합된 성공적 사례라고 할 수 있다.

나는 미야자키 하야오 애니메이션에 대해서 비판적이기도 하지만, 성장 이야기 속 주인공 곁에 '이행 대상'에 해당하는 캐릭터를 배치하는 것은 그의 작품에서 가장 윤리적인 부분이라고 생각한다. 미야자키 하야오의 캐릭터들이 어린이들에게 압도적인 지지를 받는 이유는 미야자키가 천재적인 그림 솜씨로 캐릭터들을 그렸다는 점도 있지만 무엇보다 '이행 대상'으로서 정확히 포지셔닝되어 있기 때문이다.

우바카와와 모빌슈트

'이행 대상'은 좀 더 엄밀하게 두 가지로 분류할 수 있다. 첫 번째는 토토로나 테디베어처럼 한눈에 봐도 캐릭터 형태를 띠고 있거나, 캐릭터를 투영하기 쉬운 형태이다. 이러한 유형을 일단 '토토로형'이라고 부르자.

두 번째는 라이너스의 담요처럼 캐릭터라기보다 '물건'에 가까운 존재이다. 〈이웃집 토토로〉에 나오는 고양이버스를 예로 들 수 있다. '라이너스의 담요형' 이행 대상은 일본 옛날이야기 속에 다음과 같이 그려져 있다.

> 엄청난 부자가 있었는데, 부인이 딸을 한 명 낳고 죽었기 때문에 후처를 들였습니다. 이후 많은 아이들이 태어났습니다. 계모는 첫째 딸을 미워해서 어떻게든 집에서 내쫓으려고, 유모를 시켜 어디라도 좋으니 집에서 내보내라고 했습니다. 유모는 소녀가 불쌍했지만 이 집에 있다간 앞으로 어떤 일을 당할지 모르니 남편과 상의한 끝에 돈 천 냥을 주고 집에서 내보내기로 했습니다. 유모는 소녀에게 "너는 돈도 많고, 얼굴도 예쁘니 아주 조심하지 않으면 위험한 일을 당할지도 모른다"며 '바밧카와(노파 가죽)'라는 물건을 주었습니다. 소녀는 그것을 뒤집어쓰고 노파의 모습이 되어 집을 나섰습니다.
>
> 소녀는 여기저기 걷다가 어느 마을에서 부잣집의 부엌일하는 사람으로 고용되었습니다. 소녀는 항상 바밧카와를 쓴 채 일했습니다. 목욕탕에 들어갈 때에도 온 집안사람들이 다 들어갔다 나온 다음에 들

어갔기 때문에 바밧카와를 벗어도 아무도 몰랐습니다.

　어느 날 밤 평소처럼 바밧카와를 벗고 목욕탕에 들어갔는데, 우연히 주인집 도련님이 그걸 보고는 아름다운 모습에 반해 그만 상사병이 걸렸습니다. 주인은 걱정이 되어 점을 보러갔습니다. 그러자 점술가는 "이 집 안에 도련님께서 좋아하는 이가 있으니, 그 사람과 맺어주면 병이 나을 것이다"라고 했습니다. 그래서 주인은 집안일하는 여자부터 부엌데기까지 한 명 한 명 도련님 방에 들어가 "약이든 탕이든 좀 드셔보세요"라고 말하도록 시켰습니다. 하지만 도련님은 맘에 드는 이가 없었기 때문에 약간 고개를 들었을 뿐 금방 도로 눕기를 반복했습니다. 마지막으로 부엌데기 할멈으로 변신해 있던 소녀의 차례가 되었습니다. 소녀는 "나 같은 할멈은 소용없어요"라며 가려고 하지 않았으나, 주인이 일단 가보라고 하여 도련님에게 가서 "약이라도 좀 드릴까요"라고 말했습니다. 드디어 도련님은 할멈이 자신이 찾는 여자임을 눈치채고 바밧카와를 벗겼습니다. 그 순간 소녀는 젊고 아름다운 여자가 되었고, 이후 그 집의 며느리가 되어 평생 행복하게 살았습니다.

(『일본 옛날이야기 대성 제5권 ― 본격 옛날이야기 4』,

세키 게이고 지음, 가도카와쇼텐, 1978)

　이것은 「바밧카와」라는 옛날이야기이다. 이와 비슷한 옛날이야기는 일본뿐만 아니라 세계 각지에 있다. 주인공 소녀는 계모에게 미움을 받고 집에서 쫓겨나면서, 야만바에게서 입으면 노인 모습이 된다는 '우바카와(노파 가죽이란 뜻으로 바밧카와와 같은 뜻)'를 받는다. 우바카

그림 2 〈메이와 아기고양이 버스〉의 한 장면. 『지브리의 숲 영화: 메이와 아기고양이 버스』(이마니시 치즈코 편집, 도쿠마 기념 애니메이션문화재단, 2002)

와라는 아이템은 옛날이야기 종류에 따라 '개구리 가죽', '고양이 가죽' 등이 되기도 한다. 미타카 시에 있는 지브리 미술관²³에서는 〈메이와 아기고양이 버스〉를 상영하는데, 그 작품에는 메이만 간신히 탈 수 있을 정도로 작은 고양이버스가 등장한다. 그야말로 완전히 우바카와처럼 보인다.

지금까지 살펴본 바에 의하면 우바카와는 명백하게 '라이너스의 담요'라는 것을 알 수 있다. 민속학에서는 이에 대해 다음과 같이 해석한다.

성년식을 계기로 이름이 바뀐다는 것은 최근까지 우리나라의 관습

이었다. (중략)

　이런 식으로 성년식(＝성녀식)을 행함으로써 아이의 특징을 잃고 성년으로 전환되는 것이다.

　미개사회에서는 이때 문신을 하거나 이빨을 뽑는 관습도 있다. 또한 성년식에는 특이하게도 옷을 벗고 짐승 가죽을 두름으로써 아이에서 젊은이로 전환되는 것을 상징하는 의식도 있다. 지금까지 예로 든 일련의 옛날이야기에서 우바카와, 하치카즈키[24], 몸에 붙은 재를 씻어내는 등의 모티프는 이런 관습을 반영하고, 소녀에게 우바카와를 건네준 노파는 성녀식을 주관하는 유력한 지도자를 의미하는 것은 아닐까.

(『세키 게이고 저작집 5 — 옛날이야기의 구조』, 세키 게이고 지음,

도호샤샤출판,, 1981)

'성년식'은 '어른이 되기 위한 의식'이다. 민속학에서는 「바밧카와」로 대표되는 옛날이야기가 민속사회에서 성년식을 반영하는 것이라고 생각한 것이다. 성년식에서는 ①짐승 가죽 등을 뒤집어쓴 의상, ②이름 변경처럼 어린이에서 어른으로 인격이 전환된다는 것을 상징하는 의식이 행해지곤 한다. 우바카와는 ①번 습속이 반영된 것으로 볼 수 있다.

　이쯤에서 뭔가 떠오른 분도 있겠지만, 지브리 애니메이션 〈하울의 움직이는 성〉에서 소피가 노파가 되는 장면은 말 그대로 우바카와를 뒤집어쓴 상태이다. '새로운 이름' 역시 옷처럼 형태는 띠지 않지만 일종의 우바카와이다. 즉 〈센과 치히로의 행방불명〉에서 '치히로'의

이름이 '센'으로 바뀌는 부분은 치히로가 '다른 모습'으로 변하기 위해 유바바(→야만바)에게서 '센'이란 이름을 아이템으로 받는 것으로 볼 수 있다.

그렇게 보면 〈기동전사 건담〉의 모빌슈트Mobile SUIT[25]라든지 〈신세기 에반게리온〉의 에바 시리즈[26]도 주인공의 성장을 돕고 아이와 어른의 불안정한 시기를 보호하기 위해 두르는 '라이너스의 담요'의 변종으로 볼 수도 있겠다. 모빌슈트는 그야말로 '슈트', 즉 몸에 두르는 것이니까. 수많은 로봇 애니메이션 중에서도 〈건담〉과 〈에반게리온〉이 특별한 존재로 여겨지는 것도 사춘기 소년들에게 '라이너스의 담요'의 역할을 했기 때문인지도 모른다. 지금까지 살펴본 내용을 토대로 워크숍을 시작해보자.

워크숍 2

......

'토토로'나 '라이너스의 담요' 같은 이행 대상 캐릭터를 만들어보자.

| 과제 |

다음 조건을 가지고 주인공의 이행 대상 캐릭터를 만들어보자.

  (1) 어른, 아이, 유아, 연령, 성별, 세계관은 아무래도 상관없으니 주인공을 한 명 만들자. 단, 어떤 형태로든 '불안', '트라우마', '미성숙함'을 갖고 있을 것.

  (2) 그 주인공에게 어울리는 이행 대상('공상 속의 친구' 혹은 '라이너스의 담요')을 생각해보자. 공상 속의 친구라면 단독 캐릭터, 라이너스의 담요라면 아이템이나 코스튬이다.

| 작례 해설 |

이번 강의에서 중요한 문제는 우선 '나'를 얼마나 대상화하고 캐릭터화할 것인가이다. 무언가 불안정함을 갖고 있는 캐릭터를 만들고, 그 '불안정한 나'를 이행 대상형 캐릭터나 아이템을 통해 표현해보자.

〈작례 1〉에서 주인공의 이행 대상은 '거울에 비친 자신'이다. 소녀만화에선 '쌍둥이'라는 모티프가 자주 채용되는데, 자신과 똑같은 사람 혹은 자신을 이상화한 인물과의 관계는 거울 속 자신과의 관계에 틀어박힌 상태와 마찬가지라고 할 수 있다. 이 거울 속 캐릭터는 아마도 가오나시처럼 한 번은 '폭주'할 테고, 주인공이 이 캐릭터와 어떻게 결별할 것인지가 스토리에서 포인트가 될 것이다.

〈작례 1〉

구사카베 라이무

주인공 캐릭터. 여자아이, 12세. 초등학교 6학년. 꿈 많은 여자아이다. 12살인데도 얌전하고 조용한 탓에 주변에서는 침착하고 어른스럽다고 생각한다. 하지만 실제 머릿속은 망상으로 가득 차 있고 주변 물건들은 온통 꽃투성이이다. 아직까지 백마 탄 왕자님을 믿는 약간 황당한 아이. 자신이 사실은 백작 가문의 딸이라고 믿으며, 주변 사람들은 하층계급이라고 생각한다. 부모는 일만 하느라 거의 집에 없다. 사실상 혼자 사는 셈.

클라라

이행 대상 캐릭터. 라이무가 유일하게 친구로 생각하는 아이. 그 정체는 거울에 비친 자신이다. 항상 둘(?)이서 대화한다. 하지만 실제로는 혼자 떠드는 것. 클라라란 이름은 라이무가 지었다.

〈작례 2〉

미에 토모코

주인공 캐릭터. 여성, 20세. 아르바이트로 먹고 산다. 최근 아르바이트에서 잘리는 바람에 현재는 무직. 고등학교 중퇴. 이유는 수학을 제외한 다른 과목들은 뒤처져서 흥미를 갖지 못했다. 화학도 못했다. 1년 전 어머니와 싸우고 집을 나와 혼자 산다. 친구는 별로 없다. 어머니가 보낸 대학생 남동생이 옆집에 산다. 아르바이트에서 잘린 여름날 밤, 길에 쓰러져 있던 산타의 유생을 줍게 된다.

산타의 유생幼生

이행 대상 캐릭터. 암수 구분은 없다. 산타목 산타과 일본산타의 유생. 보통은 하늘에 사는데 지구온난화 영향으로 몸이 약해져서 땅으로 떨어졌다. 가르치면 말도 할 줄 안다. 성충이 되어 크리스마스가 지나면 대개 금방 죽지만, 여름을 넘기는 개체도 있다. 생물도감에는 실려 있지 않다. 멸종위기종.

주인공은 언젠가는 이행 대상을 버려야 한다. 〈이웃집 토토로〉와 〈몬스터 주식회사〉에서도 토토로나 설리와 헤어질 때가 올 것이다. 이행 대상과 헤어지지 않으면 메이도 부도 어른이 될 수 없다. 일본 애니메이션 〈세계 명작 극장〉 시리즈[27] 중 하나인 〈미국너구리 라스칼〉에는 주인공 스털링과 라스칼의 이별이 확실하게 그려져 있다.

〈작례 2〉의 이행 대상인 '산타의 유생'은 그 자체로 상상력을 자극하는 캐릭터이다. 아르바이트로 생활을 영위하며 어정쩡하게 사는 주인공은 그야말로 어른이 되지 못한 '나'이다. 그녀가 주운 '산타의 유생'은 '크리스마스를 넘기면' 죽어버리지만 드물게 '여름을 넘기기도 하는 개체'로 설정되어 있다. 아무튼 주인공이 어른이 되면 '산타의 유생'과 헤어지게 될 거라는 예감이 든다. 이행 대상 캐릭터를 만들 때 가장 중요한 요소인 '이별'이 캐릭터 설정에 들어 있어야 한다.

〈작례 3〉, 〈작례 4〉는 라이너스의 담요형이다. 루빅큐브[28]를 지닌 소년, 열쇠 다발을 목에 늘어뜨린 소년. 캐릭터에 특별한 속성 같은 것을 담지 않더라도, 소년들에게 이행 대상을 쥐어주는 것만으로도 흥미를 자아내는 스토리가 만들어진다. 조금만 발전시켜도 단편영화 플롯 한 편을 바로 만들 수 있을 것이다.

이번 워크숍은 아무리 픽션으로 만들려고 해도 작가의 내면이 캐릭터에 이입될 수밖에 없다. 하지만 작가가 자신의 불안을 캐릭터나 아이템으로 한 번 바꾸기 때문에 자신의 내면에 뿌리를 두면서도 적절한 거리를 유지하는 매력적인 캐릭터가 만들어진다.

당신의 '라이너스의 담요'는 어떤 캐릭터인가.

〈작례 3〉

케빈 워켄(주인공)과 루빅큐브(이행 대상)
남성, 12세. 어머니에게 폭력을 당한 기억을 트라우마로 갖고 있다. 루빅큐브를 잘하는데, 돌아가신 아버지가 자주 칭찬해줬기 때문에 항상 갖고 다닌다. 루빅큐브를 통해 아버지를 떠올리고 있는지도…. 폭력이나 폭언에 민감하여, 금방 불안감을 느낀다.

〈작례 4〉

나카자와 유야(주인공)와 열쇠(이행 대상)
주인공은 아동 보호 시설에서 자랐다. 시설의 소장에게 자기 방 열쇠를 받았다. 처음 갖게 된 자기 방. 그 이후 항상 여러 가지 열쇠를 목에 걸고 다닌다. 지금은 열쇠를 7개 정도 갖고 있는데 각각 무언가를 감추고 있다. 그가 가장 맘에 들어 하는 것은 처음 받은 붉은 열쇠인데, 그 열쇠는 다른 사람이 만지기만 해도 화를 낸다.

3강

데즈카 오사무는 왜 주제를 캐릭터의 속성으로 삼는가

데즈카 오사무가 사용한 단어의 출처

캐릭터란 무엇인가. 이 문제에 대해 좀 더 생각해보도록 하자.

1강에서는 '아바타'라는 개념을 살펴보았다. 캐릭터라는 작화 단계나 속성을 선택하는 소위 '캐릭터 설정' 단계에서는 웹에서 아바타를 만드는 것처럼 해도 상관없다. 그렇게 만들어진 캐릭터는 작자 본인의 '나'의 화신(아바타)이기도 하다. 이 두 가지 특징은 자칫 모순적으로 보이지만 별로 문제되지는 않는다.

전자는 캐릭터는 일종의 기호일 뿐이라는 상당히 쿨한 캐릭터론이다. 소위 '만화 기호설'로 불리는 이러한 입장은 만년의 데즈카 오사무가 주장한 것이다. 비평가 및 팬들로부터 그의 만화에 성적 매력이 없다는 비판에 대해 데즈카 오사무는 그러한 입장을 내놓았다. 하지만 사실 데즈카의 여성 캐릭터는 꽤 섹시하다. 오늘날 '모에'를 상징하는 기호들 가운데에는 데즈카 오사무를 기원으로 한 것도 있다.

데즈카 오사무가 "내 그림은 기호일 뿐"이라며 화를 낸 것은 아니다. 처음 잡지에서 데즈카 오사무의 발언을 읽었을 때 나는 그가 화를 낸 거라 생각했다. 당시 나를 비롯해 데즈카 오사무를 인터뷰한 사람도 데즈카 오사무가 '기호설'을 논하면서 사용한 '기호'나 '상형문자' 등의 용어를 잘 몰랐기 때문이다(24~25쪽에 인용된 데즈카 오사무 인터뷰 참조). 이를 테면 이것은 데즈카 오사무와 독자의 '교양' 차이에서 비롯된 문제라고 할 수 있다. 그가 인용한 용어들은 15년전쟁[1] 시절의 영화 비평에서 가져온 것인데, 당시에 그러한 지식을 가진 사람들은 별로 없었다.

데즈카 오사무는 종전 당시 10대 중반이었는데, 15년전쟁 시절 영화 비평은 요즘으로 치면 〈현대 사상〉[2]처럼 젊은이들 사이에서 고전으로 통했다. 이를 테면 가라타니 고진이나 아즈마 히로키의 평론처럼 읽혔던 것이다. 따라서 2차 세계대전 이후 데즈카의 만화론·애니메이션론에는 15년전쟁 시절 영화 평론에 사용하던 용어들이 등장한다.

예를 들어 데즈카 오사무가 전시戰時에 쓴 일기에는 쇼치쿠[3]가 해군성 지원을 받아 제작한 장편 애니메이션 〈모모타로 바다의 신병〉[4]에 대해 언급하면서 '문화영화'라는 용어를 쓴 바 있다. 문화영화란 전시에 영화법으로 상영을 강제한 다큐멘터리 영화를 의미한다. 문화영화는 국책영화였지만 그 제작자와 비평가 중에는 마르크스주의자들이 적지 않았는데 그들이 '전향'하면서 일종의 방편으로서 오락영화와 대비되는 '예술영화'로서 왕성하게 논의되고 있었다.

그리고 〈모모타로 바다의 신병〉은 문화영화의 논객이었던 이마무라 다이헤이[5]의 영화론이나 애니메이션론에 입각하여 '문화영화'적으로 만들어졌다. 일기를 읽어보면 문화영화가 놓인 맥락을 데즈카 오사무가 충분히 이해하고 있었다는 것을 알 수 있다. 좀 더 쉬운 예를 들자면, 만화계에서는 지금도 데즈카에서 유래한 전후 만화의 형식을 '스토리 만화'[6]라고 부르는데, 이 '스토리'라는 단어 역시 당시의 영화 용어였다. 전쟁 당시 영화가 '스토리 형식'이어야 하는지 아닌지에 관해 논쟁이 있었는데, 데즈카 오사무가 그 논쟁을 염두에 두고서 영화적인 '스토리 형식'에 기반한 만화를 만든 게 아닌가 싶다.

데즈카 오사무가 '만화 기호설'을 설명하기 위해 사용한 '기호'나 '상형문자'라는 용어 역시 15년전쟁 당시에 나온 영화 용어다. 예를 들어 '기호'라는 용어는 쇼와 초기에 영화청년들 사이에서 뿐만 아니라 일종의 현대사상으로서 받아들여진 레프 쿨레쇼프Lev Vladimirovich Kuleshov[7]의 영화론에 등장한다.

관객이 화면을 바로 읽어내고, 주어진 화면에 나타난 것을 분명하게 전달하려면 화면은 **기호**로서, 문자로서 작용하지 않으면 안 된다. 관객이 혼란스러워한다면 그 화면이 자기 역할―**기호**의 역할, 문자의 역할― 을 제대로 하지 못했다는 뜻이다. 다시 말하면 각 화면들은 마치 문자들처럼 움직여야 한다. 그리고 처음부터 끝까지 빨리 읽어낼 수 있어야 한다.

주어진 화면을 **기호**로서 관객에게 전달하기 위해서는 지극히 다양한 조직적 노력을 필요로 하지만 사용할 수 있는 수단은 별로 없다. [굵은 글씨는 저자 강조]

(「쿨레쇼프 영화 예술론(나의 경험록)」, 〈영화예술연구〉 제1집~제9집 부정기 연재, 쿨레쇼프 지음, 마가미 기타로 옮김, 게이주쓰샤, 1933~34)

에이젠슈타인Sergei Eisenstein이 몽타주 이론, 즉 영화의 컷과 컷의 조합을 통해 의미가 생성되는 것을 한자의 변邊과 방旁(오른쪽 부분)에 비유했다는 사실은 잘 알려져 있다. 에이젠슈타인의 영화론에는 '상형문자'라는 용어가 등장한다. 에이젠슈타인 이전에 쿨레쇼프는 '쿨레쇼프 효과'라 불리는 몽타주 이론의 원리적 실험을 한 바 있다. 쿨레쇼프 또한 영화에서 몽타주란 '기호'(컷)와 '기호'(컷)의 조합에 의한 '상형문자' 같은 것이라고 주장했다. 몽타주를 한자와 같은 '상형문자'에 비유한 것은 쿨레쇼프, 에이젠슈타인 외에도 동시대 소련 영화감독들의 영화론에서 발견되지만, '기호'라는 용어는 쿨레쇼프 영화론에만 등장한다.

데즈카 오사무는 쿨레쇼프의 몽타주 이론을 자신의 만화 캐릭터론에 적용했다. 데즈카 오사무는 자신의 그림을 부분과 부분을 조합한 '몽타주'라고 생각했으며, '기호'들의 '몽타주'를 통해 캐릭터가 생성됨으로써 비로소 자신의 작품이 리얼리티를 갖게 된다고 반론했다.

그가 캐릭터를 '기호'에 비유하면서 그 의미를 부정하려 한 이유는 그림에 대한 호불호를 중심으로 캐릭터를 논하는 만화 평론에 '짜증'이 났던 건 아닐까 싶다. 데즈카 오사무의 만화 기법을 영상적 기법이라고 할 때, 만화 칸을 몽타주하여 이루어진 연출한다는 의미로 받아들이는 경우가 많다. 하지만 그가 캐릭터론에 몽타주 이론의 용어를 차용한 것을 보면 '영화적 기법'을 어떤 식으로 이해하고 있었는지 알 수 있다. 데즈카 오사무가 만화가 '영화적'이라고 한 데에는 상당히 넓은 의미가 내포되어 있다는 말이다.

캐릭터와 리얼리즘의 상극

다시 데즈카 오사무의 캐릭터론으로 돌아가자.

데즈카가 쿨레쇼프 및 에이젠슈타인의 영화론에서 받은 영향은 '기호', '상형문자'라는 용어만이 아니다. 예를 들어 에이젠슈타인은 '티파주typage'라는 방식으로 배우를 캐스팅한 것으로 알려져 있다. 티파주란 직업적 배우가 아니라 비전문 배우를 기용하는 것이다. 예를 들어 가난한 농민 역에는 실제로 그렇게 보이는 사람을 캐스팅한다. 이를 테면 '겉모습'만 보고 캐스팅을 하는 것이다. 정말 그런 사람으로 보인다는 것은, 인간의 외견을 '농민', '부르주아', '관료' 등의 속성으로 환원시키는 과정이다. '기호'의 조합을 통해 캐릭터가 성립된다는 데즈카의 생각은 티파주에서 가져온 것으로 보인다.

〈그림 1〉과 같은 표정집에서도 쿨레쇼프의 영향을 엿볼 수 있다. 데즈카는 표정도 '캐릭터'라는 단위를 구성하는 기호로 보고 있다. 이처럼 인간의 감정을 형식화된 표정으로 환원한다는 사고방식은 아래 인용된 쿨레쇼프의 글에서 찾아볼 수 있다.

문제

영화는 몸짓, 표정 및 움직임의 예술이다. 따라서 배우는 몸짓, 표정 및 움직임을 통해 자신의 계급적 형상—예를 들면 자본가 혹은 노동자—형상을 만들어내야 한다. 그러면 각각의 배우는 어떤 음표 시스템을 통해 움직여야 하는가? 만약 모든 움직임이 동일하다면 계급적 형상을 만들어내는 것은 불가능하지 않은가?

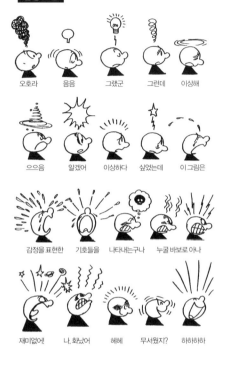

그림 1 『만화전과 초급편』, 데즈카 오사무 지음, 무시
프로상사 주식회사, 1969

해답

이 문제에 대해서는 질문에 대한 질문이 답이 될 것이다. 자본가는 어떻게 움직여야 하는가? 노동자는 또 어떻게 움직여야 하는가? 예를 들어 자본가는 어떤 식으로 걷는가?

계급적 형상을 만들어내고자 하는 배우는 바라는 형상을 얻기 위해 어떤 것이 필요하고 어떤 것이 불필요한지 알아야 한다. 따라서 움직임을 고안하고 '설계하고' 계통화해야 한다.

(『쿨레쇼프 영화 감독론』, 쿨레쇼프 지음)

쿨레쇼프는 러시아혁명 직후의 사람이라 계급을 중심으로 인물의 요소를 분석했다. 그의 이론은 계급이라는 지극히 추상적인 개념조차도 몸짓이나 표정 등의 구성 요소로 환원할 수 있다는 사고에 기반한다.

쿨레쇼프와 에이젠슈타인의 몽타주 이론은 구성주의에 기반하고 있다. 따라서 데즈카 오사무의 기호설은 구성주의적 캐릭터론이라고 할 수 있다. 그들은 사회주의라는 새로운 사상이 얼마나 '현실'을 반영할 수 있는지 실험한 것이다. 말하자면 그들은 '기호'를 통해 새로운 리얼리즘을 시도했다.

미키 마우스 등 할리우드산 애니메이션에서 비롯된, 의도적으로 신체성을 지운 비非 리얼리즘적인 표현 방법을 통해 살아 있는 인간을 표현하는 데즈카의 방식에는 모순이 내포되어 있다. 나는 그가 15년전쟁 중에 예술이론으로 부상한 러시아 구성주의와 과학주의적 리얼리즘으로부터 영향을 받았기 때문이라고 생각한다. 하지만 캐릭터와 리얼리즘의 상극이라는 문제는 15년전쟁 시기에 처음 제기된 것은 아니다. 근대적 만화 표현의 진전은 캐릭터가 고유성을 획득하기 위한 과정이기도 했다.

캐릭터의 고유성이란 인간의 고유성과 마찬가지로 고유의 이름과 신체로 이루어진 다른 누군가와 치환 불가능한 '나'를 의미한다. 근대에 사람이 고유성을 획득해가는 과정과 캐릭터가 되어가는 과정은 동일 선상에 있다.

기타자와 라쿠텐[8]의 『도쿄 팍』(1905)은 근대 만화의 출발점으로 여겨진다. 그 작품에는 '장난꾸러기', '개구쟁이' 등 이름을 가진 허구의 캐릭터가 등장한다. 하지만 〈도쿄 팍〉에서 구체적으로 이름을 가진 캐릭터는 풍자의 대상인 정치가뿐이다. 장난꾸러기처럼 이름을 가진 캐릭터도 일부이며(〈그림 2〉), '장난꾸러기' 또한 고유명사로 보기엔 애매하다. 〈그림 3〉에서도 '신사 고(갑)노', '을병 박사' 등 이름을 갖고 있는 캐릭터가 등장한다. 하지만 '고(갑)노', '을병'이란 신사나 박사 등의 인물 유형을 대표하는 기호에 불과하다. 그렇다면 장난꾸러기나 개구쟁이 역시 아이들 일반을 유형화한 것으로 볼 수 있다. 따라서 당시의 캐릭터들은 고유의 이름을 갖고 있지 않았다고 봐도 무방하다. 참고로 데즈카는 라쿠텐에 관해 이렇게 인상을 밝힌 바 있다.

아, 그렇지. 불황 전으로 기억하는데, 프롤레타리아와 부르주아의 관계랄까… 그런 것을 상당히 교묘하게 그렸지요. 부르주아의 상징은 헤이노 모헤이지[9]. 돈이 남아도는 사람인데도 엄청난 구두쇠입니다. (웃음) 그의 조카 데이노 누케사쿠라는 완전히 프롤레타리아의 대표였죠.

처음엔 헤이노 모헤이지를 〈시사신보〉에 그려왔는데, 소재가 떨어졌는지 점점 데이노 누케사쿠가 더 많이 나왔습니다. 그 인물이 더 그리기 쉬웠던 걸까요, 역시. (웃음) 데이노 누케사쿠의 동료로는 가네와 나시로라고 아예 돈이 없는 할아버지가 있었고, 또 그 아들로 좀 바보

그림 2 「장난꾸러기의 장난」의 한 장면(『만화잡지 박물관
: 메이지 시대에 편집된 도쿄 팍 1(메이지기)』, 기타자와 라
쿠텐 지음, 시미즈 이사오 엮음, 고쿠쇼칸코카이, 1986)

그림 3 「장난꾸러기의 장난」의 한 장면(같은 책)

같은 아마로라고 있었고…. 그리고 방금 얘기하셨던 하이카라 기도로
는 당시 유행하던 모거, 모보[10]의 상징 같은 인물이었죠.

　　(『데즈카 오사무: 만화의 오의』, 데즈카 오사무·이시코 준 지음, 고단샤, 1992)

이렇게 보면 기타자와 라쿠텐의 '유형'을 표현하는 '기술'과 데즈
카 오사무가 갖고 있던 티파주론적 사고에는 공통점이 있다. 적어도

데즈카 오사무는 기타자와 라쿠텐의 캐릭터를 티파주로 받아들였다는 것을 알 수 있다.

기타자와 라쿠텐의 그림을 보면 쇼와 시절 디즈니 이후의 만화 표현보다는 사실적이다. 하지만 캐릭터가 고유성 및 신체성을 획득하는 데 있어 그림이 반드시 사실적이어야 하는 건 아니다. 사실 일본 만화사에서 캐릭터가 고유성을 갖게 된 것은 작가의 의도가 아니라 독자들과의 관계에 의해서였다.

『쇼짱의 모험』을 향한 시선

이러한 관점에서 다이쇼 후기에 압도적으로 인기를 얻었던 연재만화 『쇼짱의 모험』은 무척 흥미롭다. 〈일간아사히그래프〉에 연재되기 시작해 〈도쿄아사히신문〉으로 옮겨 계속 선보인 이 만화는 1회에 4컷씩 게재되었는데 전체적으로는 일정한 스토리를 갖고 있다. 당시에도 연재만화가 있긴 했지만, 『쇼짱의 모험』의 독특한 점은 캐릭터를 바라보는 독자의 시선이다. 간단히 말하면 이 작품을 바라보는 독자의 시선에 의해 캐릭터의 고유성이 발생했다.

『쇼짱의 모험』이 〈도쿄아사히신문〉에 연재될 당시에는 독자가 보낸 투서와 함께 게재되었는데 만화연구가 다케우치 오사무는 투서 내용이 만화에 반영되면서부터 독자가 느끼는 리얼리티가 강해졌다고 분석했다(『아동만화의 거장들』, 다케우치 오사무 지음, 산이치쇼보, 1995).

『쇼짱의 모험』 1권을 사왔는데 건강한 쇼짱의 얼굴을 보고 기뻤습니다. 그런데 31쪽부터 33쪽의 쇼짱 얼굴이 좀 다른 것 같습니다. 혹시 쇼짱의 사촌 아닌가요?

〈도쿄아사히신문〉 1924년 7월 18일자

위 인용문은 『쇼짱의 모험』이 처음 단행본으로 출간(1924년 7월 6일)된 직후에 독자가 보낸 투서이다. 〈그림 4〉와 〈그림 5〉를 비교해보면 실제 얼굴이 조금 다른 것을 알 수 있다. 몸의 비율이나 얼굴, 특히 입 주위가 확실히 다르다. 신문사에서는 독자의 의견에 대해 "작년 2월 일간 〈일간아사히그래프〉에 실린 원화"를 사용했기 때문이라고 해명했다. 만화 작품이 장기간 연재되다 보면 캐릭터가 조금씩 달라지기도 한다. 그런데 이 투서를 한 독자는 그 '차이'를 문제 삼은 것이다. 뭐랄까, 요즘 세대의 '오타쿠'들과 비슷할 정도로 섬세하다. 하지만 이 독자가 궁금했던 것은 신문사의 답변이 아니었다.

쇼짱, 엄마께서 『쇼짱의 모험』 1권을 사주셨어요. 그런데 31쪽부터 33쪽의 쇼짱 얼굴이 다르네요. 분명 그 사람을 비행기에 태웠기 때문이겠죠. 다음부턴 그 사람을 태우지 않도록 주의해서 모험을 하세요.

〈도쿄아사히신문〉 1924년 7월 27일자

이 독자는 얼굴이 다른 것을 합리적으로 설명해달라고 요구했던 것이다. 투서들 중에는 쇼짱의 가족 구성이나 본명 등 작중에 나오지 않는 세부 사항, 요즘으로 말하면 '설정'이나 '세계관'에 관한 질문을 하

그림 4 『동화 쇼짱의 모험』의 한 장면(오다 쇼세이[11] 원작 · 도후인[12] 그림, 아사히신문사, 1924)

그림 5 『동화 쇼짱의 모험』의 한 장면(같은 책)

거나, 낙타의 발자국 모양이 이상하게 그려져 있다며 요즘 '수수께끼 책'[13]처럼 재미로 사소한 부분을 지적하는 것도 있었다고 한다. 이는 독자들이 만화에서도 '또 하나의 현실'을 찾고 있다는 증거다. 즉 만화 속의 세계라고 해도 일정한 합리성(현실성)이 있어야 한다는 뜻이다. 따라서 사소한 비합리성도 만화라는 이유로 그냥 넘기지 않는 것이다.

또 하나의 현실 속에 살아 있는 신체

쇼짱은 만화 캐릭터임에도 불구하고 신체를 가진 것처럼 여겨지기에
이른다.

> 쇼짱, 점점 신록의 계절 여름이 다가옵니다. 저는 쇼짱의 모자가 너
> 무 덥지 않을까 걱정됩니다. 여름에 어울리는 모자를 선물할게요. 아
> 무쪼록 써주시길 바랍니다.
>
> 〈도쿄아사히신문〉 1924년 5월 4일자)

나의 조부모 연배의 사람들은 끝에 방울이 달린 니트 모자를 '쇼짱
모자'라고 부르는데, 바로 만화에서 쇼짱이 쓰던 모자에서 유래된 말
이다.

『쇼짱의 모험』은 연재 중에 단행본으로 출간되었고, 1924년에는
레코드와 활동사진으로도 만들어졌다. 애니메이션 필름은 지금까지
전해지고 있다. 나 또한 베이비 파테(가정용 간이 상영기)로 볼 수 있는
필름을 소장하고 있다. 『쇼짱의 모험』은 소위 미디어믹스가 자연스
럽게 이루어진 초기 사례이고, '쇼짱 모자'도 '캐릭터 상품'의 효시라
고 할 수 있다. 신문 투서란에 쇼짱 모자를 어디서 살 수 있는지 묻는
질문이 여러 번 올라온 걸 보면 인기도 꽤 있었던 것 같다.

앞에 인용한 투서에서 독자는 쇼짱의 건강을 걱정해 모자를 벗기
를 권한다. 이는 독자가 쇼짱을 모자를 쓴 캐릭터가 아니라 실제 사
람처럼 느끼고 있다는 것을 의미한다. 말하자면 모자라는 '속성'을

빼더라도 쇼짱만의 고유성을 인정하는 셈이다. 실제로 작가는 독자들의 조언에 따라 쇼짱의 모자를 여름용(〈그림 6〉)으로 바꿨다.

만화·애니메이션에 있어서 캐릭터란 일반적으로 '그림'으로 고정되어 있다. 그런데 쇼짱의 독자는 캐릭터가 변화하지 않는 것을 이상하다고 느꼈다. 독자 입장에서는 작품에 또 하나의 현실이 존재하고, 그곳에도 시간이 흐르기 때문이다. 따라서 쇼짱의 모습이 변했다가 원래대로 돌아가는 것이 이상하고, 여름에도 겨울 모자를 쓰고 다니는 것도 이상한 일인 것이다. 독자는 고정된 캐릭터보다 살아 있는 신체를 가진 캐릭터를 원한 것이다. 그런 독자의 시선은 다음의 투서에서 결정적으로 드러난다. 이 독자는 시간이 흘러도 쇼짱이 성장하지 않는 것을 이상하게 여긴다. 이러한 독자의 시선 속에서 쇼짱은 신체를 가진 존재로 확연히 받아들여지고 있다.

> 쇼짱, 아무리 시간이 흘러도 어른이 되지 않네요.
>
> (〈도쿄아사히신문〉 1924년 11월 20일자)

아톰의 명제

독자가 캐릭터의 '신체'에 대해 느끼는 '모순'은 일본 만화사史에서 무척 흥미로운 문제이다. 왜냐하면 그 문제가 다시금 데즈카 오사무에 의해 '발견'되기 때문이다.

데즈카 오사무의 『철완 아톰』[14] 1편의 제목은 「아톰 대사」다. 아톰은 덴마 박사의 아들 도비오가 교통사고로 죽자 그 대신 만들어진 로

그림 6 『동화 쇼짱의 모험』.
(〈도쿄아사히신문〉 1924년 6월 4일자. 오다 쇼세이 원작·도후인 그림)

봇이다. 그런데 덴마 박사는 그 로봇 아들이 인간처럼 성장하지 않는 다고 크게 화를 낸다(〈그림 7〉).

> "박사의 마음은 위로받았습니다." "하지만 얼마 안 있어 무서운 결 점을 발견했습니다." "그것은 도비 군이 성장하지 않는다는 것이었습 니다." "박사는 그 점에 매우 화를 냈습니다."
>
> (「아톰 대사」, 『소년걸작집 1권』, 데즈카 오사무 지음, 고분샤, 1989)

아톰은 이렇게 덴마 박사의 눈 밖에 났다. 나는 '성장하지 못한다'는

그림 7 「아톰 대사」의 한 장면(『데즈카 오사무 만화 대전집 DVD-ROM』, 데즈카프로덕션 감수, 고단샤 협력, 데즈카 오사무 디지털만화대전집 제작위원회 〈아사히신문사, 인크리먼트P, 비디오 팩 닛폰〉 제작·발행, 2001)

아톰의 한계를 '아톰의 명제'라고 불러왔다. 쇼짱은 그런 의미에서 아톰이 겪는 모순을 처음으로 이끌어낸 캐릭터였다고 할 수 있다.

데즈카 오사무는 15년전쟁 초기에 다가와 스이호 등 일본의 만화가들이 할리우드산 애니메이션과 러시아 구성주의를 결합해 만든 작법을 계승했다. 아톰이나 『정글 대제』[15]의 레오를 필두로 한 1940년대 중반에서 1950년대 중반까지 데즈카가 그린 캐릭터는 미키 마우스와 매우 비슷했다. 그리고 '기호설'의 용어나 논리 구성이 보여주듯 이론적으로는 구성주의에 기반을 두고 있다.

디즈니의 작화법 중 하나인 신체 변형(《그림 8》)에서 볼 수 있듯이 '미키의 서식'으로 그린 캐릭터에는 '신체성'이 없다. '기호'이기 때문에 죽지도 않고 성장하지도 않는다. 이러한 작업을 이어받은 다가와 스이호는 자신의 강아지 캐릭터 '노라쿠로'를 성견으로 성장시키기도 했지만 성견이 된 후에는 디자인을 고정시켰다. 또한 목을 쳐도

그림 8 · 미키 마우스에 나타난 신체 변형
(『생명을 불어넣는 마법』, 프랭크 토마스·올리 존스톤 지음, 스튜디오지브리 옮김, 도쿠마쇼텐, 2002)

죽지 않는 중국 병사를 그리는 등 캐릭터에 신체성이 없는 것을 이용하여 개그를 (다른 전쟁 중의 만화와 마찬가지로) 그리기도 했다. 노라쿠로 또한 전장에서 총을 맞고도 죽지 않는 대목이 있다.

'죽지 않는 신체'는 15년전쟁이 시작되면서 일본으로 유입된 '미키의 서식'형 만화 표현의 특징이다. 그것은 전쟁에서의 '죽음'을 은폐하는 데에 적합한 방식이었다. 그런 한편 만화·애니메이션에 과학주의적 리얼리즘이 요구되었다. 데즈카 오사무가 전시에 그린 습작『승리의 날까지』에서 '미키의 서식'으로 그려진 캐릭터의 가슴에 한 줄기 피가 흐르는 장면은 이러한 모순을 보여준다. 『아톰 대사』에서 아톰이 가진 숙명은 데즈카카 '죽지 않는', 즉 '성장하지 않는' 캐릭터에서 죽어가는, 즉 성장도 할 수 있는 살아 있는 신체를 끌어냈기 때문이라고 할 수 있다.

아이들이 쇼짱에게서 '신체'를 이끌어낼 수 있었던 것은 근대 이후에 '고유성'이라는 관념이 아이들의 시선에도 파급되었기 때문일 수도 있다. 그러나 데즈카가 '미키의 서식'에서 '신체성'을 이끌어낼 수 있었던 것은 만화와 애니메이션을 둘러싼 '전시'의 논의와 청소년 시기에 국가로부터 '죽음'을 요구받는 전쟁 경험의 반영이겠다. 전쟁이란 개인의 고유성과 존엄을 계속해서 훼손함으로써 유지되는 상황이고, 그 부조리한 상황 속에 살았던 소년이 '신체'를 의식하지 않을 수는 없다.

즉 데즈카의 만화 캐릭터는 '기호'로서의 신체이자 '살아 있는 신체'이기도 하다는 모순 혹은 양면성을 가지고 있다. 따라서 애니메이션 캐릭터를 성적으로 표현하는 '모에' 계열 저패니메이션은 '기호'에 신체를 부여하고자 했던 데즈카적 표현이 다다른 막다른 골목(사람에 따라선 '가능성'으로 볼지도 모르겠지만)인 것이다.

'신체'를 둘러싼 모순

아톰은 '성장하지 않는 신체', 즉 '기호로서의 신체'와 '성장할 것을 요구받는 신체', 즉 '살아 있는 신체' 양쪽을 모두 갖고 있는, 데즈카 캐릭터의 모순을 드러낸 캐릭터다.

이처럼 '성장하는 신체'와 '성장할 수 없는 신체'의 모순은 데즈카 오사무의 손을 벗어나 일본 전후 만화를 관통하는 캐릭터의 본질 중 하나가 되었다. 예를 들어 가지와라 잇키 원작의 만화 『내일의 죠』에서 주인공 야부키 죠는 라이벌 리키이시 도오루가 감량 끝에 목숨을 잃은 밴텀급 체급에서 싸우는 것에 집착한다. 그는 신체의 성장을 거부하고 무리한 체중 감량을 지속하며 밴텀급에 남아 끝내 '하얗게 불태운다'.[16] 한편 하기오 모토 등 24년조 작가들은 자신의 '성性'을 수용하지 못하는 소년 소녀를 계속해서 다루었다. 이러한 캐릭터들은 성장할 수 없는 아톰의 숙명과도 일맥상통한다.

96

그런 의미에서 일본 전후 만화의 캐릭터는 하나의 커다란 주제, 즉 '신체'를 둘러싼 모순을 그 '속성'으로 내포하고 있다고 볼 수 있다. '신체성'에 과민한 탓에 일본 만화는 때로 성이나 폭력을 묘사하는 데 과잉된 모습을 보인다. 나 역시 그런 과잉된 신체성을 지향하는 면이 있다. 내가 살인이나 시체를 만화의 주제로 택하게 되는 데는 아마도 그런 이유가 있는 듯하다.

워크숍 3

'아톰의 명제'를 속성으로 한 캐릭터를 만들어보자.

'신체'에 문제가 있는 캐릭터를 만들어보자.

　내가 원작을 쓴 만화 『다중인격 탐정 사이코』의 주인공 아마미야 가즈히코는 2차 세계대전 종전 이후 크게 인기를 모았던 탐정영화의 주인공 다라오 반나이[17]를 모델로 했다. 다라오 반나이는 변장의 명수로서 7개의 얼굴을 가진 탐정이다. 나는 변장한다는 설정을 조금 바꿔서 '7개의 얼굴을 지닌 탐정'을 만들 수는 없을지 생각했다. 그리고 나서 '7개의 얼굴'을 '다중인격'으로 치환했다. 그리하여 '7가지 인격을 가진 탐정 아마미야 가즈히코'가 탄생한 것이다.

　이러한 방식으로 데즈카 오사무의 캐릭터를 변용한 캐릭터를 만들어보자.

| 과제 |

『블랙잭』[18]에 등장하는 피노코의 속성을 추상화시켜보고, 그것을 다른 속성으로 치환하여 새로운 캐릭터를 만들어보자.

　　속성 1 ― 피노코는 '기형 종양'에서 적출한 장기를 블랙잭이 만든 플라스틱 신체에 넣어 만들어졌다.

　　속성 2 ― 피노코의 외모는 유아이지만 본인은 성인 여성이라고 생각한다.

이 두 속성을 좀 더 추상화해보자.

속성 1 ― 주인공의 진짜 신체는 별도의 그릇에 담겨 있다.
속성 2 ― 주인공은 자신의 진정한 '내면'과 '외면' 사이에서 괴리감을
느끼고 있다.

피코노의 내면과 외모를 추상화하면 위와 같이 정리할 수 있다. 피
노코의 내면에서는 성장을 바라고 있지만 어린아이의 신체를 가지고
있기 때문에 모순을 느낀다. 피코노의 이러한 모순은 주제와 맞닿아
있는데, 아톰의 숙명과 유사하다. 아울러 여자아이인데 남자아이의
마음을 가지게 된 『리본의 기사』[19]의 사파이어(〈그림 10〉), 여자라는 사
실을 받아들이지 못하는 도로로와 자기 몸을 빼앗아간 마물을 해치
우지 않으면 어른이 될 수 없는 햣키마루라는 『도로로』[20]의 두 주인공
(〈그림 11〉), 인간의 마음을 가진 『로스트 월드』[21]의 두 발로 다니는 토
끼들(〈그림 12〉)도 피코노와 비슷한 속성을 가지고 있다고 할 수 있다.

이전 강의에서 설명했던 '이행 대상'이라는 주제를 중심으로 피노
코라는 캐릭터를 살펴보자.

기형 종양에서 적출한 장기를 가진 피노코는 블랙잭이 만든 외형
을 가지고 살아간다. 옛날이야기 「바밧카와」에 비유하자면 블랙잭은
야만바이고 피코노의 임시 신체는 부모로부터 버림받은 주인공 소녀
를 비호해주는 우바카와에 대응된다. 여기서 우바카와는 '라이너스
의 담요형' 이행 대상으로 볼 수 있다. 즉 피노코는 이행 대상을 변용

그림 9 『블랙잭』의 한 장면

그림 10 『리본의 기사』의 한 장면

그림 11 『도로로』의 한 장면

그림 12 『로스트 월드』의 한 장면

(『데즈카 오사무 만화 대전집 DVD-ROM』, 데즈카프로덕션 감수, 고단샤 협력, 데즈카 오사무 디지털만화대전집 제작위원회〈아사히신문사, 인크리먼트P, 비디오 팩 닛폰〉 제 작·발행, 2001)

한 캐릭터라는 이야기가 된다.

그러나 옛날이야기에서 주인공 소녀가 언젠가는 우바카와를 벗고 성인 여성이 되는 것과 달리 피노코는 우바카와를 벗는 것이 어렵다. 인간의 마음을 가지고 있지만 로봇의 신체를 가지고 있기에 어른이 될 수 없는 아톰과 마찬가지다. 내가 '아톰의 명제'라고 부르는 성숙의 곤란을 안고 있는 캐릭터는 근대의 필연적인 문제로 보인다. 예를 들어 신화학자 미르치아 엘리아데는 이런 말을 했다.

> 이것은 민속학자·민족학자와는 관계가 없지만, 종교학자를 사로잡고, 나아가 철학자, 그리고 간접적이지만 문학의 탄생과도 관계있는 문예비평가의 관심까지 끌게 될 문제를 제기한다. 서구에서 민담은 (어린이와 농민의) 오락 문학, (도시인의) 도피 문학이 된 지 오래되었지만, 여전히 중차대한 모험 구조를 보여준다. 민담은 결국 통과의례 시나리오로 환원되며, 통과의례의 시련(괴물과의 싸움, 언뜻 보기에 넘어서기 힘든 장애, 수수께끼, 난제 등), 저승으로의 하강 혹은 승천(죽음과 부활), 공주와의 결혼이 반복적으로 나타난다. 얀 데 브리스[22]가 정확히 지적했듯 민담이 항상 '잘 먹고 잘 살았습니다'라는 식으로 끝나는 것은 분명하다. 하지만 그 내용은 상징적 죽음과 부활을 통해 무지와 미성숙으로부터 어른으로 이행하는 통과의례라는 지극히 엄숙한 현실을 담고 있다.
>
> (『신화와 현실』, 미르치아 엘리아데 지음)

이것은 상당히 흥미로운 문제다. 엘리아데는 민담이 통과의례(어른이 되기 위한 종교적 의식)와 밀접한 관계가 있으며, 근대 이후로도 여전히 오락, 즉 소설이나 영화의 형태로 살아남았고 중대한 책임을 갖고 있다고 말한다.

근대 이전의 사회에서는 아이가 어른이 되었다는 것을 승인해주는 종교적·사회적 의례가 존재했다. 대개는 마을에서 멀리 떨어진 초가집 안에 짐승 가죽을 뒤집어쓰고… 라는 식이 많은데, 일본에서도 지역에 따라서 2차 세계대전 이후까지 '젊은이 숙박', '처녀들 숙박' 등 남녀가 부모를 떠나 같이 숙식함으로써 촌락사회의 구성원이 되는 의식이 남아 있었다. 하루 노동량이나 번지점프를 할 용기 등을 '어른'의 기준으로 삼는 사회도 있었다.

근대 이전에 이런 통과의례가 가능했던 이유는 간단히 말해 사회가 단순했기 때문이다. 과거에 대부분의 사람들은 자신이 태어난 마을이라는 작은 지역공동체 안에서 살다가 생을 마쳤다. 부모나 공동체의 생업에 종사하도록 미리 결정되어 있어 직업을 선택할 필요도 없었다. 그런 사회에서는 어른이 되는 지표가 매우 간단했다.

하지만 근대 이후의 사회는 무척 복잡하다. 한 사람이 인생을 살아가는 데 있어 다양한 가능성이 존재하며, 한편으로는 그것을 불가능하게 만드는 '격차'도 존재한다. 따라서 인생의 가능성은 많지만 반드시 달성되지는 않는다. 게다가 사람이 사회를 살아가는 방식이 다양하고, 각각의 사람들이 살아가는 사회 또한 다르다.

나는 요즘 '만화를 가르치는 대학'에서 교수 일을 하고 있는데 제자 몇몇에게 "넌 절대 사회로 내보내지 않겠다"라는, 사정을 모르는 사람이 들으면 오해할 만한 발언을 하곤 한다. 여기에서 말하는 사회란 소위 취업 활동을 통해 도달하는 종류의 사회, 즉 '회사'라는 말과 거의 비슷한 의미이다. 내가 가르치는 학생 중에는 그런 '사회'에서 살아가기에는 좀 힘들어 보이지만, '미야자키 하야오 애니메이션의 움직임'을 만화 컷으로 쉽사리 재현해내는 친구가 있다. 그는 마치 집중력이 없는 초등학생처럼 수업 중에도 애니메이션을 보고 있었다. 법학부나 의학부였다면 쫓겨났을지도 모른다. 하지만 내 강의에선 '강의 시간에도 애니메이션을 보다니 정말 공부를 열심히 하는구나'라는 말을 듣는다. 그에게는 회사와는 다른 형태의, 그에게 걸맞는 본인의 자리가 있을 것이고, 그가 가게 될 사회에서 요구받는 어른으로서의 자격 역시 다른 데에 있을 것이다.

근대 이후의 사회에서는 어른이 된다는 기준도 복잡해졌다. 어른이라는 틀을 부술 수는 없지만, 예전처럼 하나의 기준이 아닌 각자의 마음과 신체가 성장하는 방식에 따라서 살아갈 수밖에 없다.

이처럼 복잡한 사회에서 살아가는 사람들이 왜 여전히 신화나 민담처럼 통과의례를 주제로 한 영화나 소설을 만들까? 그 답은 명백하다.

'어른이 된다는 것'은 근대 이후로 더욱 까다롭고 가혹한 문제가 되었기 때문에 오히려 어른이 되는 과정에서의 곤란을 주제로 한 이야기가 요구되는 게 아닌가 싶다. 따라서 데즈카 오사무는 그 주제를 아톰이나 피노코와 같은 캐릭터로 만든 듯하다. 생각해보면 친구의 피부를 얼굴에 이식한 블랙잭, 여자아이인데 남자아이 모습을 하고

〈작례 1〉

도도 지하루

남성. 16세. 본명은 아사노 지하루. 겉보기엔 여자아이지만 실은 남자아이. 오래전부터 여자로 키워졌다. 그 이유는 지하루가 아사노 가(재벌)의 후계자(장남)라서 생명이 위험하기 때문. 고등학교 졸업 때까지는 여자로 키워져야 한다. 올해 고등학생이 되어 무사히 졸업할 수 있을 줄 알았으나 들통 나고 만다. 하지만 그의 상황을 알게 된 친구가 졸업할 수 있도록 도와주기로 한다. 역시 남자라서 다른 여자애들보다 머리 하나 정도 키가 크다.

〈작례 2〉

다로

남성. 34세. 본명은 오다 노보루. "그치?"라는 말버릇을 가진 귀여운 TV 모양 마스코트. 전파 해킹이 유일한 특기이다. 사실은 그 속에 34세의 작은 아저씨가 들어 있다. 평소엔 마스코트로서 귀여운 캐릭터를 연기하지만 간혹 실제 아저씨의 모습이 드러난다.

아저씨는 자신이 진짜 마스코트 캐릭터라고 생각한다. 무언가를 수신하고 있다. 두발로 걸음. '손' 부분에는 자유자재로 수납 가능. 가끔 실수로 진짜 손을 내밀기도 한다. 정면 우측의 '스피커'를 통해 목소리를 낸다.

있는 도로로나 사파이어, 사람인데 짐승 모습이 되는 『키리히토 찬가』의 오사나이 키리히토 등은 전부 쉽게 벗어던질 수 없는 '우바카와'를 쓰고 있다는 공통점이 있다.

| 작례 해설 |

〈작례 1〉은 남자아이이지만 여자아이 모습, 즉 사파이어와는 정반대 패턴이다. 주인공이 여자아이처럼 하고 다니는 이유가 재벌 후계자라는 설정은 약간 억지스럽다. 아예 주인공의 할아버지가 여자아이로 키우지 않으면 재산을 상속해주지 않겠다는 유언을 남겼다는 식으로 황당무계해도 좋을 뻔했다. 그 이유가 다소 황당하더라도 사춘기 남자아이가 여자아이인 척 살아간다는 상황 자체가 독자들이 사춘기에 느끼는 '남자다움' '여자다움'이라는 갈등을 내포하고 있어 캐릭터를 리얼하게 만들기 때문이다.

〈작례 2〉는 TV 모양 인형 속에 웬 아저씨가 들어 있다는 캐릭터다. 홋카이도 방송 프로그램에 등장하는 '온on짱'이라는 귀여운 인형 탈 마스코트가 있는데, 그 속에 야스다 켄이라는 내가 좋아하는 배우가 있었다. 프로그램 중에서 그 마스코트가 학대(?)받는 장면이 매우 재미있었는데, 그런 느낌이라고도 할 수 있다. 아베 고보[23]의 소설 『상자남』도 연상된다. 『상자남』은 종이박스에 들어가 '상자남男'이 된 남자가 주인공인 1인칭 소설이다. 이 작품도 1인칭 시점으로 시나리오를 써보면 재미있을 것 같다.

인형 속에 들어 있는 아저씨는 누구이고 왜 인형 속에 들어가게 되었는지가 점차 밝혀지는 이야기를 쓰면 꽤 깊이 있어질 것 같다.

양쪽 다 설정은 엉뚱하지만 보기보다 리얼한 캐릭터라는 생각이 들지 않는가. 그 이유는 이 작품들이 앞에서 언급한 '아톰의 명제'라는 어른이 되는 어려움을 계승한 주제를 포함하고 있기 때문이다.

4강
이야기와 캐릭터의 관계

이야기와 캐릭터는 분리할 수 없다

캐릭터는 주제를 통해 작품과 연결된다. 그리고 주제는 이야기라는 형식을 통해 작품에 드러난다. 최근 만화론 중에는 만화가 스토리로부터 자유로워졌다는 입장도 있지만 캐릭터가 독립적으로 소비되는 것은 어제오늘 일이 아니다.

소설가 교고쿠 나쓰히코[1]도 지적했듯 에도 시대 후기에 많이 나온 '요괴'는 지금으로 치면 〈포켓 몬스터〉[2]와 같은 가공의 캐릭터라고 할 수 있다. 에도 시대 후기에 형성된 소비사회에서 요괴는 민속신앙이나 옛날이야기에서 떨어져 나와 인쇄 미디어와 연결된 소비재가 되었다.

이야기와 상관없이 캐릭터가 소비된 사례는 근대에 접어든 후에도 발견된다. 예를 들어 산리오[3]의 헬로 키티 등 팬시용품 캐릭터는 처음부터 상품용으로 만들어졌다. 헬로 키티라는 캐릭터에는 간략한 설정은 있지만 이야기성은 희박하다. 근대라는 짧은 기간만 봐도 이야기성이 있는 캐릭터도 있고 없는 캐릭터도 있으며, 이행 대상의 역할을 하는 캐릭터의 경우는 본래의 이야기와 상관없이 소비되는 측면도 있다. 예를 들어 리카 인형[4]이나 〈울트라맨〉[5] 소프트비닐 인형처럼 말이다. 하지만 신화시대부터 이야기와 캐릭터는 분리할 수 없는 관계였다. 이번 강의에서는 이야기와 캐릭터의 관계를 살펴보도록 하자.

야나기타 구니오의 캐릭터론

한 라이트노벨 신인상 강평 중에 좌우 눈동자 색깔이 다른 캐릭터는 독창적이지 않다는 의견이 있었다. 나는 『캐릭터 소설 쓰는 법』이라는 책에서 그에 대해 이의를 제기한 적이 있는데, 강평에 따르면 왼쪽 눈에 바코드가 있는 아마미야 가즈히코(『다중인격 탐정 사이코』의 주인공) 역시 독창성이 없다. 신인상 응모작 가운데 좌우 눈동자 색깔이 다른 캐릭터가 반복되면서 그러한 강평이 나왔던 것 같다. 그러나 나는 그러한 설정이 '주인공'에 필요한 요소로 부족함이 없다고 생각한다. 내가 아마미야 가즈히코의 왼쪽 눈에 바코드를 배치한 것과 비슷한 의도로 읽히기 때문이다.

내가 다라오 반나이를 본떠 아마미야 가즈히코를 만들었다는 이야기는 앞에서 했다. 하지만 '다중인격 탐정'이라는 부분만 가져왔을 뿐, 왼쪽 눈에 바코드가 있다는 설정은 다른 데서 비롯되었다. 예를 들면 야나기타 구니오의 다음과 같은 문장이다.

그럼 이제, 만족스럽진 않겠지만 지금까지 나열한 재료만으로 외눈박이 꼬마(일본의 요괴 이름)에 대한 판단을 내리겠다. 판단이라고는 하지만 얼마든지 반론이 가능한 가설일 뿐이다.

외눈박이 꼬마는 다른 요괴들과 마찬가지로 본거지를 떠나 계통을 잃게 된 옛날의 작은 신이다. 실제로 목격한 사람이 점차 줄어들면서 문자 그대로 외눈박이로 그려지게 되었지만, 실은 한쪽 눈이 먼 신이다.

오래전, 신에게 제사를 지내는 날에 사람을 죽이는 풍습이 있었다. 당초에는 도망치더라도 즉시 잡을 수 있도록 후보자의 한쪽 눈을 멀게 하고 다리 하나를 부러뜨렸던 듯하다. 하지만 그 사람을 매우 우대하고 또 존경했다. 희생자 본인도 죽으면 신이 된다는 확신으로 고상한 마음을 가졌고, 신탁 예언을 천명할 수 있게 되면서 세력을 만들었다. 그러다가 인간의 본능 때문이었겠지만, 죽일 필요까지는 없다는 신탁도 나왔다. 어쨌거나 어느새 눈을 멀게 하는 의식만 남았고, 밤송이, 솔잎, 그리고 화살을 만들어 왼쪽 눈을 쏜 삼, 참깨 등이 신성시되어 만지는 것이 금지되었다. 한쪽 눈을 멀게 하는 과정은 사라졌지만, 동물에 대해서는 한참 더 행해졌다. 한편 사람들은 오래전부터 영령은 눈이 하나라는 걸 기억하는 터라, 그 신이 주신의 통제를 벗어나 산과 들을 표류하면 무시무시하다고 생각할 수밖에 없었던 것이다.

(「외눈박이 꼬마 외」, 『야나기타 구니오 전집 6』,

야나기타 구니오 지음, 치쿠마쇼보, 1989)

야나기타 구니오의 「외눈박이 꼬마 외」라는 논문의 일부분이다. 야나기타는 민속신앙이나 고문헌에 등장하는 외눈박이 신, 외발 신 혹은 신의 눈에 상처를 입힌 벌로 한쪽 눈밖에 없는 물고기만 산다는 연못의 전설 등을 실마리로 외눈박이 꼬마가 과거 사람을 제물로 바칠 때 한쪽 눈을 멀게 했던 관습의 잔재가 아니냐는 대담한 가설을 세웠다.

야나기타 구니오의 이론 가운데 흥미로운 부분은 제물로 선정된 자의 한쪽 눈을 멀게 한다는 단락이다. 야나기타는 '외눈박이'가 신에 가까운 존재라고 생각한 듯하다. 실제로 만화나 영화에는 한쪽 눈을 다친 캐릭터가 상당히 많다. 2차 세계대전 전의 종이 연극⁶(가미시바이紙芝居)에 기원을 두고 있는 미즈키 시게루의 『묘지 기타로』⁷의 주인공 기타로도 한쪽 눈이 멀었다. 단게 사젠⁸이란 시대극의 주인공도 마찬가지다.

한쪽 눈에 어떤 장치가 있다는 설정은 '외눈박이'를 변주한 것이다. 그리고 미국의 호러 드라마 〈포인트 플레전트〉(2005)에서 소녀의 눈에 '666' 문양이 있는 것도 이러한 관점에서 해석이 가능하다. 아마미야 가즈히코의 왼쪽 눈에 바코드가 있는 것은 야나기타 구니오의 분석에 영향을 받은 설정으로써 '제물로 선택되어 한쪽 눈에 표식이 붙여진, 일종의 특별한 존재'라는 의미를 지닌다. 그것은 작품 중반에 주인공인 그가 갑자기 죽어버리는 것과도 관련된 설정이다.

아마미야 가즈히코의 왼쪽 눈에 있는 바코드처럼 신체 어딘가에 있는 반점이나 상처에 종교적 의미가 있다는 생각은 일본의 민속신앙보다도 기독교에 뿌리를 두고 있다. 그런 상처 자국을 보통 '성흔^{聖痕}'이라고 부른다.

성흔

영어로는 스티그마stigma. 그리스어 stígma에서 유래했다. 본래는 소나 노예에게 찍는 낙인을 뜻하는데, 특히 카톨릭에서 인정되는 초자 연적 현상을 가리킨다. 즉 양손, 양발 및 옆구리, 이마에 십자가에 못 박힌 그리스도의 상처와도 같은 것이 외적 요인 없이 저절로 생겨나 는 현상. 사도 바울은 딱 한 번, 자기 몸에 있는 주 그리스도의 스티그 마에 관해 말했다(「갈라디아서」 6장 17절). 중세 이후, 그리스도의 십자 가 수난에 대한 신앙심이 깊어지면서 기도나 신비적 명상 중에 성흔 을 받은 성인에 대한 기록이 다수 전해진다. 가장 유명한 사람은 아시 시의 프란체스코이다.

(「성흔」,『세계종교대사전』, 이나가키 료스케 지음, 헤이본샤, 1991)

기독교 성인의 조건에 '성흔'이 있다는 것은 잘 알려져 있다. 야나 기타 구니오의 '외눈박이 꼬마론' 역시 이와 같은 맥락에서 볼 수 있 다. 만화나 애니메이션에서 '성흔'은 대체로 종교적 의미를 지니지 않 는다. 하지만 나를 비롯한 많은 작가들이 한쪽 눈에 뭔가 특징을 주고 자 하는 것은 신화나 전설상의 캐릭터가 외눈박이인 것과 관련이 있 다. 작가라면 캐릭터에 무심코 성흔을 붙이고 싶어 하기 마련이다.

잃어버린 자신의 일부를 찾다

성흔을 중심으로 보면, 지금까지 살펴본 데즈카 오사무의 캐릭터도 다르게 해석할 여지가 생긴다. 예를 들어 블랙잭의 얼굴에 있는 피부

이식 혼적,『불새 봉황편』[9]에서 거대한 코를 가진 가오 등이 이에 가깝다. 데즈카의 캐릭터는 종종 벗을 수 없는 '우바카와'를 뒤집어쓰고 있는데, 이런 성흔은 벗어날 수 없는 운명에 의해 일반적인 세계에서는 살 수 없다는 것을 상징하는 듯하다. 기독교 이전에 성흔이라는 단어는 다음과 같이 사용되었다.

> 스티그마라는 단어를 처음 사용한 것은 예리한 시각을 가지고 있던 그리스인이었다. 그것은 어떤 사람이 도덕적으로 타락했음을 사람들에게 알리기 위해 육체에 새겨졌다. 표식은 육체에 새기거나 낙인으로 찍었는데, 그 표식이 있는 자는 ― 노예, 범죄자, 반역자 등 ― 더럽혀진 자, 기피해야 하는 자, 피해야 하는 자(특히 공공의 장소에서)라는 것을 의미했다.
>
> (『스티그마의 사회학』, 어빙 고프먼 지음)

어빙 고프먼Erving Goffman은 밖으로 추방하려는 자에게 '표식'을 붙이는 관습이 있었다는 것을 밝히며, 사회가 신체에 장애가 있는 사람들의 '장애'를 그러한 표식으로 보는 경향이 있다고 비판했다. 고프먼은 장애를 굳이 스티그마, 즉 성흔이라고 불렀다. 말하자면 장애라는 '성흔'을 그 사람이 비사회적이라는 것을 의미하는 것으로 받아들이기 쉬운데, 그 이유는 사람들이 표식 유무에 따라 경계를 나누는 성향이 있기 때문이다. 따라서 성흔은 주인공에게 자주 사용되는 나름대로 매력을 발휘하는 속성이지만, 자칫 잘못하면 차별이 될 수 있다. 먼저 그것을 확실하게 알고 넘어가자. 하지만 역시 성흔을 가지고 있는 주인공은 이야기와 친화성이 높다는 사실을 인정하지 않을 수 없다. 오해의 여지가 있는 말이지만, 주인공이 뭔가 '결여된' 상태일 때에 이야기가 움직이기 쉽기 때문이다.

고프먼의 말처럼 신체의 일부가 결여된 상태는 '장애'라고 할 수 있지만, '성흔'이라고도 할 수 있다. 『망량전기 마다라』의 주인공 마다라는 몸에 있는 8개의 차크라[10]를 신체 부위별로 여덟 마리의 망령(도깨비)에게 빼앗겼다. 즉 주인공은 외눈박이 정도가 아니라 온몸이 '결여된' 상태이다. 『아톰 대사』의 아톰이나 피노코의 경우에는 성장하지 못하는 신체를 가졌으므로 둘 다 '성장하는 신체'가 결여됐다고 할 수 있다.

이처럼 주인공이 결여된 상태를 회복하려는 스토리 라인은 작가가 작품을 쉽게 시작하게 만들어준다. 쉘 실버스타인Shel Silverstein의 그림책 『어디로 갔을까 나의 한쪽은The Missing Piece』을 보면 쉽게 이해가 갈 것이다. 이 책은 옛날 컴퓨터 게임의 팩맨Pac-Man 같이 생긴 캐릭터가 자신의 잃어버린 조각을 찾아가는 내용이다〈그림 1〉. 자신의 잃어버린 일부를 찾는다는 도입부 설정은 6강에서 다룰 어슐러 K. 르 귄의 『어스시의 마법사』[11]에서도 볼 수 있다. 도망친 '그림자'를 쫓고, 다시금 '그림자'와 일체가 된다는 스토리는 『어디로 갔을까 나의 한쪽은』과 동일하다.

'성흔'이란 몸에 있는 상처나 반점 등을 의미한다고 했지만, 결여된 것이 꼭 신체기관일 필요는 없다. 『어스시의 마법사』처럼 그림자

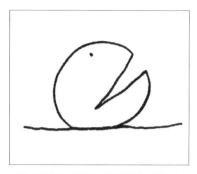

그림 1 『어디로 갔을까 나의 한쪽은』의 한 장면

여도 좋고, 더 상징적인 것이라도 상관없다.

　　저녁식사를 하면서 TV를 보다가, 자주 어린 시절 이야기를 할 때가 있었다. 나와 데쓰오의 즐거운 추억담…. 처음으로 동물원에서 사자를 봤을 때의 이야기, 넘어져서 입술이 터지는 바람에 피가 많이 나서 울었던 이야기, 내가 데쓰오를 매번 울렸던 이야기…. 아버지와 어머니의 말투는 막힘이 없었고, 미소에는 한 점의 어두움도 없어서, 나와 데쓰오는 함께 박장대소하며 듣고 있었다.
　　하지만 마음속에서 무언가가 따끔따끔 반짝였다. **무언가가 빠져 있다.** 뭔가가 더 있다. 그런 생각이 들었다. [굵은 글씨는 저자 강조]

　　　　　　　　　　　（『슬픈 예감』, 요시모토 바나나 지음, 가도카와쇼텐, 1991）

　　요시모토 바나나의 소설 『슬픈 예감』의 도입부이다. '무언가가 빠져 있다'라는 불명확한 상실감으로 이 소설은 시작한다. 이것은 『어디로 갔을까 나의 한쪽은』의 "무언가가 모자라. 그래서 나는 즐겁지 않

아"라는 대목과 일맥상통하는데, 구체적인 무엇이 아니라 '무언가'가
'빠져 있다'로 시작해버릴 수 있는 점이 요시모토 바나나의 재주다.

민담의 최소 단위

작품의 도입부에서 무언가가 결여된 상태를 보여주는 것은 상투적인
이야기 구조다. 이야기의 구조란 간단히 말해서 이야기의 문법과도
같은 일정한 규칙이 있다는 뜻이다. 이야기 구조론은 구성주의와 몽
타주 이론이 발생했던 1920년대 혁명 직후 소련의 민속학에서 대두
된 사고방식이다.

민속학자 블리디미르 프로프는 다양한 러시아 마법민담의 과학적
분류를 시도했다. 우선 민담을 구성하는 최소 단위를 설정하고, 최소
단위들이 조합된 방식으로 분류했다. 이처럼 대상을 최소 단위들의
조합으로 바라보는 것은 구성주의 혹은 몽타주 이론과 상통한다. 프
로프는 모든 러시아 마법민담이 31가지 최소 단위의 조합으로 이루
어졌다는 사실을 발견했다. 즉 모든 러시아 마법민담은 단 한 가지의
기본 구조를 변주한 것이라는 결론에 도달한 것이다.

하지만 프로프의 주장은 잊혀졌고, 1960년대 프랑스 구조주의자
들에 의해 재발견되었다가 또 다시 잊혀졌다. 그의 이론은 현재 할리
우드 시나리오 매뉴얼 또는 소설 쓰는 컴퓨터 프로그램을 개발하는
데 응용되고 있다.

프로프는 민담의 최소 단위를 다음과 같이 설명한다.

(민담에는) 정항定項과 가변항이 있다. '이야기·사례에 따라' 변하는 '가변항'은 등장인물들의 명칭(과 그에 따라 변하는 속성)이다. **'이야기·사례가 달라져도' 변하지 않는 '정항'은 등장인물들의 행위이다. 즉 '기능'이다.** 이상으로부터 나오는 결론은 옛날이야기에서는 자주, 서로 다른 인물들(가변항)에게 동일한 행위(정항)를 시킨다는 사실이다. 이러한 결론은 옛날이야기를 '등장인물들의 기능'(이라는 정항)을 중심으로 옛날이야기를 연구할 수 있다는 가능성을 보여준다. [굵은 글씨는 저자 강조]

(『민담 형태론』, 블라디미르 프로프 지음)

프로프는 이야기의 최소 단위를 이야기를 진행시키는 캐릭터의 행위로 보았다. 그리고 민담의 최소 단위는 그 자체로는 의미가 없으며, 다른 요소들과 조합함으로써 의미를 갖게 된다고 말했다. 〈표 1〉은 프로프가 제시한 31가지 기능이다.

프로프가 구분한 31가지의 기능 가운데 '결여'라는 항목을 주목하자. 러시아 민담에서 결여는 다음과 같이 나타난다.

a. 부재

a1. 신붓감, 혹은 일반적으로 주변 인물이 결여되어 있다.

a2. 마법도구나 조력자가 결여되어 있다.

a3. 진기하고 희한한 물건이 결여되어 있다.

a4. 죽음(사랑)이 담겨 있는 마법의 알이 결여되어 있다.

a5. 금전이나 생활의 수단이 결여되어 있다.

1 〈부재〉 – 2 〈금지〉 – 3 〈위반〉 – 4 〈정보 요구〉 – 5 〈정보 입수〉 – 6 〈책략〉 – 7 〈방조〉 – 8 〈가해 혹은 결여〉 – 9 〈파견〉 – 10 〈임무 수락〉 – 11 〈출발〉 – 12 〈선행 행동〉 – 13 〈반응〉 – 14 〈획득〉 – 15 〈공간 이동〉 – 16 〈투쟁〉 – 17 〈표식〉 – 18 〈승리〉 – 19 〈가해 혹은 결여의 회복〉 – 20 〈귀로〉 – 21 〈추적〉 – 22 〈탈출〉 – 23 〈은밀한 귀환〉 – 24 〈가짜 주인공의 거짓 주장〉 – 25 〈난제〉 – 26 〈해결〉 – 27 〈인지〉 – 28 〈폭로〉 – 29 〈변신〉 – 30 〈처벌〉 – 31 〈결혼 혹은 즉위〉

표 1 블라디미르 프로프의 『민담 형태론』 등을 참조하여 작성한 오쓰카 에이지 수업 참고용 자료

a6. 그 밖의 갖가지 형태.

(『민담 형태론』)

'가해'는 다음과 같이 나타난다.

A. 가해 혹은 결여

A1. 인간을 납치한다.

A2. 마법도구를 약탈한다.

Aii. 주술력을 가진 조력자를 힘으로 빼앗는다.

A3. 씨앗을 빼앗거나 하여 모든 것이 망가지게 한다.

A4. 낮의 빛을 빼앗는다.

A5. 다른 형태로 (다른 대상을) 약탈한다.

A6. 신체에 해를 가한다.

A7. (희생자의 모습을) 갑자기 지워버린다.

Avii. 신부는 (기억을 상실함으로써) 신랑을 잃는다.

(『민담 형태론』)

이야기는 '균형'을 향해 진행된다

무언가가 '결여'되는 순간부터 민담의 이야기는 움직이기 시작한다. 프로프의 31가지 기능을 보면 '가해'와 '결여'의 구체적인 사례들의 의미가 유사하며 그 밖에도 '결여'에 가까운 항목이 있어서 조금은 중복된 것처럼 보인다.

미국의 민속학자 앨런 던데스Alan Dundes는 1964년에 이것을 좀 더 단순하게 정리했다. 그는 이야기의 기본은 '결핍'과 '결핍의 해소'라고 주장했다. '결핍'은 반대로 '과잉'으로 바꿔도 상관없다. 중요한 것은 주인공이나 주인공이 놓인 상황이 불균형 상태이며, 결핍 혹은 과잉된 상태에서 '균형'을 찾아가는 형태로 이야기가 진행된다는 점이다.

많은 북미 인디언 민담은 불균형에서 균형을 향하는 내용으로 되어 있다. 불균형이란 두려워할 만한, 경우에 따라서는 회피해야 할 상태를 말하는데, 시각에 따라 과잉 상태로 볼 수도 있고 결핍 상태로 볼 수도 있다. 즉 불균형이란 무엇이 너무 적거나 또는 너무 많다는 식으로 표현할 수 있다. 예를 들어 '개구리를 죽이거나 괴롭히면 홍수가 나거나 가뭄이 들기 때문에 절대 해서는 안 된다'는 페놉스콧 족의 미신은 이러한 기묘한 대체 관계를 시사한다. 한편 불균형이 과잉인 동시에 결핍이기도 한 경우가 있다. 예를 들어 홍수는 과잉—너무 많은

물—을 의미하지만 육지나 토지에 있어서는 상실과 결핍을 의미한다.

(『민담의 구조』, 앨런 던데스 지음)

프랑스의 인류학자 드니스 폼Denise Paulme은 균형과 불균형의 관계를 〈그림 2〉처럼 표현했다. 폼은 '이야기'가 원의 어딘가에서 시작하여 어딘가에서 끝난다고 생각했다. 불균형이었다가 균형이 되거나 균형이었다가 불균형이 된다. 이처럼 시작에는 차이가 있더라도 균형과 불균형을 양극으로 하여 이야기가 진행된다는 말이다.

불균형·균형은 이야기를 움직이는 엔진 중 하나이다. 시작 단계에서 주인공의 신체에 무언가 이상이 있다면 이 엔진은 훨씬 발동하기 쉽다. 그런 의미에서 성흔은 주인공의 속성으로 무척 매력적이다.

성흔을 가진 주인공들의 숙명

성흔에 대해 조금 더 생각해보자. 야마구치 마사오라는 문화인류학자가 자주 논의했던 '징표 붙이기'라는 개념을 가져와보겠다. 그의 주장을 간단하게 정리해서 이야기론에 대입해보면 다음과 같다.

신화에는 '질서'와 '반질서'라는 대립이 있다. 말하자면 양자가 '투쟁'하고 있는 것이다. 이러한 신화에서 주인공과 적은 상반된 질서를 가진다. 주인공에게 반질서는 적의 입장에서는 질서이다. 문제는 이러한 대립이 왜 발생하는가 하는 점이다. 야마구치 마사오는 한쪽에 징표를 붙이면 그렇지 않은 것이 규정되면서 대립되는 두 가지의 의미가 드러난다고 언어학적으로 설명하였다.

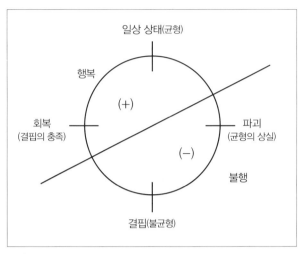

그림 2 드니스 폼, 「신령의 변장과 인간의 변장」, 『신들의 정신시』,
(고마쓰 가즈히코 지음. 덴토토겐다이샤, 1978)에서 재인용

'징표가 없는' 항은 범주 전체 혹은 '징표가 있는' 항을 잘라버리고
남은 부분을 가리킨다. 양자에 차이가 있다면 '징표가 없는' 항은 의식
되지 않는다는 점이다. 즉 '징표가 없는' 항의 경우, 전체의 일부를 차
지하긴 하지만, '징표가 있는' 항에서 나타나는 변별적 특징의 유무는
불문에 부쳐진다. '불량소년'이란 표현(징표가 있는)은 있어도 '선량소
년'(징표가 없는)이란 표현은 없다.

(『문화와 양의성』, 야마구치 마사오 지음, 이와나미쇼텐, 2000)

이를 주인공에게 성흔이라는 징표가 붙는 경우에 대입해보면, 예
를 들어 『다중인격 탐정 사이코』에서 '바코드가 있는 자들'과 '그렇지
않은 자들'이라는 대립이 만들어지는데, 이를 통해 이야기가 움직이

기 시작한다.

이야기에는 야마구치 마사오의 '질서'와 '반질서', 혹은 앨런 던데스의 '균형'과 '불균형'의 대립이 필요하며, 그것은 대개 정의와 악, 우리 편과 적이라는 형태로 표현된다. 굳이 권선징악 스토리가 아니더라도 주인공 남녀의 가치관이나 가정환경 차이, 아버지와 아들의 미묘한 오해 등 다양한 형태의 대립이 가능하다. 그러나 시작 단계에서 대립을 구체적으로 드러내는 것보다는 징표가 있는 주인공을 등장시키는 것이 대립적 상황을 독자들에게 더 잘 전달할 수 있다.

예를 들어 이시노모리 쇼타로[12]의 『가면 라이더』 속 캐릭터는 '변신'을 하는 대신 코스튬을 입는다. 그의 원래 얼굴에는 개조 수술의 흔적인 '상처'가 있는데(〈그림 3〉), 개조의 결과로 메뚜기의 초능력을 갖게 된다. 이 캐릭터에 부과된 것은 '초능력', 즉 '과잉'이며 이처럼 '균형'을 결여한 '징표가 있는' 캐릭터가 등장하면서 적의 존재가 명확해진다.

기독교적인 성흔관에 따르면 징표는 '질서'를 회복하는 역할을 맡은 성인을 증명하는 수단이 된다. 이야기의 관점에서 말하면 주인공의 증거라고도 할 수 있다. 한편 고대 그리스 신화에서 징표는 '차별'의 이유가 되기도 한다.

『가면 라이더』를 비롯해 주인공들이 종종 괴물이라고 매도당하는 숙명을 가지는 것은 역사적으로 성흔에 담긴 모순을 충실하게 반영하는 것이라고 할 수 있다. 몇몇 캐릭터는 차별 문제에 부딪히기도 했지만 '징표가 있는' 캐릭터는 이야기를 발동시키는 데에 아주 효과

그림 3 「가면 라이더」의 한 장면
(이시노모리 쇼타로 지음, 추오코린샤, 1989)

적이다.

물론 아무 징표도 없는 평범한 주인공도 있지만 영화 〈트랜스포머〉의 주인공처럼 조상이 유물로 남긴 안경을 갖고 있거나 〈건담〉의 주인공 아무로처럼 '뉴타입'[13]이라는 눈에 보이지 않는 능력 등 특정 아이템이나 키워드를 징표로 가진 캐릭터도 있다. 신체에 새겨진 징표나 성흔은 신체 장애를 가진 사람에 대한 차별이 없는 선에서 얼마든지 아이디어를 생각해낼 수 있다.

'표식'과 '나라는 사실'

주인공에게 성흔이나 징표가 있으면 이야기를 시작하기 쉽다는 점은 이론적으로나마 이해했으리라 생각한다. 하지만 앞에서 소개했던 라이트노벨 신인상 응모작 가운데 '좌우 눈동자 색깔이 다른' 캐릭터가 여럿 있었던 이유는 단지 편리성 때문만은 아닐 것이다. 필연성도 있었을 것이다.

프로프가 말한 이야기의 31가지 요소 가운데에는 '주인공에게 표식이 주어진다'는 항목이 있다.

러시아 민담에서는 주인공이 적과 싸워 승리하는 대목에서 주인공이 부상당하거나 반지 등의 아이템을 적에게서 빼앗거나 누군가에게 받는다. 프로프는 그러한 내용들을 '표식' 항목으로 정리했다.

러시아 민담에서는 주인공이 적을 물리친다고 해서 이야기가 바로 끝나지 않는다. 승리한 주인공이 고향이나 왕국으로 돌아가려고 할 때, 가짜 주인공이 나타나 자신이 적을 물리쳤다고 거짓말을 해서 영웅의 자리에 오르고 늦게 도착한 주인공은 가짜 취급을 받는다. 이때 주인공은 표식을 증거로 내보임으로써 궁지에서 벗어나는 것이다. 프로프는 '주인공이 발견·인지'되는 항목에 대해 이렇게 설명한다.

> 주인공은 표식, 흔적(상처나 별표), 혹은 획득한 물건(반지, 수건)을 통해 발견되고 인지된다. 이 경우 '발견·인지'는 '표식'과 대응되는(대칭을 이루는) 기능이다.
>
> (『민담 형태론』)

표식은 주인공이 주인공이라는 사실을 증명하기 위해서 맨 마지막에 기능한다.

　다음 강의에서 다시 설명하겠지만, 이야기라는 것은 주인공이 자아실현을 해나가는 과정이다. 러시아 민담의 재미있는 요소는 주인공이 적을 물리침으로써 바로 자아실현을 하는 게 아니라 가짜 주인공을 물리치고 주인공이 자신이라는 것을 스스로 증명하는 데 있다. 이때 증명의 근거가 되는 것이 바로 표식이다.

　러시아 민담은 마지막에 '내가 나라는 점을 증명'할 것을 요구한다는 점에서 오늘날에도 유의미한 측면이 있다. 앞에서 말했듯 오늘날에는 '어른'의 기준이 확실히 정립되어 있진 않지만 개인이 고유한 존재라는 것은 전제하고 있다. 어른의 기준은 확실치 않지만 동시에 사람들은 '내가 나라는 것'을 증명하도록 계속해서 요구받는다. 따라서 나를 증명하는 아이템, 즉 주인공이 주인공이라는 증거인 징표나 표식이 이야기에서 계속 요구되는 게 아닌가 싶다.

　나는 아마미야 가즈히코의 왼쪽 눈에 있는 바코드에 마치 인간이 대량 생산품처럼 존재를 잃고 바코드로 관리되는 듯한 사회를 비판하는 의미를 담고자 했다. 바코드라는 아이디어를 떠올린 것은 미군 병사가 전쟁에 나갈 때에 착용하는 속칭 '도그 태그dog tag'라는 인식표에서 비롯되었다. 도그 태그는 병사가 전사했을 때 필요한 물건이다. 즉 도그 태그는 전쟁에서 인간으로서의 고유성을 빼앗긴다는 것을 상징하는데, 아마미야 가즈히코의 바코드를 통해 전달하고 싶었던 메시지이기도 하다.

　독자 중에는 바코드를 아이덴티티 증명 수단으로 받아들이는 분들도 있었다. 나로서는 바코드로 사람을 관리하는 사회는 사양하고 싶지만, 어떠한 표식으로 자신을 증명하려는 발상은 지금까지 살펴본 이야기 창조력이나 감각과도 비슷하지 않은가 싶다. 어떤 면에서는 젊은이들이 별 거리낌 없이 문신을 하는 것도 자기 존재 증명과 연관이 있는 듯하다.

어찌 보면 표식은 이행 대상으로도 볼 수 있다. '어른이 되는 것'이나 '내가 나라는 것'을 둘러싸고 정답이 없는 상태를 살아가지 않으면 안 되는 현대인들은 표식을 통해서라도 '나'를 일시적으로나마 증명할 필요가 있으니 말이다.

워크숍 4

랜덤 메이커로 '성흔'이 새겨진 주인공을 만들어보자.

| 과제 |

성흔을 가진 캐릭터를 만들어보자. 〈워크숍 1〉에서 사용했던 8면 주사위를 이용하여 〈표 2〉에 제시된 질문에 답해보자.

[Q1. 외견·성별]

1. 남자

2. 남자

3. 여자

4. 여자

5. 기타 (→[Q1-1. 기타 세부 사항])

6. 기타 (→[Q1-1. 기타 세부 사항])

7. 남자

8. 여자

[Q1-1. 기타 세부 사항]

1. 성(性) 동일성 장애 (외견은 남자)

2. 성 동일성 장애 (외견은 여자)

3. 무성 (외견은 남자)

4. 미분화 (외견은 남자)

5. 미분화 (외견은 여자)

---

6. 가공의 제3성별

7. 무성 (외견은 여자)

8. 무성 (완전히 판별 불가능)

[Q2. 성흔의 위치]

1. 머리 부위 (→[Q2-1. 머리 부위 상세])

2. 목 아래 (→[Q2-2. 부위 상세])

3. 머리 부위 (→[Q2-1. 머리 부위 상세])

4. 목 아래 (→[Q2-2. 부위 상세])

5. 머리 부위 (→[Q2-1. 머리 부위 싱세])

6. 목 아래 (→[Q2-2. 부위 상세])

7. 머리 부위 (→[Q2-1. 머리 부위 상세])

8. 목 아래 (→[Q2-2. 부위 상세])

[Q2-1. 머리 부위 상세]

1. 눈

2. 이마

3. 뺨

4. 귀

5. 코

6. 입 주변

7. 입안

8. 뇌

[Q2-2. 부위 상세]

1. 가슴

2. 어깨

3. 목

4. 팔

5. 다리·다리 뒤

6. 손바닥·손등·손가락

7. 내장

8. 등

[Q3. 밖에서 성흔이 보이는지 안 보이는지 여부]

1. 보이지 않는다. (→[Q3-1. 보이지 않는 상세 원인])

2. 보이지 않는다. (→[Q3-1. 보이지 않는 상세 원인])

3. 보이지 않는다. (→[Q3-1. 보이지 않는 상세 원인])

4. 보이지 않는다. (→[Q3-1. 보이지 않는 상세 원인])

5. 보인다.

6. 보인다.

7. 보인다.

8. 보인다.

[Q3-1. 보이지 않는 상세 원인: 왜 안 보이는지, 어떻게 하면 보이는지]

1. 안대·깁스, 기타 장착물로 가려져 있다.

2. '화'를 내는 등의 감정 변화에 따라 나타난다.

3. '목욕탕에 들어가는' 등 체온 변화에 따라 나타난다.

4. 무언가를 먹거나 마실 때에 나타난다.

5. 어둠 속과 같은 물리적 조건에 따라 나타난다.

6. 특정 사람들에게 보인다.

7. 무언가(위험, 사람, 아이템)에 접근하면 나타난다.

8. 처음엔 보이지 않았지만, 성장하면서 보이게 된다.

[Q4. 성흔의 모양·특징]

1. 상처·반점 (→[Q4-1. 상세 형태])

2. 문신 (→[Q4-1. 상세 형태])

3. 그 부위의 색깔이 다르다.

4. 인면창人面瘡[14]

5. 이물이 신체에 부착되어 있다.

6. 괴생물이 기생하고 있다.

7. 신체 일부가 변형되어 있다.

8. 텅 빈 상태, 아무것도 존재하지 않는다.

[Q4-1. 상세 형태]

1. 숫자

2. 바코드

3. 지도

4. 문자(한 글자)

5. 문자(문장)

6. 생물 모양

7. 기호

8. 특정한 모양을 갖고 있지 않다.

[Q5. 성흔을 갖고 있는 이유]

1. 환생

2. 특정한 혈통의 증거(고귀한 혈통, 저주받은 핏줄, 생이별)

3. 선택받은 자라는 증거(이 경우엔 평범한 태생)

4. 수술, 사고, 질병 등

5. 저주

6. 풀어야 할 비밀이나 무언가에 대한 정보가 적혀 있다.

7. 잃은 것에 대한 보상

8. 무언가의 스위치

항목	주사위 눈	메모
Q1		
Q1-1		
Q2		
Q2-1		
Q2-2		
Q3		
Q3-1		
Q4		
Q4-1		
Q5		

표 2
『랜덤 메이커 대전 3』(도쿄대학 교양학부 게임서클 대도회, 1995)를 참고하여 만든 표

〈표 2〉에 적은 답변이 바로 당신이 만들 캐릭터의 조건이다. 이 조건들을 충족시키는 캐릭터와 배경을 만들어보라. 이처럼 주사위를 던져 캐릭터의 세부 사항을 임의로 결정하는 것은 TRPG에서 캐릭터를 만드는 과정과도 같다.

〈표 2〉는 1995년에 출간된 도쿄대학 교양학부의 '게임서클 대도회'에서 발행한 동인지『랜덤 메이커 대전』에 실렸던 질문지로, 여기 있는 질문 항목은 오늘날 만화나 라이트노벨 등에 자주 나타나는 성흔이 새겨진 캐릭터를 만드는 '놀이'이기도 하다. '랜덤 메이커'란 캐릭터와 설정을 주사위의 조합으로 만드는 것을 말한다. 1강의 캐릭터를 만드는 워크숍도 이 아이디어를 응용한 것이다. 같은 책자에 실린「랜덤 수수께끼의 전학생 메이커」의 질문 항목 중 '양념'이라는 항목은 다음과 같다.

양념

1. 사실은 소꿉친구
2. 언젠가 어딘가에서 만난 기분이 든다.
3. 과거의(전생의) 동료
4. 과거의(전생의) 적
5. 과거의(전생의) 애인
6. 예전부터 같은 반이었던 것처럼 되어 있다.
7. 어느샌가 가족이 되어 있다.
8. 쓰러져 있을 때에 구해줬다.

9. 기억상실에 걸렸다.

10. 두 번 던진다.

(「랜덤 수수께끼의 전학생 메이커」, 『랜덤 메이커 대전 3』)

주사위를 이용해 이러한 질문들에 답변하면, 오바야시 노부히코[15]의 영화 〈표적이 된 학원〉이나 시마모토 가즈히코[16]의 만화 『불꽃의 전학생』이 만들어진다. 만화나 라이트노벨의 전형적 패턴인 '전학생 물'도 대개 비슷한 설정이다. 머릿속으로 새로운 패턴을 만드느라 고심하는 것보다는 주사위에 맡기는 것이 의외로 재미있는 결과가 나올 수 있다. 「성흔이 있는 랜덤 메이커」 또한 이 동인지에 있던 '랜덤 NPC 성격 메이커'(사쿠라이 바쿠 제작)를 수정해서 만든 것이다. 「성흔이 있는 랜덤 메이커」 항목 중에는 뇌, 내장, 코처럼 성흔이 있기에는 좀 이상한 곳도 있고, '텅 빈, 아무것도 존재하지 않는다'처럼 의미를 파악하기 힘든 항목도 있지만 이러한 항목들이 자칫 뻔해질 수 있는 캐릭터에 변수로 작용했으면 하는 바람이 있다.

| 작례 해설 |
〈작례 1〉의 주사위 눈은 다음과 같다.

Q1. 남자

Q2. 머리 부위에 성흔 → 뇌

Q3. 성흔이 보인다

Q4. 인면창

Q5. 무언가의 스위치

    소년의 뒤통수를 헤치면 입 같은 것이 있고, 그 안으로 뇌가 보이는데 그 뇌에 인면창이 있는 걸로 설정했다. 뒤통수에 입이 있는 것은 일본 옛날이야기 속 '먹지 않는 아내'[17]나 야만바 등에도 나오는 이미지인데, 주사위 눈으로 '뇌'가 나와서 민담 캐릭터의 힌트를 주었다. 주인공에게 괴생물이 기생한다는 캐릭터는 이와아키 히토시[18]의 『기생수』 등에도 나오지만, 이런 기생 형태는 특이하기도 하고 SFX로 재현하면 재미있을 듯하다.

〈작례 1〉
가시와기
주사위의 눈 = ①남자 ②머리 부위에 성흔 → 뇌
　　　　　　③성흔이 보인다 ④인면창 ⑤무언가의 스위치

가시와기의 뇌에 기생하는 Z(제트)는, 인면을 갖고 있으며 사람처럼 말도 하고 생각도 한다. 그 때문에 가시와기와 Z는 자주 대화한다. 가시와기는 생각만으로도 Z와 대화를 할 수 있는데, Z가 흥분하면 가시와기의 머리 뒤에 있는 입이 열려 직접 대화하기도 한다. 가시와기는 별다른 힘이 없지만, Z가 에너지를 축적하면 그 힘이 가시와기에게 옮겨지고 정신이 Z에게 넘어가게 되어 막강한 힘이 생긴다. 분쟁이나 전쟁을 하는 사람들은 가시와기에게(실제로는 Z에게) 힘을 빌려달라고 부탁하러 온다. Z는 싸우는 것을 매우 좋아하므로 의뢰를 받아들이지만 반드시 그에 상응하는 보상을 선불로 받는다. (그것이 Z의 원동력이다.) 예를 들어 머리카락 다발, 손가락, 눈알 등 의뢰자의 일부를 먹어치운다.

〈작례 2〉

주사위의 눈 = ① 무성(외견은 남자) ② 다리·다리 뒤에 성흔
③ 성흔이 보인다 ④ 상처 – 반점이고 문자 모양.
⑤ 무언가의 스위치

감정이 없고, 무성이기 때문에 신의 아이로 숭배받지만 다리 일부가
역린이다. 어머니가 아무도 만지지 못하도록 인두로 문자를 새겨넣
었다. 문자가 있는 자리를 만지면 폭주한다. 다리에는 'memento-
mori'(메멘토 모리, 죽음을 기억하라)라고 써 있다. 그의 역린을 건드
리면 하룻밤에 한 나라를 멸망시킬 정도로 폭주한다.

〈작례 3〉

이와사카 히로

주사위의 눈 = ① 남자 ② 팔 ③ 성흔이 보인다.
④ 텅 빈 상태, 아무것도 존재하지 않는다 ⑤ 저주

16세. 고등학생. 이상할 정도로 발달된 오른팔을 가지고 있다. 그 팔로
인해 친구가 다치면서 '저주받은 오른팔'이라고 불리게 된다. 그래서 오
른팔을 움직이지 못하도록 고정시켰다. 가을에 전학온 소년. 소문에 따
르면 다른 학생한테 폭력을 휘둘러 퇴학당한 듯하다. 다른 학생들은 이
상한 모습의 전학생을 차가운 눈으로 바라본다. 어느 날, 히로가 다니
는 고등학교의 야구부 에이스가 공터에서 공을 던지는 소년을 보게 되
는데, 그가 바로 항상 오른팔을 고정하고 다니던 히로였다. 히로가 오
른팔로 던지는 공이 무척 빠른 것에 감동하여 그에게 야구부 입단을 권
유하지만 히로는 거절한다. 에이스는 그를 이해하지 못하고 히로의 과
거를 조사한다. 히로와 관련되었던 사람들은 모두 저주받은 오른팔이
라고 말한다. 오른팔 때문에 초등학교 때부터 학생들에게 상처를 입혔
고, 그때마다 전학을 다녔다고 한다. 한편 히로 역시 오른팔을 움직이
는 것만으로 남들에게 상처를 입히는 것에 대해 마음 아파하고 있다.
그렇지만 에이스의 권유를 받고 망설이기 시작한다.

〈작례 2〉의 주사위 눈은 다음과 같다.

Q1. 무성(외견은 남자)

Q2. 다리·다리 뒤 → 성흔

Q3. 성흔이 보인다.

Q4. 상처·반점→ 문자 모양

Q5. 무언가의 스위치

사실 앞에 제시한 랜덤 메이커에 '다리 뒤'라고 쓰인 것은 '발바닥'의 오타였다. 하지만 '다리 뒤'라는 단어에서 대퇴부 둘레에 문자가 새겨져 있다는 설정이 만들어졌다. 이 문자를 건드리면 주인공은 폭주하는데, 그 능력이 하룻밤 만에 한 나라를 멸망시킬 정도라고 한다. '무성'이라는 주사위 눈도 '신의 아이로 숭배받는다'는 속성으로 부풀렸다. 이것만 가지고도 충분히 한 편의 만화를 만들 수 있다.

〈작례 3〉의 주사위 눈은 다음과 같다.

Q1. 남자

Q2. 팔

Q3. 성흔이 보인다.

Q4. 텅 빈 상태, 아무것도 존재하지 않는다.

Q5. 저주

Q5에서 성흔이 있는 이유가 '저주'라면 오컬트 계열 캐릭터가 될 수도 있지만 좀 더 흥미롭게 풀어냈다. 시합 중 자기가 던진 공에 맞은 친구가 부상을 당하자 깁스로 저주받은 오른팔을 봉인한 야구물의 주인공이다. 성흔의 외견 항목에 '텅 빈 상태, 아무것도 존재하지 않는다'는 약간 골치 아픈 내용이 나왔지만, '부상도 아닌데 깁스를 한' 캐릭터로 훌륭하게 살려냈다. 아사노 아쓰코[19]의 『배터리』에도 충분히 대항할 만한 작품이다. 성흔을 가진 캐릭터는 확실히 이야기를 발동시키는 힘이 있음을 보여준다.

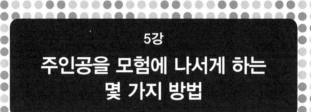

5강
주인공을 모험에 나서게 하는
몇 가지 방법

주인공은 스스로 움직이지 않는다

프로프는 이야기를 구성하는 최소 단위를 '캐릭터의 행위'라고 보았다. 프로프에 따르면 캐릭터와 이야기는 뗄 수 없는 관계이다. 프로프는 이야기에서 캐릭터가 담당하는 역할을 바탕으로 러시아 마법민담 캐릭터를 7가지로 분류하고 그 행동 영역을 정했다.

(1) '적(가해자)'의 행동 영역. 가해 행위(A)·주인공과의 격투 및 기타 싸움(H)·추적(Pr)을 포함한다.

(2) '증여자(보급계)'의 행동 영역. 마법도구를 증여하기 위한 예비 교섭(D)·주인공에 대한 마법도구의 증여(F)를 포함한다.

(3) '조력자'의 행동 영역. 주인공의 공간 이동(G)·불행 또는 결여의 해소(K)·추적으로부터의 구출(Rs)·난제의 해결(N)·주인공의 변신(T)을 포함한다.

(4) '공주(찾게 되는 인물)'와 '그 아버지'의 행동 영역. 난제를 부여(M)·표식을 부여(J)·(가짜 주인공의) 정체를 폭로하는 것(Ex)·(주인공을) 발견 및 인지(Q)·제2의 가해자를 처형(U)·(주인공과) 결혼(W)을 포함

한다.

(5) '파견자'의 행동 영역. (주인공을) 파견('이어주는 단계'로서의 B)하는 것
만 포함한다. (중략)

(6) '주인공'의 행동 영역. 탐색하러 출발(C ←)·증여자의 요구에 부응
(E)·결혼(W)을 포함한다. 탐색이라는 기능(C ←)은 탐색자형의 주
인공에게만 있으며, 피해자형 주인공에게는 탐색 대신 다른 기능이
부여된다.

(7) '가짜 주인공'의 행동 영역. 탐색하러 출발(C ←)·증여자의 요구에
부응(항상 부정적으로 응한다. E), 가짜 주인공에게만 있는 기능인 부
당한 요구(L)를 포함한다.

(『민담 형태론』)

항목들을 살펴보면 주인공의 행동 영역이 3가지 밖에 없는 것이
무척 흥미롭다. 그렇게 항목이 적은 이유는 주인공은 기본적으로 수
동적이기 때문이다. 예를 들어 주인공과 적의 싸움은 주인공이 아니
라 적의 기능에 포함된다. '싸움'을 어느 쪽 행위로 볼 것인지는 주관
의 문제일 수도 있지만, 프로프의 이론은 다른 캐릭터가 주인공에게
어떤 행동을 유발해야만 비로소 주인공이 움직인다는 것을 전제로
한다. 이것은 1강에서 살펴보았던 '독자가 주인공에게 감정이입할 수
있도록 해야 한다'거나 '주인공에겐 명확한 행동 원리가 있어야만 한
다'라는 말과 배치되는 듯하다. 보통 사람들은 주인공이라면 처음부
터 주체적으로 움직여야 한다고 믿는 듯하다.

실제로 작품을 만들어보면 알겠지만, 고집 세고 감정적이며 눈앞의 목적을 향해 무작정 뛰어드는 미드 〈24〉의 잭 바우어 같은 캐릭터가 아닌 이상, 주인공은 그리 쉽게 스스로 움직이지 않는다. 솔직히 나 역시 주인공을 움직이는 것이 어렵다. 내가 만드는 주인공들은 내가 잠시만 신경을 안 써도 정말 아무 일도 하지 않는다. 주인공 아마미야 가즈히코가 죽어도 『다중인격 탐정 사이코』의 스토리가 문제없이 흘러가는 걸 보면 주인공이 아무것도 하지 않은 증거라고도 할 수 있다. 이렇게 말하면 작가가 그냥 멍하게 있는 것처럼 들리겠지만, 거듭 말하지만 주인공은 본래 스스로 움직이지 않는 법이다.

플롯 상에 주인공이 쟁취해야 할 구체적인 보물이나 물리쳐야 할 적이 설정되어 있다면 주인공이 스스로 움직이는 게 가능할지도 모른다. 신인 만화가나 라이트노벨 작가와 편집 회의를 할 때에 "주인공에게 행동 원리가 없다"는 식으로 말하는 편집자를 보면, 막연하게 사람은 주체성이나 의지를 갖고서 행동해야 한다는 의미로 말한다는 인상을 받는다. 하지만 현실을 살아가는 우리와 허구의 주인공은 다르다.

우리는 학교나 사회에서 자기 의지를 갖고 행동하고, 주체적이기를 요구받는다. 하지만 캐릭터론의 시각에서 보면 완전 반대다.

이야기에서 주인공이 스스로 해낼 수 있는 역할이 지극히 적다는 점을 우선 짚고 넘어가자. 프로프에 따르면 주인공의 역할은 출발한다, '증여자'라는 캐릭터의 의뢰를 받는다, 결혼한다는 3가지 뿐이다. 그나마 의뢰를 받거나 결혼하는 것조차 상대방이 있어야만 가능한 일이다. 결혼을 할 때도 주인공의 표식 등을 알아보는 쪽은 대개

공주인 걸 보면 주인공은 상당히 수동적이다. 그럼에도 불구하고 주인공은 작품에서 '자아 찾기'를 한다. 수동적이지만 자아를 찾는다는 의존성이 주인공의 최대 속성이다.

탐색자형 주인공과 피해자형 주인공

수동적인 주인공을 어떻게 움직일까. 이것이 이번 강의의 가장 중요한 문제다. 앞에서 살펴본 세 가지 역할 중에 주인공의 의지로 진행되는 것은 '출발'뿐이다. 프로프는 그 전 단계로 '중개 또는 연결되는 단계'라는 요소를 두고 있다.

프로프는 '출발'하는 주인공을 2가지 유형으로 나눴다. 탐색자형과 피해자형이다.

(1) 아버지의 눈앞에서(동시에 옛날이야기를 듣는 이의 시야에서) 딸이 납치당해 사라지고 그 딸을 찾으러 이반이 출발한다면, 이 이야기의 주인공은 이반이지 납치당한 딸이 아니다. 이반과 같은 유형의 주인공을 '탐색자'형 주인공이라고 부른다.

(2) 딸이나 아들이 납치당하거나 쫓겨난 뒤 그들에 맞춰 이야기가 전개되고 다른 인물들은 자세히 다루지 않을 경우, 이 이야기의 주인공은 납치당하거나 추방당한 딸(혹은 아들)이다. 이런 이야기에 탐색자는 존재하지 않는다. 이런 종류의 주인공을 '피해자'형 주인공이라고 부른다.

(『민담 형태론』)

144

탐색자형 이야기의 도입부에서는 주인공이 행방불명된 사람 또는 아이템을 찾으러 출발한다. 프로프는 이러한 유형의 이야기에는 주인공이 누군가로부터 행방불명된 사람을 찾아달라고 '의뢰'받는 형태와 본인의 의지에 따라나서는 2가지가 있다고 정리했다.

피해자형 스토리의 경우에는 주인공이 계모에게 쫓겨난다는 식으로 주인공의 의지와 관계없이 떠나지 않으면 안 되는 상황에 몰린다. 이는 기본적으로 수동적인 주인공을 떠나게 하는 유용한 방법이다. 유괴나 납치를 당하거나 다른 사람으로 오해받아 습격을 당하는 등 이러한 유형의 도입부를 다양하게 만들 수 있다.

이처럼 주인공이 자기 의지에 따라 출발하는 것은 하나의 패턴에 불과할 뿐 드문 경우에 속한다.

프로프의 31가지 구성 요소 중에는 '출발' 다음에 '대응 시작', 즉 '탐색자형 주인공이 행동에 나서는 데에 동의하거나, 행동에 나설 것을 결의한다'는 항목이 있다. 프로프는 피해자형 주인공에게는 '동의'나 '결의'라는 요소가 없다고 말한다. 그런 여유도 없이 휘말릴 만큼 수동적이라는 뜻이다.

탐색자형 중에서도 의뢰형은 의뢰를 받고 "그럼 그렇게 하죠"라는 결정을 내린다. 이 경우 역시 주인공이 상당히 미적지근하고 주체성이 없는 녀석이라는 말이 된다. 〈건담〉의 아무로, 〈에반게리온〉의 신지 또한 위기 상황에서 거대로봇을 받고 싸워달라는 의뢰를 받지만 거부한다. 결국 받아들이기는 하지만, 신지는 마지막까지 무기력하게 저항한다. 신지라는 캐릭터는 파견형, 즉 의뢰를 받는 유형의 주인공이면서도 거의 피해자형처럼 행동한다.

잘 생각해보면 주인공이 누군가에게 미션을 의뢰받거나 본인의 의지와 관계없이 사건에 휘말리면서 이야기의 중심인물이 되는 패턴은 흔하다. 정의의 사도 캐릭터도 본인의 의사와 무관하게 능력을 갖게 되거나 임무를 맡는 경우가 대부분이다. 처음부터 악의에 맞서기 위해 정의의 사도가 된 주인공이라는 설정은 오히려 우스꽝스럽고, 억지로 강요하는 피곤한 스타일의 영웅이라는 느낌이 든다.

그레마스A. J. Greimas 또한 주인공은 누군가에게 의뢰받지 않으면 사건을 일으키지 않는다고 보았다. 그레마스는 프로프가 정리한 7가지 캐릭터의 상호관계를 '행위자 모델'로 표현했다. '행위자 모델'을 간단하게 설명하면 이야기란 '주인공'이 '누군가'에게 '대상물'을 어딘가로 전해달라는 부탁을 받고, '누군가'가 그것을 방해하고, '누군가'가 그것을 돕는다는 구조를 가지고 있다는 것이다.

예를 들어 빨간 모자는 할머니한테 음식을 전해달라는 어머니의 의뢰를 받아 출발하고, 늑대의 방해를 받고, 사냥꾼에게 도움을 받는다. 셜록 홈즈는 베이커가 221-B로 찾아온 귀부인으로부터 사건의 진짜 범인을 찾아달라는 의뢰를 받고, 범인 혹은 범인이 만든 트릭에 방해받지만, 왓슨의 조력으로 사건을 해결한다. 소설 『반지의 제왕』에서는 프로도가 간달프로부터 절대반지를 '운명의 산'에서 파괴해달라는 의뢰를 받고 출발한다. 영화 〈트랜스포머〉의 주인공은 사건에 휘말리는 타입의 피해자형인데, 소년 또한 트랜스포머들의 '부탁'을 받아 움직이기 시작한다.

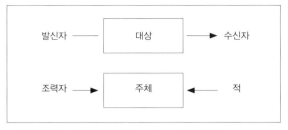

그림 1 행위자 모델(『구조 의미론』, A. J. 그레마스 지음)

이처럼 주인공에게 의사를 결정하는 과정은 있지만, 의뢰를 받거나 사건에 휘말리는 식으로 행동을 시작하게 될 뿐 처음부터 주체적으로 행동하지는 않는다. 따라서 '주인공에게 행동 원리가 있어야만 한다'는 생각을 과하게 적용하면 있지도 않은 것을 주인공한테 시키는 셈이 된다.

통과의례의 기본 프로세스

반복해서 말지만 주인공은 이야기의 발단에 해당하는 '출발'에 있어 원칙적으로 '수동적'이다. 그렇다면 문제는 수동적인 주인공을 어떻게 이야기에 참가시킬지 하는 점으로 옮겨간다.

주인공에게 '결여'나 '성혼'을 부여함으로써 이야기를 발동시킬 수도 있다. 하지만 주인공이 쉽사리 여행을 떠나지 않는 경우도 있다. 그런 경우에는 주인공을 억지로라도 출발시키기 위해 여러 명의 캐릭터를 투입하기도 한다.

조지프 캠벨Joseph Campbell의 단일신화론을 참조해보자. 캠벨은 동서고금의 영웅신화는 '하나의 조합된 모험 형식'을 가지고 있다고 보았다. 즉 서로 다른 문화권의 영웅신화가 사실은 하나의 공통된 패턴을 가지고 있다는 뜻이다. 오토 랑크 또한 『영웅 탄생 신화』라는 책에서 고금의 영웅신화로부터 하나의 공통된 형식을 추출할 수 있다고 주장했다. 캠벨은 영웅신화를 이렇게 정의한다.

> 보통 영웅의 신화적 모험이 따르는 경로는 통과의례에 나타나는 공식인 '분리—이니시에이션—부활'을 확대한 것이다. 이것은 원질신화의 핵심 단위라고 할 수 있다.
> '영웅은 일상 세계에서 위험을 겪으면서까지 알 수 없는 머나먼 초자연적 세계로 떠난다. 그 영역에서 초인적인 힘과 만나고, 결정적 승리를 거둔다. 영웅은 동료들에게 도움을 줄 수 있는 힘을 얻어 불가사의한 모험으로부터 귀환한다.'
>
> (『천의 얼굴을 가진 영웅』, 조지프 캠벨 지음)

앞에서도 이야기와 통과의례는 같은 구조를 가지고 있다고 한 바 있다. 캠벨이 말하는 '분리—이니시에이션— 부활'은 아르놀트 판 헤네프Arnold van Gennep나 빅터 터너Victor Witter Turner가 제시한 '분리→이행→재통합'이라는 통과의례의 기본 과정에 해당한다. 에드먼드 리치Edmund Ronald Leach는 이를 참고하여 통과의례의 과정을 〈그림 2〉와 같이 제시했다.

통과의례의 참가자는 일상이나 생활의 장소로부터 '분리'된다. 즉

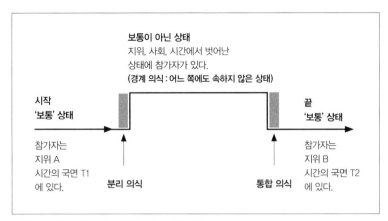

그림 2 『문화와 커뮤니케이션』(에드먼드 리치 지음)

분리 의식이다. 산속의 격리된 공간, 결계가 이루어지는 성스러운 장소 등 상징적인 의미에서 '이곳이 아닌 어딘가'로, 말하자면 '납치'되는 것이다. 물론 가족과도 격리된다.

'이행'이라는 것은 '이곳이 아닌 어딘가'에서 행해지는 신비로운 경험이다. 의례 참가자는 그동안 있었던 곳의 자신이 아니라는 점, 그리고 비일상적인 장소에 와 있다는 증거로 새로운 옷을 입거나 새로운 이름을 부여받는 등 상징적인 '여행'을 한다. 실제 통과의례에서는 신화를 상징적으로 모사한 종교적 의례가 이루어지는 경우가 많다. 새로운 옷을 입고 이름을 가진다는 것은 유충이 번데기가 되고, 그 껍질 안에서 성충으로 변화한다는 이미지를 가지고 있다. 이것이 '경계 의식'이다.

그런 다음 아이에서 어른이 되는 '변태'가 이루어지면 '재통합', 즉 본래 있던 장소로 다시 돌아간다. 이때 '상징적인 죽음'의 과정을 거치는 경우가 많다. 참가자는 '이곳이 아닌 어딘가'에서 펼쳐지는 의례 마지막에 상징적으로 죽는다. 즉 '통합 의식'이다. (어떤 부족은 통과 의례로서 번지점프를 하기도 하는데, 이는 '상징적 죽음'의 한 예시로 볼 수 있다. 자칫 잘못하면 의례 과정에서 실제로 죽을 수도 있다.)

참가자는 세 과정을 거쳐 '어른'이 된 다음 원래 있던 현실에서 다시 태어난다.

디즈니랜드와 '상징적인 죽음'

옆으로 새는 듯하지만, 통과의례에서 어떤 기시감이 느껴지지 않는가. 사실 이것은 디즈니랜드의 어트랙션이 갖고 있는 기본 구조이다.

예를 들어 〈백설공주〉 어트랙션 입구에서 손님들은 광산용 운반차 같은 것을 타게 된다. 유일한 차이점은 억지로 타는 게 아니라 스스로 긴 시간 동안 줄서서 기다렸다가 탄다는 것인데, 운반차가 출발하면 건물 속 어두컴컴한 공간으로 빨려들어간다. 즉 '분리'이다. 운반차는 작게 구분된 공간을 이동하고, 관객은 어지럽게 앞에서 펼쳐지는 이야기 속을 지나간다. 즉 '이행'이다. 마지막으로 밖으로 돌아오면서 끝이 난다. 즉 '재통합'인데, 운반차가 밖으로 나오기 직전에 머리 위를 올려다보면 마녀가 커다란 돌을 이쪽으로 던지고 있는데, 바로 '상징적인 죽음'을 의미한다.

이 한 가지 사례만 보자면 억지로 갖다붙인 것처럼 느껴질 수도 있으나, 디즈니랜드 어트랙션은 전부 다 상자 모양의 탈것이나 때로는 도보로 비일상적 공간에 발을 들여놓고, 마지막에 '상징적인 죽음'을 거쳐 밖으로 돌아온다는 구성이 대부분이다. 〈캐러비안의 해적〉에서는 출구 바로 앞에서 해적이 총구를 겨누고, 〈헌티드 맨션〉에서는 귀신에 들려 밖으로 나가게 된다고 위협받고, 〈스플래시 마운틴〉에서는 마지막에 폭포로 수직낙하하게 된다.

즉 디즈니랜드는 어트랙션이라는 이름의 작은 통과의례를 반복해서 체험하는 장소이다. 하지만 되돌아온 '현실'이 디즈니랜드라는 또 다른 비일상적 공간이므로 정확히 말하면 실제 '현실'로 돌아오는 것은 아니라서 꽤 흥미로운 구성이라 할 수 있다.

왜 영웅은 출발을 주저하는가?

캠벨의 단일신화론은 통과의례와 이야기를 평행 관계로 바라보며, 모든 영웅신화는 단 하나의 형식으로 환원 가능하다는 이론이다. 조지 루카스가 캠벨의 분석에 흥미를 느끼고, 단일신화론에 입각하여 영화 〈스타 워즈〉의 시나리오를 집필한 사실은 잘 알려져 있다. 〈스타 워즈〉 초기 3부작 DVD박스에 수록된 특별 영상에도 이 사실이 언급되어 있다. 캠벨의 단일신화론은 미국 판타지 소설에도 큰 영향을 미쳤는데, 예를 들어 매거릿 와이즈Margaret Weis와 트레이시 히크만Tracy Hickman이 쓴 『드래곤랜스Dragonlance』[1]의 권말에는 이 작품이 단일신화론을 원용했음을 밝히고 있다. 『드래곤랜스』는 일본 게임 계열 판타지 소설에도 상당한 영향을 미쳤다.

캠벨의 단일신화론은 통과의례의 3가지 과정인 '출발', '이니시에이션', '귀환'으로 구성되어 있다. 그리고 각 항목들은 몇 가지 요소의 연속으로 구성되어 있다. 예를 들면 '출발', 즉 '분리 의식'까지의 과정은 5가지 요소의 연속으로 구성되어 있다.

1. 모험으로의 소명
2. 소명의 거부
3. 초자연적 존재의 원조
4. 첫 경계의 통과
5. 고래 태내

'고래 태내'란 이를 테면 피노키오가 고래한테 잡아먹혔다가 탈출하는 이미지를 떠올리면 된다. 캠벨은 주인공이 '제2막 이니시에이션'(헤네프가 말한 '이행', 터너가 말한 '경계')으로 옮겨가기 위해서는 한 번 죽어서 다른 세계에서 다시 태어나야 한다고 생각했다. 이러한 상징적 죽음은 입구와 출구 중 어느 쪽에서든 상관없지만 어느 한쪽이 강조되는 경향이 강하다.

캠벨이 말한 '출발'을 위한 다섯 가지 요소는 이번 강의의 주제인 수동적 주인공을 어떻게 이야기에 참여시킬 것인가에 대한 힌트가 된다. 프로프도 '출발'에 이르는 패턴을 제시한 바 있지만 캠벨의 이론에는 '2. 소명의 거부'라는 요소가 있는 게 특징이다. 주인공은 누군가에게 "자, 모험을 떠나시오"라고 의뢰를 받는다(모험으로의 소명). 하지만 사람이 그리 간단히 의뢰를 수락할까?

탐정이나 FBI 수사관을 캐릭터로 잡으면 사건을 해결해달라는 의뢰를 받았을 때 직업이기 때문에 거부하는 일이 없어 편하다. 게임 계열 판타지에 나오는 '용사' 또한 마찬가지다. 내 만화『구로사기 시체 택배』[2]는 시체의 영혼이 의뢰한 대상에게 시체를 배달한다는 설정인데, 황당한 임무이긴 하지만 인물들에게 '시체 전문 택배업'이라는 가공의 직업을 부여했기에 의뢰에 대해 불평하지 않고 받아들인다.

직업으로 설정되어 있는 경우라도 좀체 움직이지 않는 경우도 있다. 캠벨은 이런 갑작스러운 의뢰에 대해 망설이는 것은 영웅신화의 주인공도 마찬가지라고 지적한다.

> 현실에서는 빈번하게, 신화나 통속극에서도 드물지 않게 소명에 응하지 않는 사태가 발생한다. 그 이유는 다른 데에 관심을 집중하고 있기 때문이다. 이러한 소명에 대한 거부는 모험을 부정적으로 바꾼다. 권태, 격무, 혹은 '일상생활'에 휩싸이면, 모험의 주체는 의미 있는 긍정적 실행력을 잃고, 구제만 기다리는 피해자가 될 수도 있다.
>
> (『천의 얼굴을 가진 영웅』)

주인공은 왜 출발을 주저하는 걸까?

지금까지의 논의를 통해 이야기란 통과의례와도 같다는 사실을 확인했다. 주인공이 출발한다는 것은 그가 '어른'이 될 날이 다가왔다는 의미이기도 하다. 대부분의 사람은 어른이 된다는 미지의 체험을 두려워하고, 되도록이면 지금 이대로이길 바란다. 주인공 또한 이런 심리적 이유로 '소명'을 '거부'하곤 한다. 캠벨은 페르시아 마을 사람들이 알라신의 소명을 거부하여 마을이 '돌로 둘러싸였다'거나 『성서』에서 롯의 아내가 소명을 받고 마을을 떠나다가 무심코 뒤를 돌아보는 바람에 소금기둥이 되었다는 신화나 설화를 사례로 들면서, 소명의 거부가 지나치면 그들의 시간 자체가 멈춘다고 지적한다. 즉 어른이 되지 못한 채 돌로 둘러싸이거나 소금기둥이 되는 것이다.

하지만 어른이 되기 위한 출발을 거부하는 감정 그 자체는 '창조적 자질을 이끌어낸다'고도 주장한다. 예를 들어 아톰이나 피노코는 어른이 되기 위한 여행을 떠나고 싶어 하지만 성장하지 않는 그들의 신체가 그들을 가로막고 있다. 이 주인공들은 장벽에 가로막혀 고뇌에 빠지고, 비로소 스스로 출발의 첫걸음을 내딛게 된다.

데즈카 오사무의 작품이나 〈에반게리온〉의 신지에서 볼 수 있듯 어른이 되는 출발을 거부하는 '소명의 거부', 즉 주인공이 쉽게 출발하지 못한다는 내용은 일본 전후 만화 및 애니메이션에서 중요한 위치를 차지한다. 이 작품들에서는 '소명의 거부'라는 요소가 작품 전체의 주제와도 맞닿아 있다.

마법 아이템을 주는 자

'소명의 거부'를 거치며 주인공이 한 번 퇴행한 뒤에야 그 운명을 받아들이게 된다는 것이 캠벨의 생각이다. 이러한 과정을 거쳐 주인공이 '출발'을 위한 준비를 하고 나면 '초자연적 존재의 원조'라는 단계를 거친다. 캐릭터가 출발에 중요한 아이템을 획득하는 것이 이 대목이다.

예를 들어 동아프리카 탕가니카에 사는 와차가 부족에게는 희망을 잃고 해가 뜨는 나라로 떠난 키아짐바라는 이름의 매우 가난한 남자 이야기가 전해져 내려온다. 긴 유랑 생활로 완전히 지쳐버린 키아짐바가 희망을 잃고 망연자실한 상태로 서 있는데, 뒤에서 누가 다가오는 소리가 들렸다. 돌아서서 살펴보니 키가 작고 비칠거리는 노파가 있었다. 노파는 다가오더니 뭐하고 있냐고 물었다. 자초지종을 설명하자 노파는 자신의 속옷을 벗어 키아짐바의 몸을 감싸고 대지에서 날아올라 그를 하늘 꼭대기로 데려갔다.

(『천의 얼굴을 가진 영웅』)

이미 익숙한 문장일 것이다. '우바카와'를 건네주는 '야만바'와 같은 캐릭터는 일본의 민담뿐만 아니라 전 세계에 보편적으로 존재한다. 캠벨에 의하면 기독교권에서는 '성모 마리아'의 이미지로 종종 등장한다. 일본의 옛날이야기에는 야만바의 역할을 '관음보살'이 대신하는 경우도 있다.

프로프는 이와 같은 캐릭터를 '증여자'라고 정의했다.

[증여자] 여기에서 새로운 인물이 등장한다. 이 새로운 인물은 '증여자', 혹은 좀 더 정확히 '보급계'라고 부를 수 있다. 보통 이 인물(과 주인공)은 숲 속이나 길 위에서 우연히 만난다. (중략) 주인공은 그곳에서 만난 인물에게서(주인공이 탐색자형이든, 피해자형이든 간에), 일종의 수단(일반적으로는 마법의 힘이 담겨 있는 물건, 즉 마법도구)을 받는다. 이

마법도구는 향후 재난이나 불행을 해소해주는 역할을 한다. 하지만 마법도구를 입수하기 전에도 주인공은 매우 다양한 도움(증여자로부터의 도움)을 받는데, (그에 대한 주인공의 반응이 긍정적이기만 하다면) 모든 마법도구가 주인공 손에 들어가게 된다.

『민담 형태론』

증여자는 주인공이 출발하기 전에 나타나 주인공이 출발하는 데에 필요한 자질이 있는지 테스트를 하거나(난제 제시), 소양을 갖췄다고 판단되면 마법도구를 준다. 주인공은 모험을 하는 동안 마법도구의 비호를 받아 위기를 넘긴다.

세계의 '이쪽 편'에서 '건너편'으로

마음을 정하고 아이템을 갖춘 주인공은 드디어 출발한다. 그는 지금까지 있던 곳에서 밖을 향해 걸어나간다. 그가 가장 먼저 도착하는 곳은 '이쪽 세계'의 '가장자리'이다. 무라카미 하루키 식으로 말하면 '세계의 끝'이라고나 할까.

캠벨은 이 단계를 '첫 경계의 통과'라고 불렀다.

인격화된 선도자나 보호자에게 운명을 맡기면서 영웅은 거대한 힘을 지배하는 지배권의 입구를 지키는 '경계 문지기' 앞에 도착할 때까지 모험을 계속한다. 경계 문지기는 현재 영웅이 활동하고 있는 영역 혹은 지평의 한계를 상징하는 세계의 사방(천상계와 지하계까지도 포함하여)의 경계를 나타낸다. 경계 문지기를 넘어선 곳에 미지와 위험을 품은 어둠이 존재한다. 마치 부모의 눈이 닿지 않는 곳이 아이들에게 위험하듯이, 사회의 보호 범위를 넘어선 곳에 종족 구성원에게 위험한 것이 기다리고 있는 것과도 같다. 보통의 사람이라면 경계 내에 머무르는 것에 안도 이상의 감정을 느끼며, 심지어 만족하기까지 한다. 이러한 통념으로 인해 미지의 영역에 발을 내딛으려는 사람들은 두려움을 느끼며, 스스로 갖가지 이유를 대게 된다.

(『천의 얼굴을 가진 영웅』)

주인공은 모험의 세계가 시작되는 '세계의 끝'에 도착한다. '세계의 끝'에는 '이쪽 편'과 '건너편'의 경계를 상징하는 캐릭터가 있는데, 캠벨은 호텐토트Hottentot 족에게 전해내려오는, 마을과 숲의 경계에 있는 요괴 하이 우리Hai-uri를 예로 들어 설명한다. 일본 민속신앙에서도 요괴는 보통 마을의 경계가 되는 다리 혹은 삼거리에 나타나곤 한다. 이는 내가 민속학을 배우기도 했던 미야타 노보루가 주장한 내용이기도 하다.

〈센과 치히로의 행방불명〉에 등장하는 가오나시는 바로 '경계 문지기'의 역할을 하는 캐릭터다. 가오나시는 치히로가 건너편 세계로 가는 '다리'를 건널 때 따라온다. 가오나시는 발달심리학적으로 보면 '이행 대상'이고, 캠벨의 신화론이나 민속학적인 관점으로 보자면 '경계 문지기'로 해석할 수 있다.

이 경계 문지기가 있는 장소를 지나면 앞서 설명한 '고래 태내'에

돌입하게 되고, 건너편 세계, 즉 모험의 세계로 가기 위해서는 '죽음'
을 한 번 겪을 필요가 있다고 캠벨은 생각했다.

> 마법의 경계를 통과하는 것이 곧 부활 영역으로 들어가는 것이라
> 는 생각은, 세계 어디에나 나타나는 고래의 배라는 자궁 이미지로 상
> 징된다. 영웅은 경계를 지키는 세력을 물리치거나 그 세력과 화해하는
> 대신 미지의 존재에 빨려 들어가 표면적으로는 죽어버린 것처럼 보일
> 수도 있다.
>
> (『천의 얼굴을 가진 영웅』)

이야기론은 창작에 응용할 수 있다

여기까지가 꽤나 수동적인 주인공이 드디어 모험을 떠나기까지의 과
정이다.

하지만 이것만으로는 왠지 추상적이고, 정말 전 세계 영웅신화가
모두 이 과정을 따르는지 의문이 생길 것이다. 결론부터 말하자면 캠
벨은 프로프나 앨런 던데스만큼 치밀하게 신화나 민담을 추출하여
'문법'을 만들어냈다기보다는 동서고금의 신화를 모아 붙여 소위 '원
질신화'를 창조했다. 캠벨 자신 또한 원질신화가 '합성된' 것이라고
이야기한다.

예를 들어 주인공이 무언가의 뱃속에서 튀어나오는 이미지는 『피
노키오』나 『빨간 모자』에도 있지만, 그건 이야기의 막바지에서이다.
물론 고래 뱃속에서 귀환한 피노키오는 인간이 되어 앞으로 진정한

이니시에이션을 겪게 될 것이며, 빨간 모자도 늑대 뱃속에서 구출된 후 진정한 어른 여성이 될 거라는 식으로 이 두 가지 이야기가 주인공의 '출발'을 그린 '제1막'이라고 주장할 수는 있다.

캠벨의 단일신화론은 실제 이야기를 창작할 때 유용하다. 조지 루카스가 〈스타 워즈〉 시나리오를 쓸 때 캠벨의 조언을 받았다는 것은 이미 언급했지만, 자세히 살펴보면 단순히 조언을 받은 정도가 아니라 캠벨이 만들어낸 신화 구조에 매우 충실했다는 것을 알 수 있다. 이처럼 캠벨의 단일신화론을 비롯해 다양한 이론은 이야기를 분석하기 위한 도구만이 아니라 창작에 응용할 수 있다.

내가 원작을 쓴 『망량전기 마다라』는 데즈카 오사무의 만화 『도로로』의 이야기 구조를 차용하고, 오토 랑크가 『영웅 탄생 신화』에서 제시한 구조에 맞춰 수정하여, 프로프와 캠벨의 이야기론을 가미한 작품이다. 주인공 마다라가 연꽃 비슷한 걸 타고 강을 따라 떠내려 오는 도입부는 랑크의 영웅신화론에서 '주인공은 강에 떠내려보내는 식으로 버려진다'는 대목을 차용한 것이다. 캠벨의 이론을 참고하여 바람 공주라는 '경계 문지기'를 등장시키기도 했다. 그리고 후반에 마다라와 똑같이 생긴 캐릭터 가게오影王가 나오는데 이것은 프로프의 이야기론에 등장하는 '가짜 주인공'에 해당한다. 이런 식으로 데즈카 오사무의 몇 가지 대표적인 이야기론을 합성하여 시나리오를 만들었다.

자, 그럼 캠벨의 단일신화론이 얼마나 쓸모 있는지 검증해보는 의미에서 〈스타 워즈 : 에피소드 4〉와 '출발'의 각 항목을 대비시켜보도록 하자.

1. 모험으로의 소명

캠벨은『그림 동화』를 인용하면서 이 항목을 다음과 같이 설명한다.

> 갑자기 시작되는 힘의 전조로서, 말하자면 기적처럼 등장하는 개구리는 '사자(使者)'라고 할 수 있다. 개구리가 등장하면서 만들어지는 국면의 전환이 '모험으로의 소명'이다.
>
> (『천의 얼굴을 가진 영웅』)

『그림 동화』에서는 '개구리'라는 '사자'가 나타나 공주를 '소환'한다. 〈스타 워즈〉에서는 R2D2가 가져온 레이아 공주의 메세지가 이에 해당하는데, 캠벨은 '소환'을 '자아의 각성', 즉 "눈을 떠라", "어른이 되기 위해 출발하라"라는 내면의 목소리로 해석한다. 〈스타 워즈〉의 주인공 루크 스카이워커는 변경 행성에서 양부모(숙부와 숙모)의 비호를 받고 있지만, 행성 밖으로 나가고 싶다는 바람을 가지고 있다. 이처럼 루크의 '자아'가 눈을 뜨는 시기에 '사자'인 R2D2가 찾아온다.

2. 소명의 거부

〈스타 워즈〉에서 루크의 '망설임'은 스스로 모험을 거부하는 게 아니라 양부모와의 관계로 인해 발생한다. 루크는 바깥 세계에서— 아카데미에서—배우고 싶어 하지만 오웬 숙부는 1년 더 기다리라고 만류한다. 숙부는 루크가 제다이의 핏줄이라는 것을 알고 출발을 걱정하는것인데, 이처럼 양부모의 존재가 결과적으로 '소명의 거부'가 된다. 이는 할리우드 영화에서 특징적인 장치이다. 예를 들어 영화 〈본 아이덴티티〉나 〈컨스피러시〉처럼 기억을 잃은 인물이나 〈트랜스포머〉의 풋내기 소년은 사건에 '휘말리는 유형'의 주인공인데, 이들은 '모험으로의 소명'을 곤혹스러워하거나 거부한다.

한편 망설임 없이 모험이 시작되거나 쭉쭉 앞으로 나가는 유형의 주인공이 등장하는 작품에는 주인공의 출발을 방해하는 캐릭터를 배치하는 경우가 많다. 이러한 설정은 영화 〈레드 드래곤〉[3]이나 TV 드라마 〈밀레니엄〉[4]처럼 등 미스터리나 서스펜스물에는 흔하다. 예를 들면 조기 은퇴한 형사나 수사관이 복귀하라는 요청을 받지만, 아내의 반대로 복귀를 주저한다는 패턴이 있다. 나 또한 미이케 다카시[5] 감독이 연출해준 드라마 시리즈판 〈다중인격 탐정 사이코〉의 시나리오에 이러한 패턴을 적용했다. 〈다중인격 탐정 사이코〉에서는 주인공 아마미야 가즈히코의 아내가 복귀를 반대하는데, 그녀가 살해되면서 주인공이 복귀를 결심한다는 내용이다. 이처럼 할리우드 서스펜스물 중에는 주인공이 쫓는 수수께끼의 살인범이 가족을 해치면서 주인공이 복귀를 하는 식의 전개가 흔하다. 〈스타 워즈〉에서도 양부모가 제국에 의해 죽는다. 이는 '만류하는 존재'를 사라지게 함으로써 주인공에게 '분노'라는 동기를 부여하는 효과가 있다.

3. 초자연적 존재의 원조

이 단계에서는 증여자가 주인공에게 '보호 부적'이나 아이템을 전해준다. 〈스타 워즈〉 초기 3부작은 에피소드 4가 출발, 에피소드 5가

이니시에이션, 에피소드 6이 귀환에 해당되는데, 각 에피소드마다 '출발', '이니시에이션', '귀환'이라는 세 가지 과정으로 구성되어 있다.

에피소드 4에서 '증여자'는 오비완이지만, 에피소드 5에서는 포스의 존재를 알려주는 요다가 된다. 여기서 '증여자'로 착각하면 안 되는 존재가 한 솔로이다. 한 솔로는 할리우드 영화의 시나리오론으로 말하자면 주인공 루크에 대한 '버디' 역할이기 때문이다. 그리고 이야기 구조에서는 '조력자'에 해당된다.

프로프는 '조력자'라는 캐릭터를 설명하면서 다음과 같은 예를 들었다.

> (a) 이반은, 하늘을 나는 융단을 받아, 그것을 타고, 공주에게로 혹은 자기 고향으로, 날아간다.
>
> (b) 이반은, 말을 받아, 그 말을 타고, 공주에게 혹은 자기 고향으로, 날아간다.
>
> (『민담 형태론』)

위의 예시에서 융단과 말은 주인공을 이동시킨다는 점에 있어 동일한 기능을 한다. 즉 특수한 힘을 지닌 마법도구, 아이템과 '마법의 힘을 가진 조력자'라는 캐릭터는 이야기의 구조상 같은 역할을 한다. 배라는 이동 수단과 전투 능력을 가진 한 솔로, 그리고 특수 능력을 갖고 있는 츄바카와 C-3PO는 전부 이에 해당한다. RPG에서 파티party를 구성하는 주인공의 동료가 각각 한 가지 특출난 능력을 갖고 있는 것도 마찬가지라고 할 수 있다.

'증여자'와 '조력자'의 차이는 이야기 진행 중에 주인공과 행동을 함께하느냐 아니냐로 어느 정도 구분 가능하다. 즉 '증여자'인 오비완이나 요다는 루크에게 광선검이나 포스를 부여해주지만 무리에는 합류하지 않는다. 반면 한 솔로와 그 일행은 가끔 떨어지거나 적에게 붙잡히기도 하지만 루크와 '함께' 다닌다. 왜냐하면 그들은 광선검과 마찬가지로 루크의 소유물(=아이템)이기 때문이다.

4. 첫 경계의 통과

루크가 출발하기 직전 그의 앞을 막아서는 존재로서 '경계 문지기'가 등장한다. 경계 문지기의 역할에는 몇 가지가 있다. 단순히 이쪽 편과 건너편을 나눠주는 이정표 같은 존재. 주인공을 가볍게 시험하고 패배하는, 게임으로 말하자면 중간 보스급의 캐릭터. 주인공에게 "꼬마야, 여행을 떠나는 거냐" 하고 도발하는 캐릭터. 한 솔로와 같이 조력자와 버디를 겸하는 캐릭터.

한 솔로 같은 '조력자' 캐릭터는 '경계 문지기'로 등장하는 경우가 많다. 게임 계열 판타지에서는 주인공과 싸운 후에 친구가 되어 파티에 합류하는, 약간 미남인 캐릭터가 그러한 경우다. 그에 반해 주인공이 '바깥'으로 나가는 것을 저지하는 캐릭터가 있는데, 〈스타 워즈〉에서는 그로테스크한 괴물 자바 더 헛이 이에 해당된다.

아울러 한 솔로와 루크가 술집에서 만나는 장면에 등장하는 괴이한 모습의 캐릭터들도 일종의 경계 문지기다. 따라서 그 술집은 '이 세상의 끝', 즉 '경계'에 가까운 장소라고 할 수 있다. 한 솔로가 경계 문지기인 자바 더 헛을 잘 구슬러서 마침내 일동은 출발한다.

5. 고래 태내

에피소드 4 자체가 '출발'에 해당하므로 '고래 태내'에서 탈출하는 부분은 절정에 해당된다. 밀레니엄 팰컨 호는 타임워프하여 앨더란으로 가려고 했으나 데스 스타로 빨려들게 된다. 즉 '고래'에 먹히는 것이다. 데스 스타에서 이루어지는 도망극에서 개비지 슈트(더스트 슈트)로 뛰어드는 장면 역시 '고래'에 먹히는 것에 해당한다.

그 다음 데스 스타에서 탈출한 시점에서 '제1막 출발'이 끝난 것으로 볼 수 있지만 시리즈물이라고는 해도 독립된 에피소드로서는 너무 어정쩡하기 때문에 오비완의 죽음, 데스 스타의 파괴 등 '통과의례'와 '귀환'에 해당하는 요소를 간단하게 추가하여 영화 한 편을 완성한 것이다. 이 부분에 대해서는 캠벨의 『천의 얼굴을 가진 영웅』과 〈스타 워즈〉 초기 3부작을 비교하면서 각자 학습해보도록 하자.

할리우드 영화의 각본 매뉴얼

캠벨과 조지 루카스의 만남은 캠벨의 신화론을 할리우드 영화의 시나리오 창작 매뉴얼로 원용할 수 있다는 가능성을 보여주었다. 크리스토퍼 보글러는 〈스타 워즈〉 이야기 개발과 캠벨의 신화론의 관계에서 영감을 얻어 『신화의 법칙』(한국어판 제목: 『신화, 영웅, 그리고 시나리오 쓰기』)이라는 시나리오 작법 매뉴얼 책을 집필했다. 이 책은 캠벨의 신화론에 융 심리학을 엮어 나름대로 잘 정리한 매뉴얼이다. 보글러는 디즈니 애니메이션 〈라이온 킹〉의 스토리 개발에 참여한 바 있으니 탁상공론만은 아닐 것이다.

사실 캠벨의 단일신화론은 제2막 이후로는 불교 설화를 자주 인용하면서 주인공이 일종의 '깨달음'을 얻는 과정을 보여주고 있다. 〈스타 워즈〉야 포스의 힘을 둘러싸고 약간 선문답적인 내용이 가미된 작품이니 괜찮다고 하더라도 할리우드 영화 전반에 적용시키기는 쉽지 않다. 캠벨은 그러한 점을 고려해 「영웅의 여행」에서는 내용을 약간 수정하기도 했다. 〈그림 3〉은 보글러가 캠벨의 「영웅의 여행」과 『천의 얼굴을 가진 영웅』을 바탕으로 시나리오나 캐릭터 제작에 대해 정리한 매뉴얼이다.

내 인상이긴 하지만 캠벨의 단일신화론은 주인공의 '출발'에 관해선 상당히 쓸모가 있지만, 제2막 이후에는 프로프나 랑크 등 몇 가지 이야기론을 섞어 쓰지 않으면 범용성이 낮다는 느낌이 든다.

보글러는 캠벨의 이론을 바탕으로 할리우드 영화의 캐릭터를 다음과 같이 분류했다.

1. 영웅hero
2. 정신적 스승mentor
3. 문지기threshold guardian
4. 사자herald
5. 변신자재자shapeshifter

6. 그림자shadow

7. 트릭스터trickster

보글러의 캐릭터론은 기본적으로 융 심리학의 '원형元型'이라는 개념을 응용한 것으로 볼 수 있다.

1번 영웅에 대해서는 긴 설명이 필요 없을 것 같다. 다만 두 가지 속성은 눈여겨볼 만하다. '영웅Hero'은 그리스어로 '지키고 봉사하는 것'이라는 뜻으로, 즉 주인공이란 '다른 사람들을 대신'하여 '희생'하는 존재다. 다만 희생이 지나치면 문제가 된다. 그리고 주인공은 '배우고 성장하는' 존재다. 루크 스카이워커는 포스의 사용법을 배우고, 만화 『내일의 죠』의 주인공 죠는 소년원에서 단게 단페이의 엽서를 보고 권투를 배운다(〈그림 4〉). 주인공에게 있어 배움은 중요한 '속성'이다.

2번 정신적 스승은 앞에서 살펴본 '증여자'에 해당한다. 증여자는 굳이 노인이나 노파일 필요는 없다. 현대적인 이야기라면 과학자나 발명가, 트레이너가 되기도 한다. 『아톰』에서는 덴마 박사, 『내일의 죠』에서는 단게 단페이가 이에 해당한다.

주인공의 '양심'이 스승의 역할을 하는 경우도 있다. 보글러는 『피노키오』에서 귀뚜라미의 예를 들었다. 영화 〈양들의 침묵〉의 렉터 박사도 클라리스에게는 정신적 스승인데, 전체 시리즈를 볼 때 주인공이라는 점에서 독특하다.

3번 문지기는 앞서 살펴본 '경계 문지기'를 말한다.

	영웅의 여행	천의 얼굴을 가진 영웅
제1막 출발, 이별	일상 세계	출발
	모험으로의 소명	모험으로의 소명
	소명의 거부	소명의 거부
	정신적 스승과의 만남	초자연적 존재의 원조
	첫 관문 돌파	첫 경계의 통과
		고래 태내
제2막 시련, 통과의례	동료·적 테스트	시련의 길
	가장 위험한 장소로 접근	
	최대의 시련	여신과의 만남
		유혹자로서의 여성
		아버지와의 일체화
		신격화
	보상	최종 보상
제3막 귀환	귀로	귀환의 거부
		주술적 도주
		외부로부터의 구조
		귀로 경계의 통과
		귀환
	부활	두 세계의 스승
	영약elixir을 갖고 귀환	삶의 자유

그림 3 캠벨의 「천의 얼굴을 가진 영웅」과 「영웅의 여행」에 제시된 구조상의 대비
(『신화, 영웅 그리고 시나리오 쓰기』)

그림 4 『내일의 죠』(다카모리 아사오 원작, 지바 데쓰야 그림, 고단샤, 1970)

4번 사자는 프로프가 말한 '의뢰'를 행하는 존재인데, 보글러는 주인공에게 성장할 때가 왔다는 것을 전달하는 존재라고 설명했다. 사자는 꿈에 등장하기도 하며, 주인공의 마음에 불안을 불러일으키는 작은 사건의 '전조' 혹은 '소식'이 되기도 한다. 사자가 정신적 스승으로 역할이 변화하는 경우도 많다.

5번 변신자재자는 보글러도 아직 제대로 정리해놓지 못한 개념이다. 기분이나 외견이 변화하는 막연한 캐릭터로서, 주인공과 성性이 다른 경우가 많다. 만화 『루팡 3세』[6]의 미네 후지코를 연상하면 될 듯하다. 대표적으로 소위 팜므 파탈 캐릭터가 이에 해당한다. 한편 캐릭터가 변장하거나, 가면을 쓰거나, 작중에 속성이 변화하는 케이스도 '변화하는 것'에 해당한다고 보았다.

6번 그림자는 '적'이다. 이에 관해서는 다음 강의에서 다루겠다.

7번 트릭스터는 문화인류학에서 말하는 '장난꾸러기'를 의미하는데, 말하자면 유머를 만드는 역할이다. 트릭스터의 특징은 주인공이 넘지 못하는 경계를 쉽사리 넘는다는 점이다. 예를 들어 피에로는 신분이 낮음에도 불구하고 왕 앞에 나설 수 있다.

보글러의 이론을 토대로 하면 주인공이 출발하기 위해서는 2, 3, 4번 캐릭터가 '수동적'인 주인공에게 개입할 필요가 있다.

자, 이제 과제를 실행해보자. 캠벨이 정리한 '제1막 출발'의 다섯 항목과 보글러의 캐릭터론을 참고하여, 이야기에 참가하길 주저하는 주인공의 등을 떠밀어보라.

워크숍 5

여행을 떠나기 싫어하는 주인공과 주인공을 출발시키는 캐릭터를 만들어
보자.

| 과제 |

다음 플롯을 읽고 캐릭터의 속성을 고려하여 A~F 캐릭터를 디자인
해보자.

1. 일상 세계

전직 FBI 수사관인 A(영웅)는 갖가지 엽기 범죄를 해결했지만, 지
금은 퇴직하고 고향에 돌아가 고등학교 교사로서 가족과 행복한 나
날을 보내고 있다. 아내와 딸은 평온한 삶에 만족하고 있다. 하지만 A
는 왠지 모르게 평온한 나날에 따분함을 느낀다.

2. 모험으로의 소명

어느 날 A가 근무하는 고등학교에서 학생 B가 총기 난사 사건을
일으킨다. A는 과거의 경험을 살려 B를 붙잡지만 B가 자살하고 만다.

그리고 B는 "다시 한 번 시작할 거야"라고 중얼거린다. (사자)

그 목소리는 과거 A가 뒤쫓다가 눈앞에서 자살해버린 살인범 C(그
림자)와 똑같았다.

3. 소명의 거부

A는 상사 D에게 연락했다가 과거 C가 저지른 것과 똑같은 수법의 사건이 일어나고 있다는 사실을 알게 된다. 상사 D는 A가 복귀해주기를 바라지만, A는 가족을 생각해서 거절한다. (사자)

집에 돌아와 보니 우편함이 노랗게 칠해져 있다. 아내는 누가 장난을 친 걸로 알고 화를 냈지만, 그것은 C가 범행을 저지르기 전에 표적으로 삼은 집에 했던 예고였다.

그날 밤 A는 대비를 했지만 아무도 나타나지 않는다.

노크 소리가 들리고 A는 총을 겨누며 문을 열었지만 이웃인 E였다. 안심하는 것도 잠깐, 그가 A의 아내를 덮치고, A는 그를 총으로 쏘아 죽인다. E는 죽기 직전에 또 다시 C의 목소리로 "이미 시작됐다"고 말한다. (사자) 아내에게는 그 목소리가 들리지 않는다.

가족을 위해 수사에 복귀하기로 하는 A.

4. 정신적 스승과의 만남

수사에 복귀하려는 A에게 사건의 힌트를 알고 있는 F라는 인물이 나타나고, A는 그의 인도로 사건을 해결한다. (정신적 스승)

(1) 디자인해야 할 캐릭터 목록은 다음과 같다.

A. FBI 출신의 남자(영웅)

B. A의 학생, 총기 난사범(사자)

C. A가 과거 쫓았던 살인범(그림자)

D. 과거 상사(사자)

　　E. 이웃집 사람(사자)

　　F. 주인공을 인도하는 인물(정신적 스승)

(2) 주의 사항

① A~F에 지정된 속성을 추가해도 된다.

　　예를 들어 '영웅+그림자'로서, 사실은 C가 바로 A, 즉 A는 본인이
　　수사관이었다고 생각했지만 실은 살인범이었다라는 설정으로 만
　　들 수도 있다.

② F의 정신적 스승 캐릭터는 플롯 속에 구체적으로 설정하지 않았
　　으니, 캐릭터를 만든 다음에 생각해볼 것.

③ 변경해도 되는 사항

　　a. 주인공의 성별

　　b. 무대를 미국 이외의 나라로 한다. (일본, 한국, 대만 등)

④ 그림을 그리지 못하는 사람은 대신에 영화잡지나 화보에서 이미
　　지에 맞는 배우나 모델 사진을 잘라 붙여도 된다. 즉 캐스팅을 생
　　각해보고 캐릭터 설정을 추가한다.

| 작례 해설 |

이 작례는 캐릭터를 아프리카계 미국인, 그리고 힙합계로 통일시켰
다. FBI 수사관은 앵글로색슨이라는 공식을 깨뜨렸다. 주인공에게
'트릭스터'로서의 속성을 더한 것인데, 이 인물이라면 백인 수사관이

〈작례1〉

스니커

26세, FBI 출신의 남자. 속성은 영웅+트릭스터. 어린 시절에 동물과 식물, 바다 등과 대화할 수 있다고 주위 사람들한테 자주 말해왔다. 그런 스니커를 주위 사람들은 바보로 취급했다. 하지만 스니커의 말을 유일하게 믿어준 FBI 수사관이 있었다. 그의 상사인 더플이다. 더플의 견습 수사관 시절 선배 중에 식물과 대화할 수 있는 사람이 있었는데, 그 선배는 그 능력을 이용해 사건을 하나하나 해결했다. 더플은 스니커를 FBI에 추천했고 수사관이 된다. 더플의 예상은 적중했다. 스니커는 어려운 사건을 차례차례 해결한다. 스니커는 평소 장난스럽지만 수사에 들어가면 돌변해 믿음직스럽게 행동한다. 몇 년 뒤 결혼하여 딸을 얻었고, FBI를 퇴직하여 교사가 되었다. 학교에선 스니커 특유의 유머로 재미있게 지내며, 학생들이 좋아하는 교사다.

밀리터리

18세. 스니커가 가르치는 학생. 총기 난사범. 속성은 사자. 1년 전, 아버지 직장 때문에 호주에서 이사왔다. 전학한 뒤에 몇 주가 지나도록 학교에 적응하지 못한다. 그때 담임인 스니커가 친절히 대해줬고, 지금은 반의 농구 팀에 소속되어 있다.

아우터

32세. 스니커가 과거에 쫓았던 살인범. 속성은 그림자. 이 근처에서 유명한 흉악 범죄 집단인 매컬 패밀리의 구성원이다. 아우터는 매컬의 동기로서 신뢰를 받고 있으며, 갱단의 항쟁을 지휘하고 있다. 그리고 표적으로 삼은 건물 우편함을 노란색으로 표시한다. 그러다가 어느 날 딱 한 번 실패하고 만다. 그에 격노한 매컬이 아우터를 FBI에 팔아넘긴다. 아우터는 필사적으로 도망치려 하지만 스니커에게 몰리자 가지고 있던 총으로 자살한다.

더플

53세. 과거의 상사. 속성은 사자. 온화하고 견실한 타입. 아무리 어려운 사건도 해결하기 위해 끝까지 노력한다. 후배나 곤경에 처한 사람, 주변 사람들에게 매우 겸손하고 잘 챙겨주기 때문에, 깊은 신뢰를 받고 있다. 참고로 여자 후배들로부터 웃는 얼굴이 멋지다는 평판을 받아 '에벳상'('에비스'의 다른 말로, 웃는 얼굴이 인상적인 일본의 칠복신 중 하나)이란 별명을 얻었다.

호미

78세. FBI 출신의 수사관. 주인공을 인도해주는 인물. 속성은 정신적 스승 + 변신자재자. 더플이 말했던 식물과 대화할 수 있는 인물이다. 지금은 정년퇴직하여 아내의 옷가게 일을 돕고 있다. 가끔 더플이 해결 못하는 어려운 사건에 대해 상담을 해주는 조언자다. 퇴직 전에는 솜씨 좋은 수사관이었다. 스니커에 대해서는 더플에게 들어서 알고 있다. 수사에 복귀하려는 스니커 앞에 갑자기 나타나 "사건을 해결하고 싶다면 우선 식물과 친해지지 않으면 안 된다"고 말한다. 이름을 밝히지 않아 수수께끼의 노인으로 여겨진다.

다니마치 도도로키

21세. 스니커의 옆집에 사는 이웃. 속성은 사자. 2년 전에 일본에서 미국으로 건너왔다. 일본에서 힙합을 하면서 그럭저럭 알려진 가수가 되었다. 자신의 힙합이 미국에서 얼마나 인정받을 수 있을지 시험해보고 싶어 미국에 왔다. 스니커와 마음이 맞아 금방 친해졌고, 도도로키의 이벤트에는 스니커가 꼭 참가하고 있었다.

들어가기 힘든 장소에도 쉽게 잠입할 수 있을 듯하다.

사자 역할을 하는 상사가 '에벳상'이라는 일본식 별명을 가지고 있다거나, 정신적 스승 역할의 캐릭터가 "사건을 해결하고 싶다면 우선 식물과 사이좋게 지내시오"라는 말을 남기고 사라지는 등 영화로 만들면 흥미로운 요소가 많다. 영화 〈레드 드래곤〉 도입부와 똑같지만 전혀 다른 인상을 준다. 이 플롯에서 FBI 출신 수사관은 무사히 복귀한 듯하다.

자신의 그림자와의 싸움

'적'의 부재 혹은 오해

캐릭터와 이야기의 관계를 살펴보기 전에 그레마스의 행위자 모델(147쪽 〈그림 1〉)을 떠올려보자. 이야기는 의뢰자가 대상(탐색물)을 찾아서 누군가(수신자)에게 전해준다는 '의뢰'에 의해 시작된다. 5강에서는 이야기의 도입부를 논의의 대상으로 삼았지만, 행위자 모델이 정의하는 것은 시작에 관여되는 요소만이 아니다. 이 모델을 통해 알수 있는 것은 이야기란 주인공이 대상을 향해 가는 운동이 기본으로존재하고, 거기에 '원조자'와 '적'이라는 두 가지 유형의 캐릭터가 개입하여 성립된다는 사실이다. 하지만 단순히 이야기에 적과 우리 편이 필요하다는 식의 이분법적 관계를 말하는 것이 아니다.

'적' 캐릭터를 만든다는 것은 상당히 까다로운 일이다. 나는 도쿄예술대학 대학원 영상연구과에서도 이야기론 강의를 하고 있는데, 간혹 영화 각본을 쓰는 학생들이 조언을 구할 때가 있다. 그 과정에서 느낀 것인데, 이를 테면 '적'이 없다거나 '적' 캐릭터에 대해 학생들이 오해를 하고 있다는 것이다. 예를 들면 다음의 각본이 그렇다(작품의 설정은 약간 변형했다).

주인공은 소설가를 지망하는 20대 초반의 여성이다. 그녀는 신인상 최종 심사까지 통과했던 경험이 있어서 출판사에 담당 편집자가 있다. 그녀는 빨리 작가가 되어 자립하고 싶다는 생각을 한다. 하지만 원고를 보여줄 때마다 조언이 아닌 인격 모독에 가까운 폭언을 들어 상당히 낙담한 상태다.

주인공은 어머니와 둘이 살고 있으며 아버지는 없다. 어머니는 직업을 갖고 있고 자기 의견을 확실히 말하는 성격이다. 또 주인공에겐 애인은 아닌 소꿉친구가 있는데, 미묘한 관계다. 어머니는 주인공이 어찌할 바를 모르자 소꿉친구에게 주인공과 사귀어보라고 응원해줬고, 둘은 결국 사귀게 된다. 그리고 어머니는 어느 정도 마음의 정리를 하게 된 주인공에게 너무 서둘러서 집을 나갈 필요는 없다고 말해준다.

요약하면서 내 해석이 섞여 들어갔을 수는 있지만, 이런 뉘앙스의 플롯이었다. 작자는 여성인데, 그녀의 심정이 상당히 반영되어 있다는 것은 본인도 인정했다.

캠벨의 이론에 대입해보면 이 이야기는 '출발'에 해당한다.

1. 모험으로의 소명 : 주인공은 작가로서 자아실현을 원한다.

2. 소명의 거부 : 하지만 한발도 내딛지 못하고 있다.

3. 초자연적 존재의 원조 : 어머니가 소꿉친구한테 조언을 해준다.

4. 첫 경계의 통과 : 소꿉친구와 '관계'를 맺는다.

5. 고래 태내: 서두르지 말고 찬찬히 가자고 생각한다.

일단은 맞아떨어진다. 여담이지만 이처럼 단편영화나 단편소설 중에는 종종 캠벨의 '출발', '이니시에이션', '귀환' 중에서 '출발' 부분을 이용하여 정리하는 경우가 많다. 요시모토 바나나의 『키친』 같은 경우가 대표적이다.

작중에서 어머니는 증여자로 볼 수 있다. 소꿉친구는 어머니가 주인공에게 증여해주는 아이템이다. 소꿉친구(＝애인)는 아이템이므로 조력자에 해당한다고 볼 수 있을 것이다. 그레마스가 정의한 '원조자'에는 증여자와 조력자의 캐릭터가 합쳐져 있다.

그럼 적은 누구일까? 각본을 보여준 학생에게 묻자 약간 생각하더니 주인공을 부정하는 편집자라고 말했다. 어쩌면 주인공의 꿈을 부정하는 편집자를 '적', 응원해주는 어머니를 '원조자'로 볼 수도 있을 듯하다. 어머니는 딸의 처지를 살펴 "여기 있어도 된다"는 말을 해준다. 하지만 어머니를 원조자로 볼 수 있을까? 플롯 상에서는 주인공을 원조하는 듯 보인다. 그러나 주인공의 욕망은 '집에서 나가 자립'하는 것이다. 그렇다면 성장을 위해 집을 떠나려던 주인공은 집에 머무르도록 해주는 이해심 깊은 어머니는 오히려 주인공의 내적 욕망을 저해하는 요소라고 할 수 있지 않을까? 결과적으로 주인공은 출발하지 못했다.

한편 주인공의 출발을 방해하는 것처럼 보이는 편집자는 프로 작가가 되기 위한 관문으로서 경계 문지기의 역할을 하고 있다. 이 캐릭터는 주인공이 어떻게 대응하느냐에 따라서 원조자로 변할 가능성도 있다.

즉 이 시나리오에서는 원조자, 적 등의 역할이 뒤바뀌어 있는 듯 보인다. 캠벨은 주인공이 소명을 거부하도록 만드는 캐릭터의 존재가 너무 크면 주인공이 잠들게 된다고 지적한 바 있다. 즉 소명을 거부하도록 만드는 캐릭터의 행동이 지나치면 결과적으로 주인공의 행동을 가로막는 '적'이 된다는 것이다.

나는 이러한 모순을 바로잡아야 한다고 생각하지는 않는다. 오히려 모순이 작품에 깊이를 더해준다. 그러나 작가가 그 모순을 깨닫지 못하고 있다는 것은 조금 문제가 있다.

주인공이 단순하게 성장하고 끝나는 식으로 이야기를 쓰라는 것이 아니다. 다만 적어도 작가가 이 작품이 '주인공이 자립을 바라면서도 주저하는 내용의 이야기'라는 자각을 했더라면 편집자를 단순히 나쁜 사람으로 그리진 않았을 것이다. 편집자가 제3자로서 주인공에게 적절한 조언을 하고 있지만, 성장하고 싶지 않은 주인공이 아직 그 진정한 의미를 이해하지 못했다는 식으로 그렸다면 오히려 작품의 주제가 잘 전달됐을 것이다.

부모가 말로는 자식의 자립을 바라지만, 마음속으로는 왠지 모르게 그것을 바라지 않는 것은 인간의 보편적인 감정이다. 따라서 어린이들 중에는 진짜 부모가 따로 있다는 식으로 자립을 꿈꾸기도 한다. 언뜻 보기에 이해심이 많고 딸을 전적으로 지지해주는 어머니이지만 사실은 딸이 자립하는 것을 두려워하는 '마음'을 가지고 있다는 데까지 파고들어갔다면 이 각본은 한층 깊이 있었을 것이다.

그러나 각본을 쓴 학생에게 있어 작중의 어머니는 그녀의 실제 어머니와 가까운 듯했고, 좀처럼 내 조언을 받아들이려고 하지 않았다.

반대 방향으로 자아실현을 이끄는 자

이 학생의 사례를 든 이유는 바로 '적'이라는 캐릭터를 만드는 데에 있어 중요한 문제를 내포하고 있기 때문이다.

'적'은 단순히 '적'일 뿐 '악인'이라고 되는 것이 아니다. 영화 〈양들의 침묵〉의 경우 클라리스가 쫓는 살인사건의 범인은 '적'이 아니라 단지 '탐색의 대상'에 불과하다.

그레마스의 행위자 모델부터 보글러의 이야기 제작 매뉴얼에 이르기까지, '캐릭터'의 정의는 어디까지나 이야기를 진행시키는 기능에 기반을 두고 있다. 따라서 한 명의 캐릭터가 여러 기능을 갖고 있더라도 상관없다. 예를 들어 『다중인격 탐정 사이코』에서는 주인공의 각 인격마다 기능상의 속성을 정의할 수도 있다(〈그림 1〉). 반칙에 가깝긴 하지만, 범인이 '탐색의 대상+적'이라는 두 가지 기능 외에 다른 것을 가질 수도 있다. 〈양들의 침묵〉에서 렉터 박사는 흉악 범죄자이지만 정신적 스승 겸 증여자라는 기능을 담당하고 있다. 게다가 이야기의 절정에서 클라리스의 자아 찾기에도 원조자 역할을 맡고 있다. 그렇다고 해서 렉터 박사가 적이 아닌가 하면 그렇지는 않다. 오히려 보다 깊은 의미에서 클라리스의 적이라고 할 수 있다.

클라리스는 유아기의 트라우마를 갖고 있는데, 그것을 상징하는 것이 '양의 울음소리'이다. 렉터 박사는 클라리스가 그런 트라우마를 가진 채로 FBI 수사관의 삶을 살고 있다는 것을 알고 있다. 렉터 박사가 보기에 클라리스는 자신과 같은 종류의 사람이다. 그는 클라리스에게 내면의 목소리를 따르라고 하면서 그녀가 원하는 것과 다른 방향으로 이끄는 존재다.

이러한 렉터 박사의 캐릭터는 〈스타 워즈〉에서의 다스 베이더를 연상케 한다. 루크 스카이워커도 아버지 다스 베이더와 마찬가지로 제다이 혈통으로서 포스를 사용할 수 있다. 하지만 다스 베이더는 '다크 사이드'에 빠져 악을 체현하는 자가 되었다. 〈스타 워즈〉에 사용된 이 '다크 사이드'라는 키워드는 매우 상징적이다.

앞에서도 계속 언급했듯 이야기란 통과의례적 성격을 가지고 있으며, 주인공은 자아실현이나 성장하고자 하는 욕구를 가지고 있다. 이러한 전제를 이해해야 렉터 박사나 다스 베이더라는 할리우드 영화의 매력적인 악인 캐릭터를 비로소 이해할 수 있다.

악인 캐릭터는 주인공이 바라고 나아가야 하는 정반대 방향으로, 즉 부정적 자아실현을 하는 캐릭터이다. 클라리스나 루크 스카이워커는 보통 사람들보다 자아실현의 욕구가 강한 캐릭터다. 그런데 렉터 박사나 다스 베이더는 주인공이 지향하는 것과 반대 방향에서 먼저 자아실현을 한 존재다. 따라서 그들은 주인공을 부정적 방향으로 이끌고자 하는 '부정적인 정신적 스승'이기도 하다.

캐릭터 이름	속성
아마미야 가즈히코	영웅+정신적 스승
고바야시 요스케	영웅+문지기
니시조노 신지	영웅+변신자재자
무라타 기요시	정신적 스승+문지기
사사야마 도오루	정신적 스승
이소노 마치	변신자재자+그림자
루시 모노스톤	그림자
젠이쓰	트릭스터+그림자
루시의 멜로디	사자
도구치 기쿠오	문지기

그림 1 『다중인격 탐정 사이코』의 주요 캐릭터 속성

다스 베이더는 루크의 적인가?

할리우드 영화에서 부정적 자아실현을 행하는 캐릭터는 종종 융의 '그림자'라는 개념으로 설명된다. 융 심리학자인 가와이 하야오의 '그림자'에 대한 설명이 간단하고 이해하기 쉬울 것이다. 가와이 하야오는 정신의학상의 사례 중에 어떤 여성이 성자라고 부를 만한 인격자이면서 동시에 정반대 인격을 갖고 있는, 소위 '이중인격'을 예로 들어 그림자를 다음과 같이 정의했다.

융은 이런 현상에 주목하여 꿈을 분석했다. 그러자 많은 사람들의 꿈에 자신이 부정하거나 거부하고 싶어 하는 인물이 자주 나타난다는 것을 깨달았다. (중략) 융은 이처럼 어떤 자아가 부정하고 수용하기 어려운 경향을 그 사람의 '그림자'라고 이름 붙였다. 모든 사람은 자신의 그림자를 갖고 있다. 그야말로 그 사람의 검은 반쪽인 셈이다.

(『가와이 하야오 저작집 5 ─ 옛날이야기의 세계』, 가와이 하야오 지음, 이와나미쇼텐, 1994)

예를 들어 〈양들의 침묵〉의 클라리스는 약간 이루기 어려운 자아 실현을 스스로에게 강요하고 있는 캐릭터이다. 그처럼 '무리'하다가 만들어진 그녀 내면의 '그림자'를 렉터 박사가 체현하고 있다.

가와이 하야오는 '그림자'에 대해 설명하면서 '두 형제'라는 옛날 이야기를 소개한다.

두 명의 사내아이가 계모의 미움을 받아 가출했다. 형은 동쪽 쇼군의 양자가 되려고 했지만, 동생은 서쪽 쇼군의 양자가 되고자 했다. 그리하여 둘이 갖고 있던 활의 줄이 끊어지면 어딘가에서 다른 한 사람이 죽은 것으로 알자는 말을 나누고 형제는 남쪽과 북쪽으로 갈라졌다. 동생은 10년간 어딘가에서 일을 해서 칼 하나를 받았다. 그 칼은 불가사의한 힘을 가지고 있어 상대편 코 앞에 내밀기만 해도 상대를 죽일 수 있었다. 동생은 그 칼로 도깨비를 퇴치하여, 도깨비의 보물인 '살아나는 채찍'을 손에 넣는다. 살아나는 채찍이란 한 번 휘두르기만 해도 죽은 사람이 바로 살아난다는 희귀한 채찍이었다. 그때 동생의 활이 끊어져서, 급히 서둘러 동쪽 쇼군의 땅으로 가보니 형의 장례식이 막 시작되고 있었다. 바로 살아나는 채찍을 써서 형을 되살리고, 둘은 바람대로 형은 동쪽 쇼군의 양자가 되고, 동생은 서쪽 쇼군의 양자가 되어 평생 안락하게 살았다고 한다.

(『가와이 하야오 저작집 5 — 옛날이야기의 세계』)

이 옛날이야기는 두 형제가 서로 다른 장소에서 '자아실현'을 하기 위해 살아간다는 내용이다. 하지만 한쪽은 실수로 죽게 되고, 다른 한쪽이 그를 구해준다. 죽게 된 쪽이 특별히 '다크 사이드'에 빠진 것은 아니지만, 다른 한편에게 있어 죽어버린 형제를 구해주는 것이 자아실현 여행의 완성형이라는 것은 알 수 있다.

이 옛날이야기에서 흥미로운 점은 '그림자'가 반드시 자신의 부정적인 측면이라거나 완전히 부정해야 할 존재는 아니라는 점이다. 주인공은 '그림자'를 구원함으로써 자아실현을 할 수도 있다. 즉 그림자 캐릭터는 주인공의 자아실현을 '원조'하는 가장 결정적인 캐릭터이기도 하다.

〈스타 워즈〉에서 다스 베이더는 루크의 그림자이고, 루크는 그를 쓰러뜨리지만 단순히 악을 물리쳤다는 식의 단순한 내용은 아니다. 영상을 보면 빛과 그림자인 양자가 미묘하게 '화해'하는 듯이 그려져 있다. 즉 다스 베이더라는 그림자와의 대결을 통해 루크는 어른이 되는 것이다.

프로프의 31가지 이야기 구성 단위 중에는 주인공 스스로 주인공이라는 사실을 증명하는 대목이 있는데, 적과의 싸움을 통해 입은 상처가 표식이 되기도 한다. 이처럼 '적'은 주인공이 자아실현을 달성하는 데 중요한 역할을 한다.

러시아 마법민담에 독특하게 등장하는 '가짜 주인공'도 '그림자'의 다른 종류라고 할 수 있다. 가짜 주인공은 여러 가지 속임수로 주인공의 영광을 가로채는 캐릭터다. 다스 베이더 같은 '그림자'가 부정적 자아실현을 이미 달성한 캐릭터인 것과 달리 '가짜 주인공'은 주인공과 동시에 출발하여 부정적 자아실현을 해나가는 캐릭터다. 현대물에서는 주로 '라이벌'이나 '경쟁 상대'로 등장한다.

『내일의 죠』를 예로 살펴보자. 체중을 감량하고 시합에 나섰다가 링 위에서 죽어버린 리키이시 도오루는 말 그대로 라이벌형 '그림자'다. 주인공 죠는 결말이 가까워질수록 리키이시와 함께하려는 듯 리키이시와 자신이 싸웠던 계급인 밴텀급을 고집하며 '하얗게 불태우려고' 한다. 〈스타 워즈〉에 비유하면 루크가 '다크 사이드'에 빠지는 것과도 같다. 실제 〈스타 워즈〉도 에피소드 1에서 3까지는 루크의 아버지인 아나킨 스카이워커가 다크 사이드로 빠지는 모습을 그렸다.

이야기를 반드시 긍정적 자아실현으로 매듭지을 필요는 없다. 오히려 '긍정적 자아실현'만 고집하면 독선적인 이야기가 될 수도 있다.

현실의 〈스타 워즈〉화

나는 『캐릭터 소설 쓰는 법』에서, 9·11 테러라는 사건에서 아프가니스탄 전쟁, 이라크 전쟁으로 향해 가는 과정이 할리우드 영화의 스토리 구성에 충실한 '이야기'의 인과율에 따라 진행되었기 때문에 사람들이 냉정한 비판을 할 수 없었다고 지적한 바 있다. 하지만 오바마

정권을 전후하여 미국은 물론 미국을 추종하기에 급급한 일본에서도 이라크 전쟁 개전에 정당성이 없다는 여론이 있었다. 그럼에도 이라크 전쟁 중에는 일본에서 반대 의견을 내놓는 것이 무척 어려웠던 사실까지 잊으면 곤란하다.

이쯤에서 눈 딱 감고 불건전한 발언을 해야겠다. 그 전쟁이 압도적인 동원력을 가진 할리우드 영화처럼 보였던 것은 우선 첫 번째로 캐릭터 설정의 교묘함 덕택이었다.

그 '이야기'는 연설에서 영어를 자주 틀릴 정도로 '무능력한' 2세인 부시 대통령이, 9·11을 계기로 '강력한 아메리카'를 상징하는 대통령이 된다는 스토리이다. 갑자기 벌어진 테러는 '휘말리는 타입' 주인공의 출발에 해당하는 것이다. 게다가 주의해야 할 점은 부시가 9·11 이후 보수파 기독교도로서의 면모를 강하게 드러냈다는 점이다. 알콜 의존증 병력 의혹까지도 신앙의 힘으로 헤쳐 나왔다는 속성으로 정교하게 이용했다.

'보수파 기독교도의 자아실현'이라는 새로운 부시의 이미지는 '이슬람 원리주의 지도자' 빈 라덴과 정반대의 자아실현상이라 할 수 있다. 양쪽 모두 교조주의적인 신앙으로 자아실현하고자 한다는 점에서 양자는 거울과도 같은 존재였다. (이 둘 중 어느 쪽이 '플러스'고 어느 쪽이 '마이너스'인지는 이야기론적으로 설명하기 위해 위치시킨 것뿐이다.) 게다가 빈 라덴은 야윈 몸에 흰 수염을 길렀는데, 마치 〈스타 워즈〉의 황제와도 같은 '설법사'적인 '악'의 이미지를 갖고 있다. 한편 CNN 등 뉴스에서 칼을 휘두르는 후세인은 다스베이더적인 힘센 '악'이다. 의도

한 것인지는 모르겠지만 뉴스에서 그런 의미를 부여했던 것은 부정할 수 없다. 특히 이라크로 향하는 탱크에서 중계하는 장면은 TV 시청자들로 하여금 마치 루크 스카이워커의 동료인 것 같은 기분을 느끼게 했다.

나에게 아프가니스탄 및 이라크 전쟁은 '현실'의 〈스타 워즈〉화라고밖에 보이지 않았다. 지금도 여전히 그렇게 생각한다.

'그림자'는 쓰러뜨리는 대상이 아니다

근대 이후 사람들은 자신의 존재를 스스로 증명해야 하는 문제와 격투할 수밖에 없는데, '국민'이라는 '나'의 속성이 준비되어 있다. "나는 누구인가", "나는 ○○인이다." 이 답변만으로도 왠지 속이 시원해진다. 그리고 위정자는 국민의 자아실현을 상징하지 않으면 안 된다. 미국이 바라는 '강한 대통령'이나, 현재 러시아인들이 푸틴에게 바라는 것도 마찬가지이다. 그러나 위정자는 국민의 '자아실현' 모델이기도 하지만 동시에 '그림자'일 가능성도 있다. 즉 후세인이 이라크 사람들에게 있어 '그림자'라면, 부시 또한 미국인의 '그림자'이다. 예를 들어 융은 2차 세계대전 이후 히틀러는 독일 국민의 '그림자'였다고 말했다.

모든 독일인은 히틀러에게서 자신의 그림자를, 자신의 최악의 위험을 보았어야 했다. 이 그림자를 알아차리고 대처 방법을 배우는 것은 만인에게 주어진 숙명이다. 그러나 전 세계 모든 사람이 이 단순한 진

190

리를 이해하지 못하고 있던 때에, 독일인에게만 이것을 이해하길 기대할 수는 없었던 것이다.

(「그림자와의 싸움」, 〈현대사상〉 4월 임시증간호(7권 5호)〉, C. G. 융 지음,
마쓰시로 요이치 옮김, 세이도샤, 1979)

융은 한참 시간이 흐른 뒤에 사태를 분석하는 것은 간단하지만 일이 벌어지는 와중에 그것을 알아채기란 쉽지 않다고 말했다. 솔직히 조금 무책임하다는 생각도 든다. 융의 발언만 봐도 '이야기'에서 '적'이나 '악'은 부정되어야만 하는 존재가 아니며, 주인공의 '그림자' 또한 작중에서 반드시 완전 부정되어야만 하는 것이 아니라는 점을 알 수 있다.

융의 제자 중 한 명인 M. L. 폰 프란츠Marie-Louise von Franz는 이렇게 말했다.

어두운 상(이미지)이 우리 꿈에 나타나 무언가를 요구할 때, 그것이 우리의 그림자를 인격화한 것인지 아니면 자기를 인격화한 것인지 혹은 둘 다인지는 알 수 없다. 그 어두운 동반자가 우리의 극복해야 할 결점을 상징하는지, 받아들여야 할 의미 있는 삶을 상징하는지를 미리부터 구별하는 것은 우리가 개성화 과정에서 만나게 되는 가장 곤란한 문제 중 하나이다. 게다가 꿈의 상징은 종종 너무나도 미묘하고 복잡하기에 누구도 그 해석에 확신을 가질 수가 없다.

(「개성화 과정」, 『인간과 상징』, M. L. 폰 프란츠·C. G. 융 외 지음)

눈앞에 있는 '그림자'가 부정해야 할 '적'인지, 아니면 오히려 자아실현 과정에서 불가피한 것인지를 판단하는 것은 실제로 그리 간단하지 않다는 말이다.

어슐러 K. 르 귄의 『어스시의 마법사』를 읽어보면 그 뜻을 더 정확히 알 수 있다. 이 작품은 제목만 봐도 작가가 융 학파의 '그림자'라는 개념을 원용했음을 알 수 있다. '그림자'와 주인공 게드의 자아실현이라는 문제에만 집중하여 이 작품을 읽어보자.

이 소설은 게드가 '대현인'이 되어가는 과정에 첫발을 내딛는 자아실현 이야기이다. 게드는 로크의 마법학교에서 같이 마법을 배우는 보옥이라는 동료의 도발에, '죽은 인간의 영혼'을 불러내는 마법을 쓰게 된다. 이 마법은 게드가 오지언이란 마법사의 제자로 있을 때 마녀 딸의 도발로 마법서를 몰래 훔쳐보고 익힌 것이었다. 이처럼 게드에겐 '부정적' 방향으로 이끌리기 쉽다는 약점이 있었다. 보옥이나 소녀는 게드를 부정적 자아실현으로 유혹하는 '부정적 방향'의 '사자', '의뢰자'에 해당한다. 게드는 보옥으로 인해 자기 능력을 넘어서는 마법을 사용함으로써 어둠의 세계로부터 '그림자'를 불러들이게 된다.

게드는 고통스럽게 몸부림치며 싸웠다. 세계의 어둠을 찢고 열린 밝은 틈새는 게드 위에서 점점 넓고 크게 벌어져 가고 있었다. 구경하던 소년들은 도망쳤고, 보옥은 끔찍한 빛에 두 눈을 가리고 땅에 엎어졌다. 들콩 혼자만이 친구에게 달려갔다. 그래서 게드에게 달라붙어

몸을 쥐어뜯는 그림자 덩어리를 본 사람은 그뿐이었다. 그것은 검은 짐승처럼 보이는 물체로서 부풀어 올랐다 꺼져 내렸다 하고 있기는 했으나 작은 아이만 한 크기였다. 머리도 얼굴도 없이 무시무시한 발톱이 돋친 네 발만 있었다. 놈을 그 발로 움키고 찢었다.

(『어스시의 마법사』, 어슐러 K. 르 귄 지음)

게드는 자기가 불러낸 '그림자'의 발톱에 얼굴과 몸에 큰 상처를 입는다. 이 상처는 '성흔'이기도 하고, '적'이 주인공에게 자아실현의 증거로 제공하는 '표식'이기도 하다. 지브리 애니메이션판 〈게드 전기〉는 게드가 성장한 이후의 이야기인데, 성인이 된 게드의 얼굴에 있는 상처는 이때의 흔적이다. 게드는 '그림자'의 공격이 두려워 어떻게든 피하려고 하지만 결국 그것이 또 하나의 자신이라는 사실을 깨닫는다.

공포는 모두 사라졌다. 기쁨도 없었다. 이제는 추격이 될 수 없었다. 게드는 쫓는 자도 쫓기는 자도 아니었다. 세 번째 만남에서 그들은 서로를 만졌다. 그는 자기 의지로 그림자와 맞서 살아 있는 손으로 그것을 붙잡으려 했다. 잡지는 못했지만, 어느새 둘은 끊으려야 끊을 수 없는 인연으로 이어졌다. 이젠 그림자를 몰아붙일 필요도, 뒤를 쫓을 필요도 없다. 그것이 날아간다 해도 소용없다. 둘 다 서로에게서 벗어날 수 없다. 때와 장소가 맞으면, 그 둘은 하나가 될 것이다.

(『어스시의 마법사』)

'그림자'가 또 하나의 게드라는 것은 재회한 친구 들콩의 말을 들어봐도 분명하다. 둘은 '쌍둥이'처럼 똑같다는 것이다.

> "사흘 전에 나는 저 언덕 위 쿠어라는 마을의 거리에서 너를 봤어. 아니, 그게 아닌가. 너의 영상이거나 아니면 네 모습을 흉내 낸 사람이랄까. 어쩌면 그냥 너를 많이 닮은 남자였을 수도 있어."
>
> (『어스시의 마법사)

가와이 하야오가 언급한 '두 형제'처럼, '그림자'는 이제 게드와는 다른 방향으로 자아실현하고자 한다. 그렇다면 해답은 이 그림자를 쓰러뜨리는 것이 아니다. 오히려 '구원'해야 한다. 그리고 여행의 마지막, 세계 끝에서 드디어 게드는 그림자와 대치한다.

> 자칫 둘이 부딪힐 뻔했을 때, 그것은 주변을 비추는 하얀 마법의 빛 속에서 그 색을 칠흑으로 바꾸고, 갑자기 일어섰다. 인간과 그림자는 한마디도 하지 않고 서로를 바라보며 서 있었다.
>
> 잠시 후, 오랜 침묵을 깨고 게드가 큰 소리로 분명하게 그림자의 이름을 말했다. 그와 동시에 그림자도 입술도 혀도 없이 똑같은 이름을 말했다.
>
> "게드!"
>
> 두 목소리는 하나였다.
>
> 게드는 지팡이를 떨어뜨리고, 양손을 내밀어, 자기를 향해 뻗어오

는 그림자를, 그 검은 분신을 꼭 끌어안았다. 빛과 어둠은 만나, 녹아 들어, 하나가 되었다.

(『어스시의 마법사』)

'어스시' 시리즈의 세계에는 인간을 포함하여 세상 만물에 감춰진 진명(진짜 이름)이 존재하는데, 그 이름을 부르면 상대방을 지배할 수 있게 된다는 것이 '마법'이다. 게드의 통칭은 하이타카이고, 진명은 게드이다. 게드는 '그림자'의 진명을 몰라서 두려워했지만, '그림자'는 게드와 같은 존재이기에 진명이 같다. 둘은 서로의 이름을 부르며 '하나'가 된다.

> 자신의 죽음의 그림자에게 자기 이름을 붙임으로써 자신을 완전하게 만들었다. 모든 것을 통틀어서, 자신의 진짜 모습을 아는 자는 자신이 아닌 어떤 힘에도 이용되거나 지배당하지 않는다. 그는 그런 인간이 된 것이다.

(『어스시의 마법사』)

게드는 세계의 끝에서 '그림자'를 죽이지 않고, 죽은 자의 나라에 봉인하지 않는다. 대신 자신의 내부에 집어넣는다. 그것이 게드의 '자아실현'이다. 이는 다스 베이더와 루크 스카이워커의 관계와도 비슷하다. 루크는 다스 베이더를 물리침으로써 아버지를 '이해'했다. 가와이 하야오가 제시한 죽은 자의 나라로부터 그림자를 구제하는 이야기에서도 '그림자'와의 통합과 화해를 엿볼 수 있다.

오직 '그림자'만 존재하는 이야기

'그림자'의 문제는 미야자키 하야오의 〈센과 치히로의 행방불명〉에도 명확히 드러나 있다. 이 작품을 보면서 의문스러웠던 것은 '적'이 잘 보이지 않는다는 점이었다. 유바바는 무시무시하게 생겼지만 이야기 구조상 치히로에게 센이란 이름을 주는 '증여자'이다. 마찬가지로 무시무시하게 생긴 제니바도 만나보니 맥이 빠질 만큼 좋은 사람이었다. '이행 대상'인 가오나시는 '그림자'로서의 측면을 다소 갖고 있는지 모르겠다. 치히로의 불안정한 '나'를 상징하듯, 괴물이 되어 폭주도 하지만 어디까지나 '곁에 있어주는' 것이 본질인 캐릭터다.

〈센과 치히로의 행방불명〉에는 소위 '악인' 캐릭터가 없다. 하지만 그림자를 '주인공에게 구원받는 존재'로 본다면 바로 하쿠'가 적이라는 사실을 알 수 있다. 치히로가 과거에 빠진 적이 있는 강의 신이라는 사실을 잊고 제니바의 분노를 사서 깊은 상처를 입게 된 하쿠는 '진정한 자신의 이름'을 거의 잊고 있다는 점에서 치히로에 대해 부정적 자아실현을 하고 있는 캐릭터이다. 치히로는 자기 이름을 잃고서도 성장한다. 치히로가 하쿠를 위해 용서를 빌러 제니바를 찾아가는 장면이 있는데, 이 부분은 '그림자'로서의 하쿠를 구원하기 위한 여행으로 볼 수 있다. 하쿠는 치히로를 걱정하지만 그녀를 이끌어주지 못하고, 오히려 치히로를 통해 구원받게 된다.

이 이야기에는 소위 말하는 '적'은 없고, 오직 '그림자'만 있다. 『어스시의 마법사』에도 판타지물에서 자주 볼 수 있는 어둠과 빛의 대결 같은 요소는 희박하다. 게드에게 금단의 마법을 쓰라고 도발하는 마녀의 딸이나 보옥 또한 퇴치해야 할 '악'은 아니다. 용을 봉인하는 대목도 있지만 '악'으로 그려지지는 않는다.

어디까지나 게드가 쫓기고, 반전되어 쫓게 되는 것은 자신의 '그림자'이다. '적'이 아니라 '그림자'를 다루고 있다는 점에서 〈센과 치히로의 행방불명〉과 『어스시의 마법사』는 매우 유사하다. 여담이지만 미야자키 고로가 감독한 애니메이션 〈게드 전기〉는 아무래도 작가가 아직 '그림자와의 싸움'을 끝내지 못했다는 인상을 준다.

지금까지 살펴본 바에 의하면 '적'이라는 캐릭터는 완전히 주인공의 바깥에 존재하지는 않는다. 즉 적은 주인공의 어떤 측면과 관련이 있으며 따라서 작가인 '나'와도 연결되는 부분이 있을 것이다. 따라서 적을 단순히 부정하고 쓰러뜨려야 할 '적' 혹은 '악'으로 그릴 필요가 없다. 주인공과는 다른 방향에서 자아실현을 바라고, 어떤 형태로든 주인공과 통합됨으로써 주인공을 독선적이지 않게 만들어주는 역할을 충실히 하도록 적을 설계할 필요가 있다.

워크숍 6

나의 그림자를 만들어보자.

|과제|

(1) '페르소나'인 주인공과 '그림자' 캐릭터를 쌍으로 만든다.

(2) 종이 한 장에 주인공(페르소나) 캐릭터와 '그림자' 캐릭터를 그린 다음 캐릭터에 대한 설명을 적는다. '그림자'는 『다중인격 탐정 사이코』처럼 주인공의 또 다른 인격이라도 좋고, 인간이 아니라도 상관없다.

'페르소나'는 융이 제시한 개념이다. '나'가 '사회'에서 살아가기 위해 쓰는 '가면'으로 '그림자'와 한 쌍을 이룬다. 융에 따르면 '가면'과 '그림자', 그 밖에 '원형'이 잘 통합되어야 비로소 '자기'가 가능해진다고 주장한다. 하지만 여기에선 '주인공'과 '부정적 자아실현을 한 캐릭터'란 대립 구도로 캐릭터를 만들어보자.

|작례 해설|

〈작례 1〉은 부모가 없고, 어머니 역할을 해주는 언니를 여동생의 '그림자'로 삼았다. 언니는 동생을 위해 잘못된 자아실현 수단을 실행하고, 본인도 부정적 자아실현을 하는 캐릭터이다. 아마 사이코 서스펜스풍 이야기가 될 것 같은데, 다스 베이더형 '그림자'라고 하면 되겠다.

〈작례 2〉의 '쌍둥이'라는 캐릭터 설정은 이 과제에서 가장 많이 볼

〈작례 1〉

주인공

속성은 페르소나. 부모를 잃은 후 조부모, 언니와 함께 살았으나 곧 조부모도 타계했다. 미숙아로 태어나는 바람에 발육이 나쁘고, 고등학생이지만 키가 120~130센티미터 정도밖에 안 된다. 학교에서 자주 따돌림을 당한다. 그렇지만 그를 따돌림한 대부분의 사람들이 자살하거나 행방불명된다.

주인공의 언니

속성은 그림자. 여동생을 너무나도 사랑한다. 미숙아로 태어난 동생을 싫어했던 부모를 살해한 뒤 교묘하게 자살로 보이도록 했다. 그후 조부모와 살게되지만, 동생이 사소한 일로 조부모와 싸우게 되자 그 다음날 조부모도 자살로 위장하여 살해했다. 조부가 남긴 유산으로 동생을 돌봐준다. 동생을 자기가 가장 잘 이해하고 있다는 생각에 사로잡혀 있다. 동생이 조금이라도 바라는 일은 어떤 것이라도 들어준다. 수단을 가리지 않기 때문에 여러 사람을 처단했다.

〈작례 2〉

천재 과학자의 이란성 쌍둥이 자녀. 이란성이지만 전혀 구분이 안 갈 만큼 닮았다. 실제로는 유전자 개량을 통해 만들어진 슈퍼 사피엔스. 독신이었던 다치바나 이사오가 만년에 아들과 딸을 만들었는데, 자신을 월등히 능가하는 지성을 지닌 둘에게서 호모 사피엔스 시대의 종언을 예견하고, 그 상징으로서 유키한테 자신을 죽이도록 시킨다. 슈퍼 사피엔스로서 호모 사피엔스인 아버지를 죽여야만 했던 유키는 실종된다. 그후 힘을 주체하지 못한 유키는 유쾌범愉快犯적으로 전 세계에서 괴사건을 일으킨다. 다치바나 이사오가 자신의 의지에 따라 죽었다는 사실을 모르는 유코는 유키를 원망하고, 지금도 유키를 뒤쫓는다.

다치바나 유코
여성, 18세. 속성은 페르소나. 머리가 너무 좋아서 타인과의 커뮤니케이션을 지극히 힘들어한다. 그로 인해 과거에 몇 번이나 유키를 놓쳤다. 지금은 유키 사건을 뒤쫓다가 만나게 된 탐정 가즈타 가네오의 조수로 시급 800엔을 받으며 일하고 있다. 괴사건이 일어나면 반드시 쫓아가보지만, 대부분은 유키와 무관하다.

다치바나 유키
남성, 18세. 속성은 그림자. 슈퍼 사피엔스로서 새로운 인류의 조상이 되라는 말을 아버지한테 계속 들었지만, 정말 그것이 옳은 일인지 곤혹스러워한다. 그 때문에 사람을 죽이기도 하지만 대부분은 악인이고, 화려하지만 별반 남들에게 해가 없는 사건이 더 많다. '밀실 전락사 사건', '에펠탑, 도쿄타워가 뒤바뀐 사건', '피라미드가 거꾸로 뒤집힌 사건', '도플갱어 살인사건' 등 16세 때 실종된 이후 계속해서 여러 사건을 일으켰다. 반드시 사건의 트릭을 자신이 풀어주지만, 전부 다 수상쩍다. 과학적이기도 하고 오컬트적이기도 해서 진상을 알 수가 없다. 괴인 다치바나 산주로란 이름을 쓰며 변장에 능숙하다. 여장을 하기도 한다. 특히 유코로 변장하면 완전히 똑같다.

수 있다. 소녀를 주인공으로 삼고, 탐정의 조력자, '그림자'를 쌍둥이 남동생으로 배치했다. 주인공이 '그림자'를 쫓는 『어스시의 마법사』 유형의 스토리를 탐정물로 바꾼 부분이 훌륭하다. '그림자'인 남동생은 만화 『데스 노트』[2] 주인공처럼 사건의 당사자가 되기도 한다. '여장'을 하면 주인공과 똑같은 모습이라는 설정이 '그림자'로서의 특성을 살리고 있을 뿐만 아니라 하이라이트 장면을 만들 수 있지 않을까 싶다.

작례로 싣진 않았지만 제출된 과제에는 애완동물형 '그림자'도 꽤 많았는데, 그것을 보다 보니 '그림자'란 부정적 방향으로 비대화된 '이행 대상'일지도 모르겠다는 생각도 들었다. 역시 주인공을 포함한 모든 캐릭터가 '나'의 다양한 반영이라는 사실은 분명한 듯하다.

보강

캐릭터는 '전략'이 될 수 있을까?

나는 최근 10년 동안 '이야기' 창작에 관한 책을 여러 권 써왔다. 내가 왜 '이야기를 만드는 법'을 지속적으로 써왔는지에 관해 정리해보겠다.

1970년대에 유행한 이야기 구조론을 창작에 응용하는 것은 내 독창적 아이디어가 아니다. 아이들과 프로프의 31가지 기능을 가지고 이야기를 만들어보는 수업을 한다거나 이 책에서 다룬 조지 루카스의 일화는 내가 대학에 다니던 시절에는 잘 알려진 내용이었다. 당시에는 지역 문화센터 등에서 주부를 대상으로 프로프의 이론을 응용한 소설 쓰기 강좌가 유행하기도 했다. 오에 겐자부로가 쓴 『소설의 방법』은 내가 응용한 이야기론보다 좀 더 넓게 이론을 원용하긴 했지만, 이야기론에서 창작 방법을 이끌어낸다는 점은 마찬가지다.

이야기론으로 이야기를 가르치는 방법은 1980년대의 유행이었을 뿐 특별한 것은 아니다. 나는 실제로 『망량전기 마다라』라는 랑크의 영웅 탄생 신화나 오리구치 시노부의 귀종유리담을 응용했고, 『다중인격 탐정 사이코』의 도입 부분은 캠벨의 단일신화론을, 『구로사기 시체 택배』는 그레마스의 행위자 모델을 응용하여 플롯을 만들었다.

이야기론이 나름대로 편리하다고는 생각하지만, 창작 매뉴얼로까지 출간하게 된 것은 전혀 다른 동기에 의해서였다.

첫째, 1989년 체포된 '도쿄·사이타마 연속 유아 유괴 살인사건'[1]의 피고인 공판에서 공개된 범인의 미완성 소설을 보고 느낀 바가 있었다. 그 사건에 관심을 가지면서 전에도 청소년 범죄자 중에 미완성이거나 불완전한 이야기를 공책이나 컴퓨터에 쓴 경우가 많다는 것을 알게 되었다. 그 글들은 공통적으로 '나'를 '잘못 이야기화했다'는 기묘한 인상을 주었다. 1990년대 말 고베 아동 연속 살상사건[2]의 범인인 14세 소년의 범행 성명문에서도 같은 느낌을 받았다. 역시 '이야기'를 쓰는 방법이 문제라는 생각이 들었다.

둘째, 『이야기 소비론』(신요사, 1989)을 쓰면서 창작에 대한 여러 가지 생각이 들었다. 당시 나는 베일에 싸여 있는 '창작'의 기술이 여러 가지 형태로 밝혀질 것이라고 생각했다. 2차 창작물[당시에는 애니패러(애니메이션 패러디)라는 용어를 사용했다]들을 보면서 창작의 요소들이 '서비스'로 제공된다면 누구나 작가가 될 수 있는 시대가 올 것이라고 생각했다. 그것도 나쁘진 않겠다 싶었고, 오히려 그런 시대를 만들어 보자고 마음먹기까지 했다.

이러한 나의 태도는 받아들이는 입장에 따라서 근대문학 비판이나 포스트모더니즘적 문맥을 그 책에 부여한 것 같다. 하지만 나는 단순히 창작 행위의 민주화랄까, 누구나 작가가 될 수 있으면 좋겠다는 단순한 생각이었다. 당시(1980년대 말)에는 웹의 존재를 알지 못했지만, 언젠가 작가와 독자, 발신자와 수신자의 경계가 흐려질 것이라

206

는 사실은 예감할 수 있었다.

아무나 '작가'가 되어도 상관없다는 입장이 '문학'계의 반감을 사는 것은 당연하다. '문학'은 여러 소설 중에서도 자신의 독특한 내면을 표현하기 위해 쓰이는 면이 있으며(솔직히 나는 그런 부분을 체념하지 못한다면 문학이나 소설을 쓸 수 없다고 생각한다), 작가의 자아실현 도구로써 특권화되어 지금까지 유지되고 있다. 어떻게 자아실현을 할지는 각자 자유겠지만, 작가로 자아실현을 하는 것은 선택받은 사람만이 가능하다는 태도에는 동의할 수 없다.

문학에 대한 그런 태도에는 청소년 범죄자의 미완성 소설과 유사한 면이 있다. 그런 범죄자들은 (약간 애매한 말이지만) '자아 찾기self-discovery'를 언어화하는 데 실패하는 바람에 사건을 저지르게 되었다는 측면이 있다. 무라카미 하루키는 옴진리교[3] 신도들은 자신들이 특별한 존재라는 사실을 증명하는 이야기를 교주인 아사하라 쇼코에게 맡겨버렸다고 지적한 적이 있는데, 아주 정확한 이해라고 본다.

그렇다면 '문학'을 하는 이와 불완전한 소설을 쓴 청소년 범죄자의 '차이'는 무엇일까.

'재능'일 수도 있고, '운'이라고 할 수도 있을 것이다. '창작한다'는 것에는 분명 '신이 주신 재능'이 필요하다는 느낌이 들 때도 있고, 어떤 창작이 세상에 받아들여지려면 일종의 '운명'도 필요하다. 하지만 그런 것보다는 누구나 배워서 할 수 있는 부분이 의외로 많은 듯했다. 학습을 통해 창작을 익힐 수 있다면, 가혹한 말 같지만 미완의 이야기를 남긴 청소년 범죄자들에게 없었던 것은 재능이나 운이 아니라 적절한 '학습'이 아니었을까. 이런 과정을 거쳐 '이야기 창작'에 대해서 학습 매뉴얼을 만들 수 있을 것 같다는 생각에 이르렀다.

웹이 모든 사람에게 열린 도구가 된 지금, 예전 같으면 청소년 범죄자들이 아무에게도 보여주지 못하고 공책이나 자기 컴퓨터에 남겨 놓았을 글조차 전 세계로 발신할 수 있게 되었다. 이것은 커다란 변화다.

글쓰기를 통해 자아실현을 하는 것에는 '글을 쓰는 행위를 통해 내적인 것에 질서와 통일성을 부여하는 것'과 '그것을 사회에 발신하여 인정받는다'는 두 가지 의미가 있다. 적어도 '발신'이라는 측면에서는 웹을 통해 누구나 가능하게 되었다. 그러나 문제는 전자이다. 웹상에는 지극히 정형화되지 못했거나 혹은 '2채널' 문체나 트위터, 라인 등 서비스의 형식에 맞춰 어중간하게 쓰여진 글이 많다. 불온하게 들릴지 모르겠지만, '범행 예고'나 '범행 성명'도 '형식'의 일종이라고 할 수 있다. 글쓰기를 통해 나의 존재를 증명하거나 인정받고자 할 때 그것을 '출력'하는 형식은 중요하다. 과거에는 '문학'이 그러한 형식 중 하나였지만, 이제는 '범행 성명'이나 '헤이트 스피치hate speech(증오 발언)' 같은 형식도 포함해야 할 것이다.

만화『쿠로코의 농구』협박사건[4]의 피의자 청년은 체포된 후 취재 카메라를 향해 활짝 웃어 보였다. 만화나 애니메이션을 만들고 싶어 했던 이 청년이 '범행 예고'라는 형식에 맞춰 글을 쓴 것은 그의 자아실현 수단이 아니었을까. 나카가미 겐지[5]의 『19세의 지도』에는 협박 전화를 하는 신문배달 소년이 나오는데, 그는 자신의 협박이 무시당하자 세계로부터 거절당한 듯한 느낌을 받는다. 그런데 오늘날에는 『쿠로코의 농구』 협박사건의 청년처럼 웹을 통해 공론화하기 쉽다. 그리고 그에 따른 반응이 커질수록 '인정받았다'는 느낌을 받는다. 나는 그 청년에게 동정도 공감도 하지 않지만, 그가 카메라를 향해 보인 웃음은 소설 대신 '범행 예고'를 쓰고(마침내 실천까지 하고), 그를 통해 세상에 나옴으로써 자아실현이 달성되었다는 희열(물론 착오라고 할지라도)을 의미하는 게 아닌가 싶다.

이야기는 성장을 위한 알고리즘이다

문제는 '글을 쓴다'는 행위를 하나의 '형식'으로서 사람들이 가질 수가 있는가, 라는 것이다. '글을 쓴다'는 행위에는 다양한 측면에 있는데도 왜 나는 '이야기'에 한정지어 창작론을 쓴 걸까.

민속학자 야나기타 구니오는 사실의 기록을 바탕으로 사고하는 것을 '하나시話(말, 이야기)'라 칭하며 '모노가타리物語(이야기)'와는 구분했다.

어쨌든 내가 '이야기'에 집착하는 이유는 이야기가 자아실현이라는 과정을 내포하고 있기 때문이다. 이야기란 결국 끝까지 파고들면 주인공이 성장하는 과정이다. 신화, 민담, 할리우드 영화 모두 그렇다. 신화나 민담을 통과의례의 모델로 설명하는 것도, 성장을 강조하기 때문이다. 즉 '이야기'란 '성장'을 위한 알고리즘 같은 것이다.

한편 일본의 '사소설'은 '나'를 있는 그대로 쓴다고 하면서 실제로는 '나'를 자각하지 못한 채 캐릭터로 만들어버리는 위험이 있었다. '나'라고 해봤자 그것도 결국 캐릭터일 뿐이라는, 냉정한 시각을 가지고 있던 작가는 미시마 유키오를 비롯해 극소수다. 보통 사람들은 '나'에 대해 문학적으로 쓰면 자신의 내면에 '나'라는 존재가 분명히 나타나는 듯한 느낌을 받는다. 『쿠로코의 농구』 협박범도 범행 예고문을 쓰면서 진정한 '나'가 된 듯한 느낌을 받았을 것으로 추측한다.

그럼 정리해보자.

① '이야기'는 '나'라는 존재가 진정한 '나'가 되기 위한 알고리즘이다.

② 메이지 시대 이후 일본 문학은 나에 관해 있는 그대로 기록하는 언문일치의 작법을 만들어왔지만, 그것을 인식하지 못한 채 가공의 '나'를 만드는 위험이 있다.

①에 허구의 주인공 캐릭터를 대입하면, 주인공의 성장 스토리를 담은 할리우드 영화가 만들어진다. 하지만 ②의 '나'를 ①에 대입하면 어떻게 되는가.

아마도 '선입관을 가진 나의 자아실현 이야기'가 될 것이다. 소위 자기계발서 속에서 저자가 만들어낸 '나'도 이에 해당한다. 청소나 정리정돈 방법을 알려주는 책이 종종 저자의 자아실현 이야기처럼 쓰여진 것을 보면 이해가 갈 것이다. 옴진리교 교주 아사하라 쇼코가 신도들에게 부여한 것도 그들 한 명 한 명이 영웅으로 자아실현을 하는 이야기였다.

이제 '캐릭터'라는 형식이 다시금 문제가 된다. 캐릭터를 얼마나 전략적으로, 비평적으로 사용할 것인가. 내면에 있는 개운치 않은 응

어리를 1인칭 사소설적 '나'에 대입해봤자 불안정한 '나'를 그저 내놓는 것에 불과하다. 그럴 바에야 애초에 '나'란 존재가 아니라 다른 '캐릭터'를 만드는 게 낫지 않을까? 캐릭터를 만듦으로써, '나'라고 쓰는 것만으로 안이하게 '나'의 존재를 드러내는 위험을 피할 수 있다고 생각한 최초의 사람은 고바야시 히데오⁶였다.

　문예비평가 고바야시 히데오가 만화 『노라쿠로』의 작가인 다가와 스이호의 손위처남이란 사실은 잘 알려져 있다. 고바야시는 다가와 스이호가 어느날 "노라쿠로는 저입니다"라고 말한 것을 듣고, 만화의 캐릭터와 작가와의 관계에 대해 이렇게 썼다.

　　예를 들어 '후쿠짱'은 요코야마 류이치 본인이고, '갓파'는 시미즈 곤 본인임에 틀림없다. 이는 분명한 사실이다. 이것은 예술의, 지극히 고도의 자기 언급 방식이다. 이런 관점에서 '노라쿠로'나 '후쿠짱', '갓파'를 살펴보면, 기분이 좋아질 정도로 철저한 예술가의 작업이 보인다. 소설의 세계에서는 좀처럼 이렇게 후련하진 않다. '사소설론'을 쓸 때마다 문제가 일어나곤 한다. 물론 만화에는 만화만의 특징이 있다. 만화 작업에서 리얼리즘은 금물이다. 아, 또 후쿠짱이구나. 역시나 바보 같은 행동을 하고 있구나. 그런 식이어야 한다. 소설 분야에서는 인간(등장인물)을 유형에 맞춰서밖에 그려내지 못하면 비난을 받지만 만화가에게 필요한 것은 바로 그 '유형'이다. 그 유형에 생명을 불어넣으면 되는 것이다. 예를 들어 요코야마 군이 '후쿠짱'에게 자신의 전부를 건다고 할 때, 그 방식은 명확하다. 만화가가 자기자신을 천천히 단계적으로 표현한다는 것은 불가능하다. 천부적 재능이 있는 만화가는 모두 마찬가지다.

(『생각하는 힌트』, 고바야시 히데오 지음, 분게이슌주, 1974)

고바야시는 전혀 현실적이지 않은 캐릭터에 '나'를 대입함으로써 '자기를 조금씩 말하는' 것에서 벗어난다는 식으로 다가와 스이호의 작품을 평가한다. 그는 캐릭터가 '나'를 언급하는 데에 있어서 절도를 지키게 한다고 생각한 듯하다.

아마도 여기에 라이트노벨이나 만화 캐릭터의 가능성이 있을 것이다.

고바야시에 따르면 캐릭터란 실제의 '나'와 거리를 두게 하는 도구가 될 수 있다. 그렇다면 '나'를 담는 '그릇'으로서 캐릭터를 정리해보자.

사실 『노라쿠로』의 연재가 시작된 초창기에는 아직 만화에 이야기가 도입되지 않았다. 여기서 이야기란 성장 이야기(빌둥스로망[7])의 구조를 가리킨다. 『노라쿠로』는 몇 페이지 정도의 쇼트 콩트 및 시퀀스로 구성되어 있기 때문에, 이것을 내가 정의한 이야기라고 부르기는 좀 어렵다. 만화의 처음부터 끝까지 일관되는 형태의 이야기가 없다는 말이다.

그러나 『노라쿠로』 시리즈 전체를 놓고 보면, 빌둥스로망의 이야기 형식으로 서서히 변화한다. 작품이 '이야기 형식'으로 성장해간다고 해도 좋을 것이다.

잡지 연재 당시의 『노라쿠로』는 개의 군대 안에 강아지가 말려들면서 시작한다. 그 결과 노라쿠로는 이등병이 된다. 하지만 군대라는 공간에서 노라쿠로는 '진급'한다.

『노라쿠로』의 연재가 시작될 당시 신문·잡지에 연재되는 만화나 그림이야기의 주인공은 '성장하지 않는 것'이 원칙이었다. 다이쇼 시절 인기 만화였던 『쇼짱의 모험』 같은 경우에는 연재가 장기화되었는데도 주인공 쇼짱이 성장하지 않자 독자가 "쇼짱, 아무리 지나도 어른이 되지 않네요."(〈도쿄아사히신문〉, 1924년 11월 20일자)라는 편지를 보내기도 했다. 미키 마우스가 그렇듯 대부분의 캐릭터는 '성장'하지 않는다. 그러나 일본 만화는 캐릭터가 '성장'한다는 개념을 발명했다.

노라쿠로는 작가가 주인공을 성장시키려는 생각을 하지 않았음에도, 독자인 아이들이 성장하지 않는 주인공에 의문을 가졌던 쇼짱과 『정글 대제』의 레오처럼, 기본적으로는 미키 마우스의 디자인을 갖고 있으면서도 '아기 사자 → 소년 사자 → 청년 사자 → 어른 사자 → 죽어서 가죽만 남았다'는 식의 '성장하는 캐릭터'의 중간쯤에 있다. 전쟁 중의 작품이라는 운명이 노라쿠로를 진급시켰고, '성장'하는 캐릭터로 변화시켰다.

연재가 시작되고 얼마 후 잡지 부록에는 노라쿠로가 군대에 들어가기 전의 내용이 실렸다. 노라쿠로는 '하치와레'[8]란 무늬를 갖고 있어서, 재수가 없다는 이유로 버려졌다고 한다. 불길한 태생의 아이가 강물에 떠내려보내진다는 '귀종유리담'과도 같다. 그렇게 노라쿠로의 과거사가 밝혀지면서 만화는 비로소 '이야기'화되기 시작한다. 즉 노라쿠로의 성장이야기로 바뀐다. 그렇게 일본 만화에 캐릭터이면서 동시에 이야기 구조를 따라 성장하는 주인공이 탄생한 것이다.

전쟁이 진행되면서 동시에 그도 진급한다. '진급'을 통해 노라쿠로는 좋든 싫든 더욱 더 성장한다. 그런데 그가 군인으로 진급해서 '자아실현'을 하는가 하면 그렇지는 않다. 노라쿠로는 부상을 당해 군에서 제대한다. 그리고 탄광 깊은 곳으로 들어가 마치 나쓰메 소세키'의 『광부』에서처럼 출구를 찾지 못한 채 결말을 맞는다. 이처럼 주인공이 성장했다는 식으로 결말을 맺지 않고, 마지막에 뒤집어버렸다. 즉 노라쿠로는 마치 무라카미 하루키처럼 끝에 가서는 이야기를 '탈구축'하여 '문학'과도 같은 결말을 지었다. 노라쿠로는 (전시 중이었음에도 불구하고) 군인으로서 자아실현하는 것을 거부한다. 만화 주인공치고는 꽤 이치에 맞는 행동이다. 전쟁 당시에는 나의 정체성을 '애국심'이나 '일본인'이라는 그릇(캐릭터)에 맡김으로써 나 자신에 대한 판단을 정지시키는 편이 좋다는 분위기였는데 다가와 스이호는 그것을 완강히 거부했다. 고바야시 히데오의 말대로 '캐릭터'에 '나'를 대입시킴으로써 '나'와 거리를 두는 데에(이를 '비평적'이라고 말한다) 성공한 셈이다.

고바야시 히데오는 다가와 스이호를 보고, 캐릭터야말로 '나'를 넣는 그릇으로 적절하다고 생각했다. 데즈카 오사무 역시 캐릭터에 '내면'을 부여하고, 그것을 '이야기'와 연결했다. 데즈카는 '나'라는 존재를 사변적으로 다루거나 '나'에 대해 고백하는 것에서 벗어나 캐릭터에 '나'를 넣고 이야기 속에서 성장(혹은 좌절)하는 만화를 정형화시켰다.

데즈카 오사무가 현실적인 캐릭터를 거부하고 '기호'와도 같은 캐릭터에 내면과 신체를 부여한 것은 큰 발명이었다. 미키 마우스에 기원을 둔 데즈카적 '캐러ㅋㅑㅋ'(캐릭터의 일본식 약자) 작화 방식은 '리얼'하지 않다. 그러나 그러한 모순은 '오류'가 아니라 '비평'의 기능을 했다.

소녀만화의 캐릭터

지금까지 별로 이야기한 적 없던 소녀만화의 캐릭터 문제에 관해 좀 더 다뤄보도록 하겠다.

일본 소녀만화 '캐러'의 기본 형식은 메이지 시대 요사노 아키코[10]의 소설 『흐트러진 머리』의 삽화로 프랑스 아르누보 장식화가인 뮈샤의 그림을 모사해 실은 것에서 찾아볼 수 있다. 뮈샤의 그림은 본래 연극용 포스터로 여배우를 그린 것이었다. 즉 '여배우'라는 '내면'을 담는 그릇으로 육체를 그렸다. 뮈샤의 그림은 상품 패키지나 포스터를 장식하는 데 사용되기도 하는데, 그런 경우 여배우의 육체나 마음과는 상관없는 그림으로 보인다. 하지만 화가 후지시마 다케지[11]는 뮈샤풍의 그림을 일본 여성의 내면을 표현한 문학 작품의 효시로 꼽을 수 있는 『흐트러진 머리』 삽화로 채택했다. 후지시마 다케지는 다케히사 유메지[12]의 서술화나 이토 세이우[13]의 SM화의 모델이던 오요를 모델 삼아 뮈샤풍 그림을 남겼다. 후지시마가 그린 뮈샤풍 그림은 육체와 마음의 문제를 생각하는 데에 있어 조금은 흥미로운 문제를 제기한다. 후지시마가 그린 뮈샤의 모사(《그림 1》)와 요사노 아키코의 노래를 비교해보자.

그림 1 (왼쪽) 〈명성明星〉 삽화, 후지시마 다케지 그림, 신시샤, 1900년 6월호
(오른쪽) 뮈샤의 오리지널 작품(오른쪽)

"밤 자락에 속삭인 별의 지금을 하계 사람들의 흐트러진 머리칼이여"

"5척 머리카락을 물에 풀면 부드러운데, 소녀 마음은 감춰놓고 결코 내보이지 않으리"

"그이는 스무 살, 빗에 흐르는 검은 머리카락, 자랑스러운 청춘 이 얼마나 아름다운지"

(『흐트러진 머리』, 요사노 아키코 지음)

요사노 아키코는 메이지 시대에 이미 남성과의 베드신이나 '나'의 강렬한 자의식을 노래했다. 요사노 아키코가 묘사한 여성의 내면과 생생한 육체의 '나'와 뮈샤 그림은 전혀 맞지 않는 것처럼 보일지도 모른다. 하지만 역사적으로 보자면 뮈샤의 그림은 소녀만화 그림의 기원이다.

1970년대에 접어들어 일본의 소녀만화가들은 자신들이 그리는 그림의 기원이 뮈샤와 그 시대의 유럽에 있다는 것을 깨달았다. 그들은 이러한 그림들을 '내면'과 '신체'의 표현 도구로 되살렸는데, 그것이 바로 24년조 작가들의 공적이다. 그 다음에 이어진 것이 BL(보이즈러브)[14]이라고 할 수 있다.

아르누보에서 영향을 받은 장식적인 그림에 생생한 신체성과 내면을 부여한 후지시마 다케지는 일본 소녀만화의 기원이 되었다. 요사노 아키코와 뮈샤에서 시작하여, 다케히사 유메지를 거쳐, 24년조와 BL에 이르는 일본 소녀만화의 통사通史는 누군가가 정리하겠지만, 이처럼 소녀만화 영역에서도 리얼하지 않은 '캐러'에 리얼한 내면과 육체를 통합시킨 모순이 도입되었다. 즉 일본의 근대는 언문일치로 이루어진 '나'라는 그릇과 비非 리얼리즘적인 기호로 구성된 '캐러'라는, '나'를 그리는 2가지 방법을 만들어냈다.

'나' 역시 '캐러'에 지나지 않지만, 사람들은 그렇게 생각하는 것을 어려워한다. 자신에 대해 상대화하거나 거리를 두고 비판적으로 쓴다는 것은 꽤 어려운 일이다. 하지만 '나'를 '캐러'로 표현하면 저절로 거리를 둘 수 있게 된다. 이처럼 '캐러'와 '이야기'가 정확하게 연결되면, 다가와 스이호, 데즈카 오사무, 24년조, 미야자키 하야오 등의 작품이 된다.

참고로 '캐러'는 필요 이상으로 리얼하게 형상화되어서는 안 된다.

같은 지브리 애니메이션이더라도 다카하타 이사오의 〈반딧불의 묘〉와 〈추억은 방울방울〉은 미야자키 하야오 작품보다 왠지 감정이입이 어렵게 느껴진다. 그것은 목소리를 '프리 레코딩'[15]으로 녹음하고 성우 표정을 영상으로 잡아 그것을 바탕으로 그림을 그리는 프리스코어링 prescoring과 관계가 있다. 다카하타 이사오의 만화에는 입가의 잔주름처럼 미야자키 하야오가 그리지 않는 사실성이 살아 있다. 로봇 공학이나 CG 분야에서 조형물을 진짜 인간을 닮도록 만들면 어느 순간부터 피사체가 갑자기 기분 나쁘게 느껴진다는 '불쾌한 골짜기(언캐니 밸리Uncanny Valley)' 문제가 있다. 그것은 '캐러'가 다양한 '나'를 담아내는 그릇으로서 유용하다는 사실과 어느 정도 연관이 있다. 이처럼 애니메이션적이랄까, 리얼하지 않은 '캐러를 그린다'는 행위는 어쩌면 일종의 아이덴티티 불안에 대한 처방전이 아닌가 싶기도 하다.

나는 최근 2년간 해외에서 '만화 그리는 법'을 강의했다. 그동안 자주 일본 만화 팬 중에는 각 지역 사회의 마이너리티가 많다는 인상을 받았다. 오해를 받을 수도 있어 조심스럽지만, 예를 들어 프랑스의 만화·애니메이션 이벤트 참가자를 보면 아프리카계 중동계, 아시아계 등의 이민자가 차지하는 비율이 높은 듯했다. 십수 년 전 대만에서 열린 시라쿠라 유미[16]의 사인회에 따라갔을 때, 그녀의 팬 중에 대만 선주민족 여자아이가 몇 명 섞여 있던 것을 선명히 기억한다. 중국에 베이징에서 워크숍을 열었을 때에도 더 열심히 듣고 있는 사람들은 소수민족이나 '지방'에서 온 사람들이었다. 중국에서는 지방 출신이라는 이유만으로 베이징에 가기가 꽤나 힘들고, 인생이 한정지어져 있다고 한다. 그런 의미에서 중국의 소수민족이나 지방 출신은 일본의 지방 출신보다 더 사회적으로 마이너리티라 할 수 있을 것이다.

물론 어디에나 '고학력 오타쿠'는 존재한다. 이렇게 말하긴 좀 그렇지만 그들 역시도 '머리가 좋다'는 것을 제외하면 사회성이 약하다거나 어떤 부분에서는 마이너리티라고도 생각된다.

내가 이런 느낌을 받은 이유 중에는 미국 콜롬비아 대학의 어떤 연구자가 쓴, 이민자 등 마이너리티의 자손이 일본식 캐러를 이용해 만화를 그렸더니 그들의 문화적 정체성이 회복되었다는 논문을 읽은 것도 있었다. 티베트 이민자 소년이 애니메이션 캐릭터풍 만화를 그림으로써 문화적 정체성을 회복했다는 얘기는 조금 당혹스럽지만, '캐러'에 자신의 불안정한 자아를 대입하고 만화를 통해 이야기를 만들면서 안정감을 느끼게 된 게 아닐까 추측한다.

그러고 보면 『이야기 체조』 보강에도 실린 그림책 『너는 혼자 어디론가 떠난다』를 통해 경미한 신경불안증이 개선된 경우가 있다는 말을 심료내과 연수의에게 들은 적이 있다. 그 그림책이 '나'의 본연의 모습이나 윤곽, 나아갈 길을 제시하는 데에 어느 정도 성공했다면, 그 이유는 이야기 구조 속에 '나'를 집어넣는 장치를 비롯해 '나'를 '캐러'로 삼아 글을 쓰는 방식에 있을 것이다.

마이너리티라는 약간 민감한 단어를 썼는데, 유럽이나 미국의 이민자 자녀들은 사춘기에 문화적 정체성의 문제를 겪는다. 중2병[17]적인 사춘기와 문화적 정체성의 문제가 결합되어 무척이나 심각하다. 애초에 중2병이란 단어 자체가 주로 인터넷에서 애니메이션·라이트노벨과 관련해 사용되는 용어이듯이, '오타쿠적인 창작물'이 중2병적 정체성 불안을 받아들여주는 역할을 하고 있는 것도 사실이다. 일본은 성인이 되는 것을 (좋은 의미로든 나쁜 의미로든) 유보할 수 있는 사회이므로 이 '불안'은 장기화된다.

문화적·정체성 불안을 '캐러'와 연결할 수 있다면 '모에'와 '애국심'의 기묘한 결합도 설명 가능하다. 그 경우 '캐러'는 약간 바보처럼 보인다. 하지만 '모에' 캐러와 '애국적인 나'의 관계는 내가 자주 언급하는 다자이 오사무[18]의 「여학생」에서 소녀의 애국심과 관련지어 보아도 좋을 듯하다.

중2병과 민족적 마이너리티 문제를 동급으로 보는 것은 다소 거친 논의인지라 반대하는 사람들도 있겠다. 하지만 정체성 불안이라는 문제와 '캐러'가 서로 연관되기 쉬운 것도 사실이다. 이 문제에 대해서는 학술적인 '캐러'론에서 좀 더 논의되었으면 좋겠다.

저자 후기

『캐릭터 메이커』의 의도를 좀 더 쉽게 다시 정리하자면 '당신이 『쿠로코의 농구』 협박자나 헤이트스피치를 하는 사람이 되지 않기 위한 도구'[1]라는 말로 요약된다. 만약 근대가 사람들을 '내가 나라는 것'이라는 억압에서 해방시켜주었다면, 『쿠로코의 농구』 협박자는 체포되어 매스컴의 플래시 세례를 받으며 만족스러운 표정을 짓지 않았을 것이다. 또 '넷우익'[2]들은 헤이트스피치를 통해 '재일 한국인(자이니치)'을 부정하는 것으로 '일본인'으로서의 자신을 확인할 필요도 없었을 것이다.

다시 말하지만 그런 종류의 억압은 '근대의 속임수'에 불과하니 곧 끝날 거라고 포스트모더니스트들은 말했다. 하지만 일본인들은 '내가 나라는 것'에 대해 과거보다 더 초조해하며, '나'와 '애국'을 둘러싼 말들은 웹에 흘러넘치고 있다.

나는 오랫동안 포스트모던이 닥쳐올 리도 없고, 당분간 인류가 그런 것들에서 벗어날 방도는 없으니 포기하고, '어른'이 되어 '국가'에 개입하는 책임 주체로서 '유권자'가 될 수밖에 없다, 즉 '흔해빠진, 뻔하디 뻔한 근대'를 제대로 경험해야 한다고 지난 세기부터 쭉 말해왔다(그러는 바람에 과거에 나는 동년배 중에서 가장 보수적이라는 말을 들어왔고, 지금은 극좌라는 말을 듣고 있다). 그 시절 내 주변에는 '근대를 빼먹고 넘어간 포스트모던'을 논하는 사람들뿐이었다. 나로서는 탈구축할 것을 만들지도 못했는데 뭔가를 탈구축하자고 외치고 다니는 이유를 도통 알 수가 없었다. 그리고 일본에는 이제 '모에'는 물론이고 '유루캐러'[3] 등 '캐러'가 흘러넘치고 있다.

'캐러'라는 까다로운 존재는 쓰기에 따라서 '애국심'이나 '국민'을 담을 수 있는 그릇이 될 수도 있다. 실제로 일본은 15년전쟁 중에 캐릭터 황금시대를 맞았다. 그리고 다가와 스이호나 데즈카 오사무는 예외적으로 '캐러'에 의한 근대 비판이라는 곡예를 선보였다. 나는 그들에게서 약간이나마 '캐러'의 가능성을 보았다. 그러나 최근의 캐러 붐은 캐러에 '나'란 존재가 아니라 '일본인'을 대입하는 게 유행인 듯하다. '캐러에 의한 국민국가화'라는 말도 안 되는 상황이 어디까지 갈지, 생각하면 진절머리가 난다.

마지막으로 강조하자면 이 책은 '실용서'로 사용해주었으면 한다. 협박문을 올리거나 총리의 페이스북에 '좋아요'를 클릭하거나[4], 알지도 못하는 사람의 홈페이지에 악플을 다는 행동 이상의, 뭔가 조금이라도 '수고'를 기울이지 않으면 사람은 '무언가'가 될 수도 '어딘가'에 갈 수도 없다. 그리고 그런 '수고' 중에는 '글을 쓰는 행위'도 포함될 수 있다. 그렇다면 직접 만든 캐러로 자신의 이야기를 '만드는' 것부터 시작해봐도 좋겠다. '유루캐러'를 소비하기보다는 '유루캐러'를 직접 제작해보는 편이 낫다. 라인LINE[5]에 사용되는 스티커를 모을 바에는 스스로 만드는 편이 훨씬 낫다. 인생에는 후낫시[6]에게 자신을 투영하는 대신 후낮시 '안의 사람'이 되는 선택지도 있기 마련이다. 이 책은 그런 수준의 캐러를 만드는 데 실용적이다.

마지막으로 다시 한 번 말하겠다. 이 책에 제시한 '과제'는 실제로 해봐야만 비로소 '이해'할 수 있다. '실용'이란 그런 귀찮은 과정을 우선 스스로 겪어봐야 한다는 것을 의미한다. 그런 점에서 이 책은 무척 귀찮은 책이다.

／

역자 해설

／

오쓰카 에이지의 '이야기 작법서'는 2000년 출간된『이야기 체조』를 필두로『캐릭터 소설 쓰는 법』(2003), 그리고『스토리 메이커』(2008)와『캐릭터 메이커』(2008)가 대표적이다. 그리고 2010년에 출간된『이야기의 명제』가 최신간이다. 이 책은 모든 작품의 스토리에 공통되는 '요소＝명제'를 통해, '캐릭터'와 '스토리'에 이어 이야기의 '테마'조차도 실습을 통해 실용적으로 창조해낼 수 있다는, 일견 파격적으로 보이는 내용의 서적이다. 말하자면『이야기의 명제』는『스토리 메이커』,『캐릭터 메이커』와 더불어 오쓰카 에이지의 창작 지침서 3부작을 구성하는 책이고,『이야기 체조』와『캐릭터 소설 쓰는 법』은 그 세권의 지침서에 도달하기 위해 오쓰카 에이지가 거쳐온 과정을 설명한 책이라고 보면 될 것이다.

 필자는『스토리 메이커』역자 후기에, 본문에 포함되어 있는 여타이론서의 어려운 인용 부분은 참고만 하면 되고 저자의 설명에만 집중해도 된다고 쓴 바 있다. 이 책『캐릭터 메이커』는 상대적으로 인용이 적은 편이고 인용된 내용도 이미『스토리 메이커』에서 살펴본익숙한 책들이므로『스토리 메이커』를 읽은 독자라면 좀 더 이해하

224

기가 쉬울 것이라 생각한다. 다만 일본 만화 작품을 사례로 든 부분이 많으므로 일본 만화에 익숙하지 않다면 잘 모르겠다 싶은 부분이 있을 수 있다. 가능한 한 주석 등으로 설명을 했지만 잘 모르겠다면 대부분의 작품이 국내에 번역 출판되어 있거나 해당 작가의 다른 작품도 나와 있으니 읽어보는 것도 좋을 것 같다. 대중적인 영상 작품을 비롯해, 인문학이나 순문학을 목표로 하고 있더라도 만화적 '상상력'은 창작에 많은 도움이 될 것이다.

오쓰카 에이지의 작법서를 읽는 방법

만약 당장 어떤 이야기를 창작하고 싶다면 『스토리 메이커』, 『캐릭터 메이커』, 그리고 올해 출간 예정인 『이야기의 명제』를 읽으면 될 것이다. 그리고 그 책들에 나와 있는 내용에 대해 좀 더 자세한 설명을 듣고 싶다면 『이야기 체조』와 『캐릭터 소설 쓰는 법』을 참고하면 된다. 이 다섯 권의 책을 전부 읽은 마니악한(?) 독자라면 각 권에 조금씩 비슷한 부분이나 반복되어 인용된 내용이 있다는 것을 알 수 있을 것이다. 하지만 모든 독자가 같은 저자의 책을 다섯 권씩이나 구매하지는 않으므로, 중요한 내용은 책마다 반복할 수밖에 없음을 감안해주기 바란다.

그럼에도 불구하고 오쓰카 에이지의 창작법은 충분히 흥미롭다. 역자는 이 책을 보면서 "창작은 어떤 특별한 재능을 갖고 있는 사람들만이 하는 것이 아니라, 누구나 할 수 있고 해야만 한다"는 주장에 공감했다. 창작을 하려는 모든 사람이 천부적인 재능으로 엄청난 명작을 써내진 못할 것이다. 하지만 과거, 책이 필사만으로 이루어지던 시절에 비해 '인쇄'를 통한 '제조업으로서의 출판'이 등장한 이후로 책을 쓴다는 것은 이미 상당히 일반화되고 대중화되었다. 실제 출판사는 업태상 제조업에 속한다. 대량의 공산품을 만들어내는 공장과 어떤 정신적이고 학문적인 물건(책)을 만들어내는 출판사가 실은 같은 양태를 갖고 있는 업종이라는 말이다. 창작이 귀족의 전유물이었다가 계급을 타파한 부르주아에게로 개방되는 계기가 바로 대량 생산과 경제의 탄생이었다. 창작이 경제에 구애받지 않고 대중에게 완전히 개방된 것은 바로 인터넷을 통한 커뮤니케이션의 등장에서 비롯되었다고 할 수 있다. 실제로 한국에서는 '웹툰'을 통해 이미 그 형태가 하나의 산업으로 자리 잡았고, 해외에서도 '전업 유튜버'의 등장으로 어느 정도 가능성이 보이고 있다. (전업 유튜버youtuber란 동영상 공유 사이트 유튜브에 동영상을 올려 그 광고 수입으로 사는 사람을 가리키는데, 국내에도 동영상 사이트 '아프리카'에 소위 '먹방', 게임 실황 방송 등으로 수입을 얻는 사람이 있다. 전 세계를 대상으로 하는 외국의 전업 유튜버 중에는 벌써 그 수입액이 상당한 사람도 있다고 한다.)

이런 상황에서 '재능 있는 특별한 사람'을 위한 창작 강좌가 아닌 이야기 창작에 전혀 관심 없던 사람까지도 마치 외국어 문법을 배우는 것처럼 익힐 수 있는 강좌가 필요하지 않겠는가, 하는 것이 오쓰카 에이지의 생각이다. 지금 우리 주변에는 동사무소나 구청에서 주민들을 위한 컴퓨터 강좌, 음악 강좌, 각종 스포츠, 미술, 꽃꽂이 등

수많은 생활 강좌가 존재한다. 그 중에는 스토리텔링이나 소설, 시 작법 강좌도 있다. 하지만 스토리텔링이나 소설 강좌 하면 동사무소에서 꽃꽂이나 컴퓨터를 배우는 것과는 뭔가 다르다는 느낌을 갖는 이들이 많다. 마치 '신춘문예에 응모하여 소설가가 되려고 하는 사람'이 가야할 것 같은 분위기랄까.

오쓰카 에이지는 이야기 창작법을 배우는 데에 굳이 그런 느낌을 가질 필요가 없다고 주장한다. 소설가나 시인이 되고 싶은 사람만이 공부해야 하는 것이 아니라는 이야기다. 기타를 배우려고 할 때 지금부터 기타리스트가 되겠다고 생각하는 사람은 별로 많지 않을 것이다. 한석봉이나 추사 김정희가 되겠다는 마음가짐으로 서예 강좌에 다니는 사람도 드물 것 같다. 이야기 창작법도 마찬가지다. 소설가나 문학가가 되고 싶어서가 아니라 그냥 순수하게 이야기의 작법을 배우기 위해, 혹은 단순히 재미로 배워도 전혀 상관없지 않은가 하는 것이 『이야기 체조』에서부터 이번 『캐릭터 메이커』에 이르기까지 저자가 일관되게 서술하고 있는 내용이다.

『캐릭터 메이커』 보강과 후기에 관해

앞서 언급했듯이 『캐릭터 메이커』는 2008년 『스토리 메이커』와 함께 일본에서 출간된 책이다. 그런데 이번 번역에 있어서 원본으로 삼은 것은 2008년 초판 단행본이 아니라 2014년에 새로 나온 세이카이샤 출판사의 신서판이다. 2013년 8월부터 2014년 2월까지, 세이카이샤에서는 『이야기 체조』, 『캐릭터 소설 쓰는 법』, 『스토리 메이커』, 『캐릭터 메이커』를 신서판으로 출간했다. 그러면서 각 권마다 '보강'(보충 강의)이라는 장을 추가하고 새로운 저자 후기를 달아놓았다. 2013년에 국내 출간된 『캐릭터 소설 쓰는 법』(개정증보판)과 『스토리 메이커』는 2013년 초반에 작업한 관계로 신서판의 보강과 새로운 저자 후기가 포함되어 있지 않지만, 2014년에 출간되는 『이야기 체조』와 『캐릭터 메이커』에는 세이카이샤판의 보강과 저자 후기가 실려 있다. 2014년의 일본 사회에 대해 저자 오쓰카 에이지가 쓴 최신 내용이 바로 국내에 들어오게 된 것인데, 너무 빠른 유입이다 보니 부분적으로 이해하기 힘들거나 혹은 창작법과 상관이 없는 내용으로 착각할 수도 있을 것 같아 부연 설명을 하고자 한다.

이 책에는 「캐릭터는 '전략'이 될 수 있을까?」라는 보강이 실려 있고, 저자 후기는 오쓰카 에이지가 2013년 연말에 집필한 내용이다. 우선 보강에는 저자가 어떤 생각으로 이런 창작법을 내세우게 되었는지 서술되어 있다.

아울러 1990년대 일본을 관통한 '오타쿠(마니아)에 대한 편견'의 원인이 된 사건들(일본뿐만 아니라 한국에서도 만화나 게임에 대한 편견에 원인을 제공한)의 범인들이 창작을 하고 싶어 했다는 사실을 통해 저자가 창작법의 중요성을 새롭게 인식했음을 알 수 있다.

그것이 왜 이야기 창작법과 연관되는가. 오쓰카 에이지는 우선 '누구나 작가가 될 수 있는 시대'라는 것이, 후대에는 포스트모던적인 관점으로 받아들여졌다고 느낀 것 같다. 대표적인 케이스가 일본의 비평가 아즈마 히로키의『동물화하는 포스트모던』(문학동네)과『게임적 리얼리즘의 탄생』(현실문화연구)을 필두로 한 몇몇 사상서이다. 우연찮게도 두 책 모두 본 역자가 감수를 맡았는데, 이 책들에는 오쓰카 에이지의『이야기 체조』,『캐릭터 소설 쓰는 법』, 그리고 비평서『이야기 소비론』등이 인용되어 있다. 오쓰카 에이지가 1989년 출간한 평론서『이야기 소비론』은 저자의 말대로 아직 인터넷에 대한 개념이 딱히 없었음에도 "작가와 독자, 발신자와 수신자의 관계는 앞으로 분명 변화할 것이고 양자의 경계가 애매해질 것"이라는 예견이 담겨 있었다. 아즈마 히로키는 그 상황을 본인의 전공인 '포스트모던'으로 해석했던 것이다.

하지만 오쓰카 에이지는『이야기 소비론』이나 2000년대에 작법서의 개론 성격으로 집필한『이야기 체조』,『캐릭터 소설 쓰는 법』등을 포스트모던적으로 해석하는 것에 대해 그다지 긍정적이지 않다. 아즈마 히로키와의 대담서『리얼의 행방』(2008)을 참고하면 이 둘의 사고방식과 주의 주장이 끊임없이 맞부딪히는 모습을 볼 수 있을 것이다. (『리얼의 행방』은 아직 국내에 번역되지 않았다.)

오쓰카 에이지는 자신의 생각을 나름대로 계승했다는 포스트모던 연구자들에 대해서도 비판적이지만, 한편으로는 "아무나 '작가'가 되어도 상관없다는 생각이 '문학'계의 반감을 산 것은 당연하다"라고 저자 자신이 밝히듯 일본의 주류 '문단'과도 사이가 좋지 않다. 물론 몇몇 작가나 편집자들 중에는 오쓰카 에이지의 의견에 공감하거나,

동의하진 않더라도 그의 까칠한 비판에 지지를 보내는 이도 있다. 당장 『이야기 체조』 문고판에 실려 있는 소설가 다카하시 겐이치로(대표작 『사요나라 갱들이여』)의 해설에 이런 부분이 나온다.

> 오쓰카 에이지는 (아마도) 그저 싸움꾼인 것이 아니라 원칙을 중시할 뿐이다. 이치를 따진다. 과정에 신경을 쓴다. 말하는 데에 있어 정확함과 공평함을 요구한다. 그럼으로써, 무슨 일에도 '어찌저찌'란 말이 통용되는 이 나라의 곳곳에서 충돌을 일으킨다. 그리고 요즘에는 그 충돌의 장을 '문학'으로 옮겼다.
>
> 나는 오쓰카 에이지가 '문학'에서 파문을 일으킬 때마다, 약간 무책임하게 "잘 한다, 더 해라!"고 중얼거린다. 그리고 금새, 그건 나 자신이 해야만 하는 일이지만, 이라는 변명을 덧붙이곤 한다.
>
> （「또 하나의 이야기」, 『이야기 체조』 문고판 해설, 다카하시 겐이치로,
>
> 아사히신문사, 2003）

오쓰카 에이지는 일본에서 '문학'이 작가 자신의 '자아실현 도구'로 받아들여지고, 특권화되었다고 비판한다. 하지만 자아실현 도구로서 문학을 사용한다는 것은 앞서 언급한 범죄자들이 문학 비슷한 것을 남긴 것과 다를 바가 없다. 차이점이라면 그들은 문학을 만들어내지 못하고 '문학 비슷한 것'을 만들었을 뿐. 그것을 오쓰카 에이지는 다음과 같이 표현한다.

그렇다면 '문학'을 하는 이와 불완전한 소설을 쓴 청소년 범죄자의 '차이'는 무엇일까.

'재능'일 수도 있고, '운'이라고 할 수도 있을 것이다. '창작한다'는 것에는 분명 '신이 주신 재능'이 필요하다는 느낌이 들 때도 있고, 어떤 창작이 세상에 받아들여지려면 일종의 '운명'도 필요하다. 하지만 그런 것보다는 누구나 배워서 할 수 있는 부분이 의외로 많은 듯했다. 학습을 통해 창작을 익힐 수 있다면, 가혹한 말 같지만 미완의 이야기를 남긴 청소년 범죄자들에게 없었던 것은 재능이나 운이 아니라 적절한 '학습'이 아니었을까.

「캐릭터는 '전략'이 될 수 있을까?」, 『캐릭터 메이커』)

이야기를 만드는 행위와 자아실현

자아실현 도구로서 이야기를 만드는 행위 그 자체에는 특별한 재능이 필요없다. 물론 그렇게 해서 만들어진 이야기가 엄청나게 훌륭한 작품이 되어 많은 이들에게 읽힐 수 있느냐는 다른 문제겠지만, 단순히 이야기를 만드는 행위 자체는 누구나 할 수 있지 않은가. 하물며 현대에는(과거엔 책을 내는 것 외에 타인과 사회에 대하여 자신을 발신하기가 어려웠던 상황에 비추어볼 때) 인터넷이라는 발신에 적합한 도구가 이미 주어져 있다. 그런 상황에서, 적절한 방법론을 배우지 못한 채 자아실현을 위하여 이야기를 만들다 보면 그 결과물인 '이야기'는 어떤 '작품'이 되는 것이 아니라 옴진리교와 같은 신흥종교(국내에도 각종 신흥종교가 존재한다)가 되거나 '헤이트스피치'를 발신하게 된다. 일본에서는 소위 '넷우익'들이 인터넷 커뮤니티에서 혐한론이나 여성 차별적인 언행 등의 헤이트스피치를 공공연히 발신하여 문제가 되고 있는데, 국내에도 그 대상이 한국이 아닐 뿐 외국인이나 여성에 대한 차별적인 발언은 무수히 찾아볼 수 있다는 점에서 일본 사회에 대한 오쓰카 에이지의 이런 인식에 쉽게 동감할 수 있을 것 같다.

비단 외국인이나 여성 차별만이 아니다. 좀 더 작은 대상에 대해서도 헤이트스피치는 얼마든지 존재한다. 소위 '요즘 젊은이들'에 대해 비난을 퍼붓던 '어른들'에 대해 반대로 '꼴통'이라며 비난을 퍼붓기도 하고, 과거라면 당연히 '좋은 일'이라고 생각되었을 동물보호라든지 기부 단체 등도 인터넷을 통해 쉽게 커뮤니케이션이 가능해지면서 해당 단체에 속한 특정 인물의 문제가 밝혀지거나 사소한 일이라도 뭔가 잘못된 내용이 드러나는 등의 일로 금방 대중의 의심을 사거나 큰 문제가 되는 일도 많다. 심지어 파워 블로거에 대한 반감이라든지 TV에도 오디션 프로그램 등에 일반 출연자가 많아지면서 일반인임에도 큰 책임이 요구되는 케이스가 많아졌다는 것은 요즘 누구나 느끼는 일일 것이다. 이제는 소위 '신상 털기'를 통해 모든 이가 모든 이에 대해 언제든지 공격이 가능한 시대가 되었다고 할까. 마치 말 그대로 '만인의 만인에 대한 투쟁'인 것이다.

오쓰카 에이지는 2013년 일본에서 벌어진 만화 『쿠로코의 농구』 협박사건의 피의자가 체포될 때 카메라를 향해(즉 대중을 향해) 미소 짓는 것을 보고, 그 범행 자체가 그 청년의 자아실현이었던 것은 아닌지를 지적한다. 본인의 범행 예고를 보고 각종 이벤트가 취소되는 등 큰 소동이 벌어지는 것에 만족했다는 것이다. 물론 그러한 자아도 취형 '극장형 범죄'가 어제오늘 생긴 것은 아니지만, 인터넷이 생기면서 새로운 형태로 발전하고 있는 것은 분명하다. 당장 국내에서도 그렇지 않은가. 과거 디시인사이드에서, 지금 일베에서 벌어지는 '마이너스 행위의 경쟁'이라는 구도도 결국은 어떤 방식으로든 남들에게 인정을 받아 자아실현을 하기 위한 도구인 것이다. 훌륭한 행위를 해서, 특별한 재능을 발휘해서, 열심히 노력해서 남들에게 인정받는 것은 사실 매우 어려운 일이다. 재능을 가지고도 힘든 과정을 거치거나 심지어는 운이 없어 제대로 인정받지 못하는 경우도 많다. 하지만 '못남'을 경쟁하는 것은 상대적으로 쉽다. 인터넷 용어로 소위 '이겨도 XX(차별 용어) 져도 XX가 된다면 이기는 XX가 되어라'고 하는데, 남들보다 더 못난 짓을 하는 것도 '이긴다'는 표현을 쓸 만큼 자아실현과 남들에게 인정받고 싶은 욕망이 크다는 것을 알 수 있다. (국내 커뮤니티에서의 이런 현상에 관해서는 『일베의 사상』(박가분 지음, 오월의봄, 2013)을, 일본에서의 넷우익과 혐한 등의 현상에 관해서는 『거리로 나온 넷우익』(야스다 고이치 지음, 후마니타스, 2013)과 『한중일 인터넷 세대가 서로 미워하는 진짜 이유』(다카하라 모토아키 지음, 삼인, 2007) 등이 참고가 될 것이다.)

헤이트스피치만이 아니다. 사람은 왜 신흥종교에 빠질까? 연상호 감독의 애니메이션 영화 〈사이비〉(2013년)에는 사이비종교의 모습이 극명하게 드러나 있다. 국내에도 오래 전부터 신흥 사이비종교의 폐

해는 잘 알려져 있고, 일본에서는 옴진리교가 지하철에서 독가스 테러를 벌이는 등 문제가 되었다. 이 역시도 자아실현 욕구가 원인이라고 할 수 있다. 비단 신흥종교만이 아니라 종교 자체가 자아실현을 위한 현장이지만, 대중적이고 일반적인 종교에서는 어느 정도 긍정적인 면이 많이 있는 반면 신흥종교, 특히 '사이비'라고까지 표현될 만큼 문제가 있는 종교에도 깊은 신앙심을 갖는 사람들이 존재하지 않는가. 그것은 결국 그 안에서만 인정받을 수 있고 자아실현이 가능한 사람들이 있기 때문이다.

역사는 또 어떠한가? 자랑스러운 자국의 역사는 국민에게 긍정적인 내셔널리즘을 발현할 수 있게 하는 경우도 있다. 하지만『환단고기』를 비롯한 '창작된 고대 역사서'는 결국 실제 역사만으로는 자아실현·자기긍정에 부족하다는 느낌으로 인해 과잉되게 역사를 추가하고 개변하고자 하는 욕망의 결과인 것이다. 그런 가상의 역사 및 역사서는 유럽에도, 미국에도, 일본에도 존재한다. 국내에도『환단고기』의 히트 이후 계속해서 비슷한 형태로 '고대에 씌어진 후 근근히 전래되다가 최근에 와서 발견된 진정한 역사서'가 계속해서 추가되고 있다. 비단 한국만의 문제가 아니다. 흘러간 옛날이야기나 반대로 요즘 갑자기 문제시되고 있는 것이 아니라 전 세계적으로, 예전부터 지금까지 보편적으로 일어나는 현상이다.

이런 역사서나 신흥종교의 경전이 그 내용에 있어 일종의 '창작된 이야기'라는 점은, '이야기를 창작하는 올바른 방법을 배움으로써 자아실현 욕구를 부정적인 쪽이 아니라 긍정적인 쪽으로 전환시킬 수 있지 않은가'라는 저자의 주장에 수긍할 수 있음을 보여주는 사례라고 생각한다. 자아실현 욕구를 과장된 내셔널리즘이나 종교적 신비성에 의거한 '이야기'를 창작하는 데에 소비하지 말고, 일반적인 픽션, 소설이나 만화, 혹은 시나리오 등의 창작물을 만드는 데에 소비하는 것이 더 낫지 않겠는가 하는 제안인 것이다.

오쓰카 에이지의 작법 이론과 사상

간단히 말해 오쓰카 에이지의 작법서 집필의 근본 목표는, '기왕 자아실현을 하려면 (헤이트스피치나 범죄 등과 같은) 부정적인 방향보다는 (이야기 창작이라는) 긍정적인 방향으로 하자'는 것에 있다. 그러자면 이야기를 쓰는 방법론을 무슨 무협지에 나오는 비전서처럼 몇몇이 전승해가는 것이 아니라 널리 공유할 필요가 있고, 그 방식 역시 마치 학교에서 누구나 차별없이 교과서를 통해 배우는 것처럼 개방되어야할 것이다. 그러기 위한 교과서, 혹은 학습 참고서가 바로 오쓰카 에이지의 작법서인 셈이다.

그렇기 때문에 오쓰카 에이지의 작법서는 다른 작법서와 그 근본에 있는 목표가 조금 다르다고 할 수 있다. 다른 작법서는 대개 창작자가 자신의 개인적 경험을 통해 얻은 창작의 방법론을 정리해서 독자들에게 알려주고자 한다. 창작법이란 사람마다 천차만별일 테니, 자신에게 적합한 창작법을 찾기 위해선 프로 작가들의 여러 가지 창작법을 참고하는 것도 유용한 방법이겠다. 그리고 그것이 쉽다.(물론 거기에도 그 나름대로의 노력과 어려움은 존재하겠지만.)

하지만 오쓰카 에이지는 그 길을 택하지 않았다. 본인도 창작자인 만큼 나름의 창작 방식을 갖고 있을 것이고, 또 애시당초『스토리 메이커』,『캐릭터 메이커』의 방법론이 궁극적으로는 그 자신의 창작법이기도 하다. 시시콜콜 이 작품 만들 때에는 이랬고 저 작품 만들 때에는 저랬다는 식으로 자기 작품의 창작법을 제시하진 않지만, 이 책들을 보면 오쓰카 에이지가『다중인격 탐정 사이코』나『구로사기 시체 택배』를 어떤 식으로 창작했을지 짐작이 간다. 하지만 오쓰카 에이지는 여기에 머무르지 않고, 본인의 경험이나 할리우드 각본술, 또 기존의 각종 스토리텔링 이론서를 분석함으로써 공통된 '이야기 창작법'을 추출하고 재구성하여, 이야기 창작 이론과 방법에 대한 '교과서'를 만드는 방식으로 책을 집필했다. 어차피 뛰어난 창작자의 방식이 서술된 책은 이미 많이 나와 있으니, 거기에 하나를 더 추가하는 것보다 아예 색다른 방식의 책이 나오는 편이 더 좋지 않겠는가. 바로 그런 의미에서 오쓰카 에이지의 작법서에 흥미를 가질 수 있는 것이다.

오쓰카 에이지는 창작자이자 편집자이며, 또 비평가이기도 하다. 국내에서는 비평을 단순히 작가론이나 작품론, 즉 특정 작가나 작품에 대한 '리뷰'만으로 국한하여 생각하는 경향이 강한데, 실제로는 그 장르 전체에 대한 논의나 새로운 이론의 수립, 창작론까지도 비평에 포함된다. 일본에서는 만화 비평에 있어 작가론이나 작품론 외에도 칸의 구성에 대한 이론을 성립시키려는 시도나 캐릭터론 등 다양한 연구가 진척되고 있다. 이 책의 '보강'에서 『노라쿠로』와 데즈카 오사무 작품으로 설명한 '캐릭터'와 '캐러' 문제는, 예를 들어 만화평론가 이토 고의 『데즈카 이즈 데드』와 같은 몇몇 평론서에서 다뤄진 테마이기도 하다.

오쓰카 에이지 역시 지금까지 국내에 번역된 작법서 외에 『이야기 소비론』이나 『아톰의 명제』와 같은 독특한 비평서를 많이 냈다. 그런 책들까지 국내에 출간될 수 있는 기반이 될지는 모르겠으나, 작법서 저자로서만이 아니라 오쓰카 에이지의 이와 같은 사상성이나 비평성에 관심을 가지는 독자들이 국내에도 늘어나게 된다면 다른 평론서들의 번역 출간도 불가능한 일은 아닌 듯하다. 더불어 저자 오쓰카 에이지가 어떤 인물인지에 관해서는 2013년 국내 출간된 『스토리 메이커』 역자 후기에 써놓았으니 참고 바란다. 출판잡지 〈기획회의〉 제354호(2013년 10월 20일)에 실은 오쓰카 에이지 인터뷰와 역자가 쓴 「오쓰카 에이지란 누구인가」도 도움이 될 것이다.

오쓰카 에이지 작법서의 목표

마지막으로, 오쓰카 에이지 작법서의 의도를 잘 보여주는 글을 살펴보고자 한다. 저자 후기에 실려 있는 '당신이 『쿠로코의 농구』 협박자나 헤이트스피치를 하는 사람이 되지 않기 위한 도구'라는 말을 인용하겠다. 근대(모던)라는 시대는 '내가 나여야 한다는 것'(사소설 속에 존재하는, '캐러'로서의 '나')이란 억압으로부터 개인을 해방시키지 못했다. '포스트모던'이 되면 해방될 수 있을까 했으나 여전히 일본에선 『쿠로코의 농구』협박자나 넷우익의 헤이트스피치가 이어지고 있다.

한국에도 마찬가지로 연예인이나 유명인에 대한 정의감 넘치는 사회적 재단이나 비난이 넘친다. 방금 '정의감 넘치는'이란 표현을 썼는데, 과장이 아니라 실제로 그렇다. 5·18 명예훼손 사건으로 피의자가 된 일간베스트(일베) 유저 역시도 본인 스스로는 나름대로의 정의감에 사로잡혀 있는 것이다. '정의감'이라고 하여 무슨 엄청난 의무감이나 책임감이 있다는 말은 아니다. 단적으로 표현하자면 '그럴 만 하니까 그렇게 했다'는 것이다. '타진요'는 연예인 타블로가 TV에 나와 꼬투리가 잡힐 만한 발언을 했기 때문에 '그럴만 해서' 그와 같은 비난을 퍼부었다고 말한다. 일베는 소위 진보나 좌파들이 먼저 북한을 편들기만 하고 미국은 무조건적으로 반대하고, 과거 보수 진영을 비판하던 이들이 막상 정권을 잡으면 부패하기도 하고, 국가 운영도 실패하지 않느냐고 말한다. 이는 일본 혐한론자들의 주장과도 비슷하다. 혐한론자들 중에 극단적인 일부를 제외하면 대부분은 한국이 '비난받을 만한 짓을 했기 때문에' 한국을 비난한다고 말한다.

역사나 종교에도 비슷한 논리는 등장한다. 『환단고기』를 믿는 이들은 기존 역사학계를 주름잡고 있는 소위 '강단사학'이 자신들을 배제한다고 말한다. 신흥종교에서는 항상 대형 종단이 자신들을 배격한다며 피해자 의식을 강조한다. 고객과 기업 사이에서 고객이 반드시 약자라고 할 수 있는 것이 아님에도, 자신의 위치를 약자로 포지셔닝한 채 '대기업'을 상대하려 하지만 실제로는 대기업 그 자체가 아니라 결국은 똑같은 소시민일 뿐인 대기업의 상담 담당 직원에게 '감정 노동'이란 부작용을 파생시키는 것도 마찬가지라 할 수 있다. 결국 자기 자신의 위치를 무조건 유리한 위치, 약자나 피해자의 위치로만 포지셔닝하는 행동을 통해 자아실현을 시도하는 것인데, 그런 부정적 측면에서 자아실현이 된다고 하여 정말 진심으로 만족할 수 있을지는 의문이다. 본인들도 만족하지 못하면서 다른 방법을 찾지 못하여 계속 그런 행위를 반복하고 있는 것일지도 모른다.

그렇다면 자아실현을 위한 또 다른 방법론을 제시해주는 것은, 문제를 해결의 방향으로 이끌고 갈 가능성이 되진 않을까. 오쓰카 에이지의 작법서가 모든 문제를 해결하지는 못한다 하더라도, 해결책이 될 수 있는 가능성 하나는 제시한다고 본다. 또 설령 그 정도로 의미 있는 결과가 되지 못한다 하더라도, 최소한 이야기 창작법의 간편한 학습 방법으로서의 의미는 충분히 갖고 있다고 본다. 독자들이 이 책을 그렇게 받아들인다면 좋겠다.

서문

1 코믹마켓comic market : 매년 여름과 겨울 도쿄에서 개최되는 세계 최대 규모의 만화 동인지 판매전으로, 1975년 제1회가 개최된 이후 2013년 12월 제85회가 열렸다.

　　팬들과 각 대학의 만화 연구회(만화 동아리)가 모여 회지(이후의 동인지)를 판매하고 코스튬플레이(코스프레)를 즐기는 등의 소규모 모임으로 시작했으나, 1980년대에 접어들면서 〈우주전함 야마토〉, 〈기동전사 건담〉의 팬들이 모이기 시작했고, 만화 『캡틴 쓰바사』, 애니메이션 〈세인트 세이야〉와 〈사무라이 트루퍼〉의 여성 팬층이 본격적으로 패러디 동인지를 내면서 그 규모가 폭발적으로 성장했다. 이후 프로 만화가도 참가하기 시작하고 코믹마켓에서 동인지를 내던 아마추어들이 프로 만화가로 데뷔하는 등의 현상을 통해 일본 만화계에 있어서도 중요한 장소가 되었다. 코믹마켓에 대한 자세한 내용은 『코미케를 즐기다』(한국만화영상진흥원, 2012)를 참고하기 바란다.

2 코스프레 : '코스튬 플레이costume play'의 약칭. 애니메이션, 게임, 만화 등의 등장인물(캐릭터)의 모습을 따라 실제로 분장을 하는 행위를 말한다. 주로 코믹마켓 등과 같은 동인지 판매전에서 코스프레도 같이 이루어지는 경우가 많으며, 별도의 코스프레 대회도 존재한다.

3 저패니메이션japanimation : 일본제 애니메이션을 칭하는 단어. 1970년대 말 미국에서 만들어진 속어인데, 본래 japan+animation의 결합이라고 하나 그와 별도로 일본인의 멸칭인 jap+animation이라고도 볼 수 있기 때문에 편견이 담긴 용어로 생각될 우려가 있어 일본에서는 이 단어보다 '아니메anime'라는 일본식 영어를 쓰는 경우가 많다. 하지만 1990년대 일본에서 '외국(특히 서양)에서 받아들여지고 호평을 받은 일본 애니메이션'이란 의미를 담아 홍보용으로도 사용하면서 〈AKIRA〉, 〈공각기동대〉 등에 대해 '저패니메이션'이란 용어를 사용하기도 했다.

4 가이요도海洋堂 : 일본의 모형 전문 회사. 피규어, 식완 등을 주로 제작한다. 세계적으로도 알려져 있을 만큼 조형 기술이 정교하여, 할리우드 영화 〈쥬라기 공원〉에서 가이요도의 공룡 모형을 모델 삼아 CG 작업을 했고, 미국 자연사박물관에서도 전시품의 제작

의뢰가 왔다는 일화가 소개되어 있다. 대표작은 대중적으로도 큰 인기를 모은 〈초코 에그〉를 비롯하여 우주선, 전투기, 기차, 공룡, 동물 등의 모형이지만, 만화·애니메이션 캐릭터 피규어도 많이 발매했다.

참고로 〈초코 에그〉는 둥근 달걀 모양의 초콜릿 안에 동그랗게 빈 공간이 있고, 그 안에 작은 완구가 부록으로 들어있는 인기 식완 시리즈로서 1999년에 처음 발매되었다. 안에 들어 있는 모형은 동물, 기차, 자동차 등. 본문에 '가이요도라는 이름을 주석 없이 써도 보통 사람들이 충분히 이해할 수 있다'고 했는데, 2001년도의 〈초코 에그〉 대히트가 가이요도란 브랜드를 메이저화했다고 말할 수 있다.

5 식완食玩 : '식품 완구'의 약자. 식품(주로 과자, 빵, 초콜릿 등 간식류나 음료수 계열이 많음)에 '부록'으로 완구를 덧붙여서 판매하는 전략을 취하는 상품을 의미한다. 일본 최초의 캐릭터 식완은 1964년 메이지 제과가 마블초콜릿에 〈철완 아톰〉의 스티커를 부록으로 붙여서 판매했던 것이다. 그 이후 TV의 인기 캐릭터를 중심으로 일본의 식완 시장은 폭발적으로 성장했다.

6 시크릿 피규어 : 식완이나 캡슐 토이(동전을 넣으면 소형 완구가 랜덤으로 튀어나오는 자동판매기 형태의 판매 완구 시리즈. 대표작인 반다이의 브랜드명 〈가샤폰〉이 통칭으로서 사용되기도 한다) 등에서 시리즈 외에 집어넣은 특별 버전을 말한다. 시크릿 버전은 일반 버전보다도 훨씬 적은 수량을 제작한다.

7 야후 옥션 : 일본의 최대의 경매 사이트. 식완의 시크릿 버전과 같이 일반적인 방식으로는 찾아내기 힘든 물품은 야후 옥션에 비싼 가격에 출품되는 일이 많다.

8 다지마 쇼田島昭宇, 1966~ : 일본의 만화가. 대표작『망량전기 마다라魍魎戰記MADARA』와 『다중인격 탐정 사이코多重人格探偵サイコ』는 둘 다 이 책의 저자 오쓰카 에이지 원작 작품이다. 일러스트레이터로서도 높은 평가를 받고 있다.

9 〈신세기 에반게리온〉 : 1995년부터 1996년까지 일본에서 방영된 TV 애니메이션. 1990년대 일본 애니메이션을 대표하는 작품 중 하나로, 90년대 이후 일본에 새로운 애니메이션 붐을 일으킨 화제작이다. 애니메이션 제작사는 가이낙스GAINAX이고 감독은 안노 히데아키가 맡았다. 1997년부터 1998년까지 3편의 극장판 애니메이션이 제작·상영된 바 있다. 2007년부터는 리메이크 신작을 다시 만들고 있는데, 〈에반게리온 신극장판〉이란 제목으로 2012년 제3편 〈에반게리온 신극장판: Q〉가 나왔고 현재 완결편인 〈신·에반게리온 극장판: ‖〉가 제작 중이다.

'아야나미 레이'는 〈에반게리온〉에 등장하는 소녀 캐릭터로서, 같은 파일럿 소녀 '아스카'와 함께 〈에반게리온〉의 여주인공 중 한 명이다. 무슨 생각을 하는지 알기 힘든 무표정한 얼굴과 억양이 거의 없는 무기질한 말투, 다쳐서 붕대를 감거나 안대를 끼고 있는 패션, 애니메이션에서도 보기 힘들던 빨간 눈동자 등 아야나미 레이의 독특한 느낌은 당시 애니메이션 팬들에게 강한 인상을 주었다. 여기서의 본문은 그런 강력한 인상의 캐릭터를 창조한 것이 감독인지 아니면 캐릭터디자이너인지, 즉 공동 창작물인 애니메이션에서 특정 캐릭터가 엄청난 인기를 끌게 되었을 때 그 공로는 누구에게 있는지를 묻고 있는 것이다.

참고로 2013년 부천국제학생애니메이션페스티벌PISAF에 가이낙스 창립 30주년 기념으로 다른 제작진과 함께 캐릭터디자이너 사다모토 요시유키가 방한하여 관객과의 대화 시간을 가졌는데, 당시 홍보대사 자격으로 참석했던 힙합가수 데프콘이 사다모토 요시유키를 자기가 좋아하는 캐릭터인 "아스카를 만드신 아버지"라고 표현하며 아스카란 캐릭터를 어떻게 만들게 되었는지 질문했다. 그때 캐릭터 디자이너 사다모토의 답변은 "캐릭터를 디자인한 것은 나지만 캐릭터 설정은 안노 히데아키 감독이 만들었다"란 것이었다.

10 안노 히데아키庵野秀明, 1960~ : 일본의 애니메이션 영화감독. 가이낙스의 영상기획 담당 이사였으나, 2006년 본인을 중심으로 한 애니메이션 제작회사인 주식회사 카라를 설립하여 대표이사 사장으로 취임했다. 부인은『해피 매니아』,『슈가슈가룬』등의 작품으로 국내에도 유명한 만화가 안노 모요코이다. 오사카예술대학에 재학 중이던 1981~1983년에 만든 아마추어 제작 애니메이션을 일본SF대회에서 발표하여 마니아들 사이에서 화제를 모았다. 당시 만든 애니메이션은 〈DAICON FILM〉이란 이름으로 알려져 있는데, 이때의 인연으로 동료인 야마가 히로유키(〈왕립우주군: 오네아미스의 날개〉 감독, 현 가이낙스 사장), 아카이 타카미(게임 〈프린세스 메이커〉 제작자, 전 가이낙스 사장) 등과 함께 애니메이션 제작사 가이낙스 설립에 참여하게 된다.

학교를 그만두고 극장용 애니메이션 〈바람 계곡의 나우시카〉(1984)와 〈초시공요새마크로스: 사랑, 기억하고 있습니까〉(1984)에 애니메이터로 참여했고, 1988년 비디오 용 애니메이션 〈톱을 노려라!-GUNBUSTER(건버스터)〉로 감독으로 데뷔했다. 1990년에는 〈신비한 바다의 나디아〉(1992년 한국 방영)를 통해 처음으로 TV애니메이션의 독을 맡게 되었으며, 1995년 방영된 〈신세기 에반게리온〉으로 세계적인 화제를 모았다.

1997년 〈에반게리온〉의 후속작인 극장용 애니메이션을 발표하고, 1998년에는 첫 실사영화 〈러브&팝〉을 만들었다. 2007년부터 〈에반게리온〉의 새로운 버전인 〈에반게리온 신극장판〉 시리즈를 만들고 있는데, 2012년에 최신작 〈에반게리온 신극장판: Q〉가 개봉되었다.

11 사다모토 요시유키貞本義行, 1962~ : 일본의 애니메이션 캐릭터디자이너, 만화가. TV 애니메이션 〈이상한 바다의 나디아〉, 〈신세기 에반게리온〉, 극장용 애니메이션 〈시간을 달리는 소녀〉, 〈썸머 워즈〉의 캐릭터 디자인을 맡았다.

12 〈우주전함 야마토〉: 1974년 TV 방영 개시된 일본의 애니메이션 시리즈. 1977년 극장판이 개봉되었고, 일본 사회에 영향을 미칠 정도로 높은 인기를 끌어 소위 '1차 애니메이션 붐'이라 일컫는 1970년대 일본의 애니메이션 부흥에 큰 역할을 했다. 그 이후에도 TV와 극장판 및 비디오 애니메이션, 만화, 게임, 실사영화 등이 제작되었고, 2013년에도 최신작으로 〈우주전함 야마토 2199〉가 방영되었을 만큼 오랫동안 히트한 시리즈로 자리 잡고 있다. 미국에서도 1970년대 후반 〈Star Blazers〉란 제목으로 방영되었다.

13 니시자키 요시노부西崎義展, 1934~2010 : 일본의 영화TV 프로듀서. '니시자키 요시노부'

는 예명이고 본명은 '니시자키 히로후미'이다. 애니메이션 〈우주전함 야마토〉 프로듀서로 잘 알려져 있고, 그밖에 〈바다의 트리톤〉, 〈우주공모 블루노아〉 등을 기획했다. 연예 매니저와 음악 제작 프로듀서를 거쳐 애니메이션 제작회사 무시 프로덕션에서 〈바다의 트리톤〉 등 데즈카 오사무 원작 작품의 프로듀서와 기획을 맡았다.

　여기에서 말하는 '민감한 사례'란 〈우주전함 야마토〉를 둘러싸고 니시자키 요시노부 프로듀서와 만화가 마쓰모토 레이지 사이에 1999년 벌어진 저작권 분쟁과 관련된 언급이다. 마쓰모토 레이지는 니시자키 요시노부가 어디까지나 프로듀서일 뿐 〈야마토〉의 주된 내용을 만든 것은 본인이라고 주장했다. 하지만 최종적으로 도쿄 지방재판소는 그 주장을 받아들이지 않고, 오히려 마쓰모토 레이지가 애니메이션 제작 과정에서 부분적으로 참여했을 뿐이라는 판결을 내렸다. 그후 법정 바깥에서 양자는 별도 합의를 통해, 둘 모두가 공동 저작자이지만 니시자키 요시노부가 대표 저작권자로서 단독으로 〈야마토〉에 관한 권리를 행사하고 마쓰모토는 단독으로 〈야마토〉 신작을 만들 수 없다는 내용으로 화해했다. 이후 만들어진 〈야마토〉 실사 영화나 애니메이션 〈우주전함 야마토 2199〉에는 원작자로 니시자키 요시노부가 단독 표기되었다.

14 마쓰모토 레이지松本零士, 1938~ : 일본의 만화가. 본명은 마쓰모토 아키라. 다카라즈카 대학 교수 등 역임. 일본 정부의 훈장과 프랑스예술문화훈장 슈발리에 수장. 대표작으로 『은하철도 999』, 『우주해적 캡틴 하록』, 『1000년 여왕』, 『섹서로이드』 등이 있다. 일본에서는 물론 한국에서도 만화 작품을 원작으로 한 애니메이션을 통해 큰 인기를 모았다.

15 사이토 다카오さいとう たかを, 1936~ : 일본의 대본소 만화 시대를 대표하는 만화가. 대표작은 1968년 연재 개시되어 2014년 4월 현재 172권까지 출간된 일본 최장의 장편만화 『고르고 13(서틴)』.

16 히지리 유키聖悠紀, 1949~ : 일본의 만화가. 1971년 데뷔한 이후 대표작 『초인 로크』 시리즈를 중심으로 많은 SF만화를 그렸다. 『초인 로크』 시리즈는 데뷔 이전인 1967년부터 동인지로 발표했던데, 연속적으로 연재했던 것이 아니긴 하지만 단일 작품으로서 발표 기간을 생각하면 16의 『고르고 13』을 넘어서는 일본 최장기 연재 만화라고 할 수 있다.

17 데즈카 오사무手塚治虫, 1928~1989 : 일본의 만화가 겸 애니메이션 감독, 의학박사. 2차 세계대전 이후 일본만화계를 대표하는 만화가로서, 스토리 만화라는 장르의 성립에 있어 비평적, 대중적으로 중요한 역할을 했다는 평가를 받았다. 의과대학 재학 중이던 1946년에 4컷 만화를 신문에 연재하면서 만화가로 데뷔했고, 1947년 사카이 시치마 원작으로 단행본 만화 『신 보물섬新寶島』을 발표하면서 첫 베스트셀러를 기록했다.

　1950년부터는 만화 잡지에 등장하여 『철완 아톰』(한국 TV방영 제목 『우주소년 아톰』, 『돌아온 아톰』 등), 『정글 대제』(한국 TV방영 제목 『밀림의 왕자 레오』), 『리본의 기사』(한국 TV방영 제목 『사파이어 왕자』) 등의 히트작을 내놓았다.

　1963년에 일본 최초의 연속 TV애니메이션 시리즈 『철완 아톰』을 제작하면서 그 이후 현재까지 50년 이상 이어진 일본의 TV애니메이션 체제에 중대한 첫 단추를 끼웠다. 1970년대 이후의 대표작으로는 『블랙잭』, 『세 눈이 간다』, 『붓다』, 『아돌프에게 고한다』

등이 있다.

18 하쓰네 미쿠初音ミク : 일본의 음원 및 음악 관련 회사 클립톤 퓨처 미디어가 2007년 발매한 음성 합성 보컬 음원이자 그 캐릭터의 명칭. 악기회사인 야마하가 개발한 음성 합성 소프트웨어 〈보컬로이드VOCALOID〉를 사용하여 개발된 보컬 음원으로서 가사를 입력하여 합성 음성으로 노래의 보컬 파트를 만들어낼 수 있는 시스템인데, 캐릭터 일러스트와 함께 일종의 가상 아이돌(버추얼 아이돌)로서 인기를 끌었다.

19 조지 루카스 George Walton Lucas, Jr., 1944~ : 미국의 영화감독. 〈스타 워즈〉와 〈인디아나 존스〉(스티븐 스필버그 감독)라는 세계적인 히트작 영화를 제작한 것으로 유명하다. 〈스타 워즈〉의 경우 직접 감독까지 맡았다. 어린 시절부터 만화책에 탐닉했고 1960년대 대학에서 영화 공부를 하며 단편 영화를 제작했고 상도 많이 받았다. 졸업 후 프란시스 포드 코폴라 감독을 만나 첫 장편 영화를 감독했다. 본인의 영화제작회사 루카스필름을 설립한 후 〈아메리칸 그래피티〉를 만들어 히트하자, 20세기폭스 사에 〈스타 워즈〉 기획을 가져가서 진행하게 된다. 1977년 〈스타 워즈〉가 미국 영화사에 남을 만큼의 흥행 기록을 세웠고, 후속작인 1980년 〈제국의 역습〉, 1983년 〈제다이의 귀환〉까지 3부작을 만들어 세계적인 인기를 얻었다.

20 사소설私小說 : 일본 근대소설에서 등장했던 하나의 경향으로서, 작가 자신의 체험이나 삶을 바탕으로 쓴 소설을 말한다. 본래 일본에서 만들어진 용어인데 한국에서도 일본의 한자어를 그대로 도입하여 사용하고 있다. 일본에서는 주로 1907년 다야마 가타이의 「이불」을 사소설의 시초로 보는 경우가 많고, 1910년대 이후 본격적으로 확립되었다고 보는 편이다.

사소설은 작가 자신의 체험을 바탕으로 했다고는 해도 완전한 논픽션은 아니고, 픽션으로 만들어진 것이라는 차이점은 있지만, 명확하게 어디서부터 어디까지만이 사소설이고 그 이상은 논픽션이라는 식의 구분점이 정의되어 있는 것은 아니다. 마찬가지로 서양에서도 자주 집필되었던 '자전적 소설'(자서전처럼 작가 본인의 체험을 소설로 쓴 작품)과의 구분도 실제로는 명확하지 않다. 또한 미시마 유키오의 『가면의 고백』(1949)처럼 훗날 작가에 대한 새로운 자료가 발견되면서 사소설이었다는 사실이 확정된 경우도 있었다. 따라서 사소설을 '일본 독자적인 장르'로 보는 것에 대해서도 최근에는 상당히 의문이 제기되고 있다.

1강

1 〈세컨드 라이프 Second Life〉 : 2003년 미국 린덴 랩Linden Lab 사가 운영을 시작한 가상현실 게임. 가상의 아바타를 움직여서 마음대로 무언가를(콘텐츠) 만들거나 현실 세계와 비슷하게 캐릭터의 인생을 살아보는 경험이 가능하여 세계적으로 주목을 받았다.

2 〈루카스필름즈 해비태트 Lucasfilm's Habitat〉 : 1985년 미국 루카스필름이 개발한 비주얼 채팅 서비스. 루카스필름은 조지 루카스가 만든 영상 제작 회사로서, 대표작 〈스타 워즈〉로 유명하다. '해비태트'는 아바타 시스템을 이용하여 게임 감각으로 운영되던 채팅 서

비스였는데, 일본에서는 전자회사 후지쓰가 '후지쓰 해비태트'라는 이름으로 1989년부터 일본판 서비스를 운영했다.

3 니프티서브NIFTY-Serve : 1987년부터 2006년까지 일본에서 운영되었던 PC통신 서비스. 일본어 위키피디아에 따르면, 1984년 당시 세계 최대의 네트워크 커뮤니티를 보유하고 있던 미국 컴퓨서브의 일본판을 만들려는 구상으로 시작되었다고 한다. 일본의 PC통신 서비스로는 이외에도 '피시밴PC-VAN' 등이 있었는데, PC-VAN의 경우에는 국내 PC통신 서비스인 '천리안'과 제휴하여 약간 비싼 요금에(다만 국제 전화비에 PC-VAN 이용료를 합친 것보다는 저렴했다) 한국에서도 이용할 수 있었다.

4 메이지 시대 : 일본의 연호. 1868~1912년까지의 기간을 뜻한다.

5 야나기타 구니오柳田國男, 1875~1962 : 일본의 민속학자. 일본 민속학의 기틀을 다진 인물로 평가받고 있다. 1913년에 잡지 〈향토연구〉를 간행했고 1924년에는 케이오의숙대학 문학부 강사로 민간전승에 관한 강의를 맡았다. 1910년에 발표한 설화집『도오노 이야기』는 지금까지도 일본 민속학의 기초를 만들어낸 저서로 평가받고 있다.

6 하기오 모토萩尾望都, 1949~ : 일본의 만화가. 1969년 데뷔하여 다른 여성 작가들과 공동생활을 하는 등 이후 '24년조'라고 불린 여성 만화의 새로운 무브먼트를 1970년대에 이끌어냈다. 대표작으로『포의 일족』,『토마의 심장』,『11인 있다!』,『잔혹한 신이 지배한다』 등이 있다.

7 오시마 유미코大島弓子, 1947~ : '24년조'의 일원으로 꼽히는 일본의 만화가. 1968년 데뷔한 이후 대표작『솜나라 별綿の国星』 등을 발표하며 일본 소녀만화의 인기 작가로 자리 잡았다. 이 작품은 자기를 인간이라고 생각하는 아기 고양이를 주인공으로 삼고 있는데, 이 고양이를 고양이 귀가 달린 어린 여자아이로 의인화하여 묘사하고 있다. 본문 중의 언급은 이 아기 고양이를 가리키는 것이다. '고양이 귀(네코미미)'는 '모에' 코드의 일종으로서 가장 대표적인 특징이라 할 수 있을 텐데,『솜나라 별』은 1978~1987년에 발표된 만큼 모에 취미가 생기기 이전의 작품이라고 해야겠지만 고양이 귀 속성의 기원 중 하나라는 설도 존재한다. 그 때문에 저자가 일부러 언급한 것으로 보인다.

8 닌텐도 위Wii : 일본 닌텐도가 2006년 발매한 가정용 게임기.

9 아카시야 산마明石家さんま, 1955~ : 일본을 대표하는 개그맨 겸 MC.

10 아즈마 히로키東浩紀, 1971~ : 일본의 사상가이자 문화비평가. 도쿄대학 대학원 총합문화연구과 박사 과정을 수료하고 2012년 와세다대학교 문학학술원 교수를 거쳐 2014년 현재 출판사 '겐론'의 대표로 재직 중이다. 1993년 「솔제니친 시론」으로 평론가로 데뷔했고 이후 포스트모던에서 오타쿠 문화에 이르기까지 현대 사상에 대한 폭넓은 발언과 논고를 전개하여 주목을 받았다. 대표 저서로『존재론적, 우편적 — 자크 데리다에 관하여』,『동물화하는 포스트모던』,『퀀텀 패밀리즈』,『게임적 리얼리즘의 탄생』,『일반의지 2.0 — 루소, 프로이트, 구글』 등이 있다.

11 모에萌え : 본래 싹이 튼다는 의미의 일본어인데, 의미가 바뀌어 오타쿠 문화에서의 속어로서 애니메이션, 만화, 게임 등의 등장인물(캐릭터)에 대해 강한 매력을 느낀다는 의

미에서 사용되고 있다. 단순히 평범하고 일반적으로 좋아하는 감정을 넘어선다고 보는 것이 일반적이지만 그것이 애정에까지 이르는지의 여부는 여러 이견이 존재한다. 1980년대 후반에서 1990년대 초반에 등장했다는 설이 일반적이지만 보통의 다른 속어와 마찬가지로 다양한 의견이 존재하기 때문에 정확한 어원이나 어떤 경위로 '萌'이란 한자를 사용하게 되었는지는 불분명하다. 2000년대 이후 일본 매스컴에서 많이 다루게 되면서 인지도가 크게 높아져 대중적인 단어가 되었다.

12 히게오야지 : '수염 아저씨'란 의미의 단어인데, 데즈카 오사무가 자신의 작품에서 자주 등장시킨 만화의 캐릭터 이름이다.

13 미즈키 시게루水木しげる, 1922~ : 만화가. 요괴 연구가로도 유명하며 오랜 세월 요괴에 관한 만화를 그림. 대표작에『캇파 삼페이』,『악마군』등이 있음. 일본 및 전 세계를 다니며 연구한 성과를 담은『일본요괴대전』,『도설 일본요괴대전집』,『미즈키 시게루 요괴도감』등을 남겼다.

14 다이쇼大正 시대 : 일본의 연호 '다이쇼'가 사용된 1912년 7월 30일~1926년 12월 25일까지의 시기를 가리킨다.

15 에도江戸 시대 : 일본의 수도 도쿄의 옛 명칭인 '에도'에서 따온 이름으로, 도쿠가와 막부가 일본을 통치한 시기를 뜻한다. 1603~1868년의 265년간.

16 무라야마 도모요시村山知義, 1901~1977 : 일본의 소설가, 화가, 디자이너, 극작가, 연출가, 무용가, 건축가. 1914년 중학 2학년 때에 어머니가 근무하던 출판사의 잡지〈소녀의 친구少女之友〉에 단편 소설을 실었다. 도쿄제국대학 철학과에 입학한 후 잡지 편집자를 거쳐 베를린대학에서 원시 기독교를 공부하기 위해 도쿄제국대학을 퇴학했다. 1922년 동화 화집『로빈 후드』를 첫 출간했고, 뮌헨의 만국미술관에 미술 작품이 입선되기도 했다. 1923년 귀국 후 개인전을 개최했고, 그 해 7월에 전위미술집단 '마보'를 결성하여 제 1회 전람회를 열었으며, 1924년 기관지〈Mavo〉도 창간했다. '마보'는 일본 다다이즘 운동의 선구적 존재로 평가받고 있다. 1925년 기관지를 7호까지 출간했으나 1925년 경에 그룹은 사실상 해산되었다. '마보'는 미술만이 아니라 조각, 건축, 디자인, 연극, 무용 등 다양한 활동을 했는데, 만화가 다가와 스이호 역시 당시 무용극에 반라로 출연한 모습이 사진으로 남아 있다. 1923년 관동대지진 이후에 건축과 설계도 했으며 1925년에는 일본프롤레타리아문예연맹 창립 대회에 출석했다. 1928년에는 전일본무산자예술연맹을 결성하여 일본 프롤레타리아 문학 운동에 열심히 가담했다. 그 후 1930년대에도 일본공산당에 입당하거나 치안유지법 위반 혐의로 입건되어 집행유예 판결을 받기도 했다.

17 다카미자와 미치나오高見沢路直, 1899~1989 : 본명은 다카미자와 나카타로. 다카미자와 미치나오는 전위 예술 집단 '마보'에 소속되었던 시절의 예명이다. '다가와 스이호田河水泡'라는 필명으로 더 잘 알려져 있는, 일본의 초기 대표적인 만화가. 대표작『노라쿠로』가 만화 및 캐릭터로서 높은 인기를 얻었다.

18 노라쿠로のらくろ : 만화『노라쿠로』의 주인공인 검은 개.『노라쿠로』는 잡지〈소년구락부〉에 1931년부터 연재된 만화로서, 출판사를 옮겨가며 1981년까지 장기 연재되었다.

1935년 애니메이터이기도 한 세오 미쓰요.瀬尾光世가 〈노라쿠로 이등병〉, 〈노라쿠로 일등병〉이란 제목의 흑백 애니메이션 영화를 만든 것을 비롯하여 1933년부터 애니메이션화되었다. 1970년에는 컬러판으로 TV 애니메이션이 방영되었고, 1987년에는 노라쿠로의 손자라는 설정의 〈노라쿠로 군〉이 방영되었다.

19 쓴데레·ツンデレ : "처음에는 '쓴쓴'(적대적인 태도를 표현하는 일본의 의태어)거리다가 어떤 계기를 통해 '데레데레'(지나칠 정도로 좋아하는, 호의를 보이는 태도를 표현하는 의태어)하게 되는 것" 혹은 그런 인물을 가리켜 '쓴데레'(보통 국내에서는 '츤데레'라는 표기가 일반적)라고 한다. 내심 연애 감정에 가까운 호의를 갖고 있는 상대방에게, 그 호의가 들통나지 않도록 일부러 화를 내는 등 적대적인 태도를 보이는 것으로 생각하면 되겠다.

2000년대 초반 일본의 오타쿠 계열 은어로서 통용되었으나, 2005년을 전후하여 대중적인 유행어가 되었다. (국내에서 일본 오타쿠 계열 은어였던 '흑역사'(〈턴에이 건담〉에 나오는 용어), '신의 한수'(만화 『히카루의 바둑』, 국내 제목 『고스트 바둑왕』에 나오는 단어) 등이 일반화된 것과 비슷하다고 보면 된다.)

20 〈가면 라이더〉 : 1971년부터 시작되어 40년 이상 이어지고 있는 일본의 특촬(특수촬영) TV 드라마 시리즈 중에서, 1971~1973년 방영된 첫 번째 작품. 주인공 혼고 다케시가 악의 비밀결사에 붙잡혀 메뚜기의 능력을 지니고 메뚜기 가면을 쓴 '개조 인간'으로 개조 당한 후, 그 악의 비밀결사와 싸우며 인간을 위해 싸운다는 내용이다.

21 『데빌맨』: 일본의 만화가 나가이 고永井豪가 1972~1973년에 연재한 전 5권의 만화. 1972~1973년에 TV 애니메이션으로 방영되어 큰 인기를 얻었고, 최근까지도 시리즈로 후속편이나 리메이크 작품이 제작되고 있다. 이 작품도 애니메이션판에 '나가이 고 원작' 표기가 되어 있으나, 실제로 애니메이션판은 각본가 쓰지 마사키가 오리지널 스토리로 만들었기 때문에 실질적으로 별도 작품에 가깝다. 나가이 고는 이에 관해 자전적 만화 『게키만』 등을 통해서 '같은 설정을 사용하여 만든 2가지 작품'이라는 식으로 표현한 바 있다. 다만 악마를 주인공으로 삼은 히어로 만화라는 아이디어는 1971년 나가이 고가 발표한 『마왕 단테』(연재 잡지의 휴간 탓에 미완으로 끝남)에서 이미 사용했던 것이었다. 이 작품의 주인공 데빌맨은 악마로서 등에 날개(데빌 윙)를 돋아나게 할 수가 있는데, 본문의 문장은 이에 관한 내용이다.

22 구리모토 가오루栗本薫, 1953~2009 : 일본의 소설가. '나카지마 아즈사中島梓'란 필명으로는 주로 야오이 소설과 평론을 집필했다. 구리모토 가오루 명의의 대표작 『구인 사가』는 총 100권이 넘는 대하 장편소설이었으나 구리모토 가오루의 사망하여 미완으로 끝났다. 『마계수호전』이란 작품은 『SF 수호지』란 제목으로 한국에 번역 출판되었다. 그 밖에 야오이 소설 『끝없는 러브송』 등을 발표했다.

『구인 사가』는 1979년 제 1권 간행 이후 전 100권으로 만들겠다는 구상이 발표되었으나, 2005년 제 100권 간행 후에도 완결되지 않고 작가가 사망한 2009년까지 본편 130권, 외전 21권이 출간되었으나 결국 미완으로 끝났다. 125권 시점까지 누계 3천만 부 발행되었으며 2003년 영어판 발매를 필두로 2009년에는 한국어판이 번역 출간되었다. (한국어판은 6권까지 나온 이후 절판)

23 가지와라 잇키梶原一騎, 1936~1987 : 일본의 만화 원작자 겸 소설가. 가지와라 잇키는 필명이며, 다카모리 아사오高森朝雄라는 필명을 쓰기도 했다. 대표작으로『거인의 별』(그림 가와사키 노보루),『가라테 바보 일대』(쓰노다 지로·가게마루 죠야 그림),『타이거 마스크』(쓰지 나오키 그림),『사무라이 자이언츠』(이노우에 고 그림), 그리고 다카모리 아사오 필명의 대표작은『내일의 죠』(지바 데쓰야 그림) 등이 있다.

24 바토칸논馬頭觀音 : 산스크리트어 '하야그리바Hayagriva'의 음차로서, 불교에서 보살 중하나이다. 특히 관음보살(관세음보살)의 변화한 모습으로 일컬어진다. 관음보살의 모습으로서는 독특하게 분노의 표정을 짓고 있다. 말머리로 묘사된 조각이 존재한다.

2강

1 옛날이었다면 학교에서 유행했을 젊은이들의 '유행어', '속어', '은어'가 이에 해당할 것이고, 1990년대 PC통신에서, 그리고 2000년대 이후로는 인터넷에서 유행한 '통신어'도 마찬가지이다. 처음 접하는 사람은 알기 힘든 약칭, 특정 분야에 취미를 가진 사람만 이해할 수 있는 새로운 호칭이나 기존의 단어를 다른 뜻으로 사용하는 경우, 심지어는 학문의 분야에서 일반인을 배제하고 자아를 강조하는 의미에서 사용하는 현학적인 용어(물론 전문적으로 필요한 경우도 있겠으나, 여기에서 말하는 것은 물론 그런 케이스가 아니다) 등도 이에 해당한다. 최근이라면 사회적으로 지탄을 받는 소위 '일베'(일간베스트) 사이트에서 사용되는 '일베 용어'도 마찬가지이고, 이 책이나 오쓰카 에이지의 저서에서 설명된 것 중에서는 만화 동인지계에서 자주 사용되는 '야오이', '커플링' 등과 같은 단어도 마찬가지라고 할 수 있겠다. 젊은 층에서는 어떤 것이든 간에 '새로운 미디어'에서 자기들만이 독점적으로 사용하는 용어를 만들고 싶어 하는 경향이 있다는 뜻.

2 2채널(2ch, 니찬네루) : 일본 최대의 익명 게시판 사이트. 다양한 분야와 장르를 포괄하는 방대한 게시판군으로 이루어져 있다. 원래 2채널 이전에 유사한 게시판 사이트가 있었는데, 공격을 받아 어지럽혀진 틈에 2채널이 대피소로서 이용되다가 크게 번성하게 되었다. 2002년 한일 월드컵을 기점으로 '혐한'(한국에 대한 혐오. 그밖에 중국에 대한 반감을 드러내는 '반중'도 일반적)이 2채널에서 크게 유행했고, 최근에는 혐한 일본인들이 오프라인으로까지 진출하게 만드는 큰 역할을 했다. 2채널 자체는 소위 말하는 '혐한 사이트'는 아니지만, 익명성을 담보로 혐한 주장과 정보가 모여드는 주된 공간이 되었다.

3 KY어 : 일본어의 문장을 생략할 때 단어의 앞 문자를 영문자로 표기하는 형식을 가리킨다. 명칭인 'KY어'는 그 대표적인 단어인 'KY'(구키kuuki 요메나이yomenai : 공기 읽지 못하다)에서 유래한 것. 'KY'는 일본에서 2007년 유행어 대상에 오를 만큼 화제가 된 단어인데, 공기(분위기)를 읽지 못하는 인물에 대한 비판으로 사용되던 문구이다. 한국어로 번역하자면 '분위기 파악을 못한다'가 되겠는데, 'KY어'란 'KY' 그 자체와는 별개로 '공기

읽지 못해'란 일본어 문장을 'KY'라는 단어로 축약해버리는 행태 그 자체를 뜻한다.

4 국내에서도 과거에 많이 유행했던, 주로 여성들이 친구끼리의 편지나 일기장, 가끔씩은 학교 공책에도 썼던 둥글둥글하거나 귀엽게 만든 특색 있는 글자체를 말한다. 특별히 어떤 통일된 규격이 있는 것은 아니고 각자가 귀엽게 사용한 것.

이 책에서는 물론 일본어에서의 글자체를 가리킨 것이다. 본문 중에는 '50대 전후의 여성이라면' 많이 사용해봤을 것이라고 되어 있는데,『캐릭터 메이커』가 처음 출간된 것이 2008년이므로 1950년대 전후 출생의 여성을 가리킨다고 보인다.

5 미즈노 요슈水野葉舟, 1883~1947 : 일본의 시인, 소설가. 1906년 첫 시문집을 냈다. 야나기타 구니오의『도오노 이야기』의 성립에 관여했다.

6 『도오노 이야기遠野物語』: 야나기타 구니오柳田國男가 1910년에 발표한 설화집. '일본 민속학의 시작'이라고 일컬어지는 유명한 저작이다. 일본 이와테현 도오노 출신의 소설가 겸 민담 수집가였던 사사키 기젠이 구술한 도오노 지역 민담을 야나기타 구니오가 필기하여 편찬했다. 내용은 덴구天狗, 갓파河童, 자시키와라시座敷童子 등 일본의 전통적 요괴 이야기를 비롯하여 가미가쿠시神隠し(신이 감췄다는 의미로 사람이 행방불명되는 것을 말한다)나 지역 신앙과 지방의 행사 등이었다.

7 사사키 기젠佐々木喜善 : 일본의 민속학자, 작가, 민담·전승 수집·연구가. 본인 스스로는 어디까지나 자료 수집가일 뿐 학자가 아니라고 했으나 그가 수집한 자료의 중요성과 그에 대한 활동 등을 통해 일반적으로는 학자·연구자로 평가받는다.

8 '모에'에는 '고양이 귀'와 같은 외모로 구분되는 '속성'도 존재하지만 그 인물과의 관계성도 속성으로서 분류된다. 그 중에서도 '여동생'이란 속성은 아주 대표적이라고 할 수 있는데, 그것은 배다른 여동생일 수도 있고 친여동생일 수도 있다. 여동생 외에도 '소꿉동무', '반장'(일본어로는 '위원장'이란 한자어를 사용), '교생 선생님' 등 여러 종류의 관계성이 모에의 속성으로 널리 쓰이고 있다.

9 걸게임 : 걸게임(가루게ギャルゲー) : 'girl game' 혹은 'gal game'의 약칭으로, 여성 캐릭터가 다수 등장하여 플레이어가 그들과 게임 상에서 연애 관계를 맺는 것을 목적으로 하는 게임을 말한다. '미소녀 게임'이란 표현도 있으며, 국내에서는 '연애 시뮬레이션 게임', 서양에서는 'dating simulations'라는 단어를 쓰기도 한다.

걸게임의 초기작으로는 1986년 발매된〈몽환전사 바리스〉를 들 수 있으며, 그후 '프린세스 메이커' 시리즈, '졸업~Graduation~' 시리즈 등 육성형 시뮬레이션 게임이 등장했다. 1994년〈두근두근 메모리얼〉의 빅매로 걸게임이런 장르가 확립되었다고 할 수 있다.

10 소로문候文 : 일본어에서 사용되는 문어체의 일종으로, 중세로부터 근대에 이르기까지 오랜 기간 사용되었으나 현대 일본어에서는 거의 사멸된 문장 양식이다. 문장 끝에 정중한 의미로 사용되는 조동사 '候(소로)'를 두기 때문에 소로문이라고 불린다.

11 다야마 가타이田山花袋, 1872~1930 : 일본의 소설가. 일본 교과서에도 실려 있는 일본 자연주의파의 대표작「이불」의 작가. 민속학자 야나기타 구니오 등과도 교류했다.

12 와타시가타리私語り : '나[私]'를 화자로 하여 쓰여진 문장을 뜻한다. 자신의 경험담

을 담은 글, 일기나 자서전은 물론 일본 문학의 사소설도 포함된다. 근래에는 블로그나 SNS(트위터 등)와 같은 인터넷 서비스 또한 와타시가타리로 간주된다.

13 노벨라이즈novelize : '소설화하다'라는 영단어의 뜻이 전용되어 영화나 드라마, 만화 등 타 장르의 작품을 소설화하는 것 및 그 소설 자체를 가리키는 말로 사용되고 있다. 초기 라이트노벨에는 애니메이션을 노벨라이즈한 작품이 많았다. 참고로 만화화한 작품이나 만화화는 '코미컬라이즈'라고 한다.

14 아즈마 히데오吾妻ひでお, 1950~ : 일본의 만화가. 1969년 데뷔한 이후 SF와 넌센스 개그 물로 어느 정도 인기를 끌었다. 1972~1976년 연재된『두 사람과 5명』으로 나름대로 히트했으나, 점차 SF, 롤리타 콤플렉스 등 마니악한 작품의 만화를 발표하면서 '오타쿠'들 사이에서 일종의 붐을 일으켰다. 특히 1978년 발표한『부조리 일기』가 이듬해 일본SF대회에서 SF작품(국내에서 보통 생각되는 것보다 SF의 범주가 훨씬 넓다는 점에 유의할 것)에 주어지는 성운상星雲賞(세이운상) 만화 부문을 수상하는 등 높은 평가를 받았다.

1979년 일본 최초의 '로리콤'(롤리타 콤플렉스) 동인지인『시벨』을 발표하여 로리콤 만화의 대표적인 존재로 자리매김했다. 하지만 1985년 이후 인기가 하강하면서 자살 미수 사건, 알콜중독으로 인한 정신병원 입원 등을 겪었고, 그런 본인의 체험을 객관적 시선으로 담담히 그려낸 에세이 만화『실종일기』를 2005년 발표하여 큰 주목을 받았다.

15 도쿠다 슈세이德田秋声, 1872~1943 : 일본의 소설가. 자연주의 문학가로 일컬어진다. 대표작은『신세대』(1908),『야성あらくれ』(1915),『가장 인물』(1935) 등. 나쓰메 소세키는 『야성』에 대해 "어느 부분을 펼쳐보아도 거짓말 같은 부분이 없다", "도쿠다 씨의 작품을 읽어보면 항상 현실이란 바로 이런 것이라는 생각이 든다"라는 평가를 했다. 노벨문학상 수상자인 가와바타 야스나리는 슈세이 문학비 기념 강연회에서 "일본의 소설은『겐지 이야기』로 시작해서 이하라 사이카쿠井原西鶴를 거쳐, 슈세이로 이어졌다"고 했고, 만년에는 "일본의 소설은 이하라 사이카쿠로부터 모리 오가이, 나쓰메 소세키로 이어졌다고 하기보다 이하라 사이카쿠에서 슈세이로 이어졌다고 하는 편이 낫다고 나는 생각한다. 모리 오가이, 나쓰메 소세키는 미숙한 시대의 미발달된 작가가 아니었을까"라는 평을 남겼다.

16 마쓰모토 도오루松本徹, 1933~ : 일본의 문예평론가. 산케이 신문 기자, 긴키대학 교수 등을 거쳐 현재 미시마 유키오 문학관 관장. 1973년〈미시마 유키오론〉발표. 2006년 『도쿠다 슈세이 전집』을 편찬하여 기쿠치 칸상 수상.

17 리스트 컷 : 손목(wrist)을 긋는다는 의미의 일본식 영어. 손목을 긋는 자해 행위를 가리키는데, 자살 목적으로 시도되는 경우가 많다.

18『곰돌이 푸Winnie the Pooh』: 1926년 영국 런던 출신의 스코틀랜드 작가 밀른Alan Alexander Milne이 발표한 동화 제목. 책의 삽화는 셰퍼드Ernest Howard Shepard가 맡았다. 애니메이션을 월트 디즈니사에서 맡아 캐릭터 상품으로도 세계적인 성공을 거뒀다. 주인공인 5세의 남자아이 크리스토퍼 로빈은 작가의 아들인 크리스토퍼 로빈 밀른을 모델로 삼으며, 곰돌이 푸는 아들이 가지고 있던 테디베어 곰인형을 모델로 만들었다고

한다.

19 원형元型, archetype : 심리학자 칼 구스타프 융이 1919년 제창한 개념이다. 『정신분석용 어사전』(미국정신분석학회 지음, 한국심리치료연구소, 2002)에 따르면 "타고난 심리적 행동 유형으로서, 본능과 연결되어 있으며, 활성화될 경우 행동과 정서로 나타난다"고 한다. 융은 이 단어를 집단무의식에 존재하는 역동작용을 표현하는 데에 채용했다.

20 존 어빙John Winslow Irving, 1942~ : 미국의 소설가. 포스트모던 문학이 범람하던 20세기에 19세기 찰스 디킨스 등으로 대표되는 '이야기의 복권'을 주장한 현대 미국문학의 대표 작가. 대표작으로 『가아프가 본 세상The World According to Garp』, 『호텔 뉴햄프셔 The Hotel New Hampshire』, 『사이더 하우스The Cider House Rules』 등이 있다.

21 ⟨판다 아기 판다パンダコパンダ⟩ : 1972년과 1973년에 개봉된 일본의 애니메이션. (다른 작품과 동시상영이었기 때문에 짧은 작품 2개로 각각 개봉된 것. 후편 제목은 ⟨판다 아기 판다 : 빗속의 서커스⟩이다.) 국내에서는 ⟨팬더와 친구들의 모험⟩라는 제목으로 개봉되었다.

22 ⟨모노노케 히메もののけ姫⟩ : 1997년 개봉한 일본의 장편 애니메이션. 미야자키 하야오 감독 작품으로 관객 1420만 명을 동원하여 당시 일본의 영화 흥행 기록을 갱신했다. 일본의 고대를 연상케 하는 배경에서 그려지는 일종의 판타지 작품으로 자연을 개발하기 시작하며 문명을 만들게 된 인간과 자연(숲)의 공존을 모색하는 내용이다. 국내에서는 ⟨원령 공주⟩라는 제목으로 먼저 알려졌다.

23 지브리 미술관 : 애니메이션 제작사 지브리 스튜디오의 작품 및 미야자키 하야오 감독 관련 물품을 전시하는 미술관으로 도쿄 미타카 시에 있다. 2001년 개관.

24 하치카즈키鉢かづき : 일본의 고전 설화 ⟨오토기소시お伽草子⟩에 나오는 이야기. ⟨오토기 소시⟩는 일본 가마쿠라 시대에서 에도 시대 사이에 만들어진 그림이 포함된 단편집이다.

25 ⟨기동전사 건담⟩의 모빌슈트 : ⟨기동전사 건담⟩은 1979~1980년에 방영된 일본의 TV 애니메이션의 제목이자, 최근까지 30년 넘게 이어지고 있는 '건담' 시리즈의 첫 번째 작품을 말한다. 종래의 로봇 애니메이션과 비교할 때 실제의 전장을 묘사하는 듯한 군사적 리얼리티가 강조된 내용으로 1980년대 이후 일본 애니메이션에 큰 영향을 미쳤다.
　감독은 도미노 요시유키. 그 이후 도미노 감독의 ⟨기동전사 Z건담⟩, ⟨기동전사 건담 ZZ⟩, ⟨기동전사 건담—역습의 샤아⟩를 거쳐 1990년대에는 도미노 감독만이 아니라 다른 새로운 크리에이터에 의해 오리지널비디오애니메이션(OVA)과 극장판이 제작되었다. 그 이후 2000년대와 2010년대에도 도미노 감독 작품을 보며 자란 세대가 연출한 새로운 ⟨건담⟩ 시리즈 등 다양한 작품이 등장하며 변함없는 인기를 모았다. 2010년 부천국제판타스틱영화제(PIFAN)를 통해 ⟨건담⟩ 시리즈의 극장판이 한국에 소개된 바 있다.
　'모빌슈트mobile suit'란 ⟨기동전사 건담⟩ 시리즈에 등장하는 로봇을 가리키는 작중의 명칭이다. 작중에서 사람의 형태를 한 기동 병기를 통칭하기도 한다. '움직일 수 있는 슈트'라는 뜻이므로, 오쓰카 에이지는 '우바카와'와 유사하다고 본 것이다.

26 에바 시리즈 : '에바'는 '에반게리온의 약칭이다. '에바 시리즈'는 작중에 등장하는 사람 모양의 병기 '에반게리온'의 1호기(초호기), 2호기, 3호기 등으로 이어지는 '시리즈'를

뜻한다. 작중에서 각 병기의 호칭을 에반게리온 0호기, 에반게리온 초호기, 에반게리온 2호기 등으로 부르는데, 이 전체를 통칭할 때 '시리즈'라고 한다.

27 〈세계 명작 극장〉 시리즈 : 일본의 애니메이션 제작회사인 닛폰애니메이션에서 1975년 이후 장기간 제작하여 TV 방영한 애니메이션 시리즈. 주로 세계 명작으로 유명한 아동·청소년 대상의 외국 문학 작품을 원작 삼아 제작했기 때문에 세계적으로 널리 방영되었고 한국에서도 인기가 높은 작품이 많았다. 1975년 〈플란다스의 개〉를 필두로 2014년까지 총 26 작품 정도가 제작되었는데, 대표작으로는 〈엄마 찾아 삼만리〉, 〈빨강머리 앤〉, 〈소공녀 세라〉, 〈키다리 아저씨〉, 〈로미오의 푸른 하늘〉 등이 있다. 〈미국너구리 라스칼〉은 미국 소설가 스털링 노스Thomas Sterling North의 작품이며, 1977년 〈세계 명작 극장〉 시리즈로 방영되었다.

28 루빅큐브Rubik's Cube : 헝가리의 발명가 루비크 에르뇌Rubik Ernő가 만든 정육면체 형태의 퍼즐. 각면이 3×3=9개의 색깔이 칠해진 정사각형으로 만들어져 있다.

3강

1 15년전쟁 : 1931년 만주사변으로부터 1945년 포츠담선언 수락으로 인한 태평양전쟁 종결까지 약 15년간에 걸친 분쟁 상태 및 전쟁을 통칭하는 일본의 용어다. 단순히 태평양전쟁이라고만 하면 1941년 12월 7일 진주만 공격으로부터 시작한 전쟁을 가리키게 되므로, 1931년 만주사변, 1937년 중일전쟁, 1941년 태평양전쟁을 전부 합쳐 일본이 일으킨 전쟁을 원인부터 결과까지 종합해서 논할 때에 자주 사용된다. 다만 중간에 만주사변의 종결 등 전쟁이 중단된 시기가 있으므로 역사학적으로 엄밀하게 사용될 수 있는 용어는 아니라는 것이 일본 내의 일반적인 의견인 듯하다.

2 〈현대사상現代思想〉 : 일본 세이도샤青土社가 출간하는 잡지. 〈현대사상〉과 〈유레카〉는 세이도샤가 발행하는 대표적인 양대 잡지로서, 일본의 사상, 문화, 비평 전반에 큰 영향력을 갖고 있다. 문예비평가 미우라 마사시三浦雅士가 편집장이었던 1985년까지 가라타니 고진, 하스미 시게히코, 아사다 아키라 등을 일본의 소위 '뉴아카(뉴 아카데미즘) 붐'을 일으켰다. 뉴아카 붐 시절에는 아사다 아키라의 저서 『구조와 힘』이 사상서로서 전무후무한 15만 부의 발행부수를 기록하며 대중적인 인기를 얻었는데, 그에 따라 〈현대사상〉 역시도 대중잡지에 가까울 정도로 대학생 중심의 젊은이들에게 큰 인기를 얻었다.

3 쇼치쿠松竹 : 주식회사 쇼치쿠는 일본의 영화 제작·배급 회사. 전통에 따라 연극, 가부키 등의 제작·배급도 맡고 있다. 특히 일본 전통극인 가부키에 대해서는 거의 독점적인 지위를 구축한 회사이다. 1895년 창업되었고 회사 설립은 1920년. 한때는 프로야구, 스모 등 스포츠와 오케스트라를 아우르는 엔터테인먼트 전반에 손을 뻗고 있었다. 도에이, 도호, 다이에이(현재는 가도카와쇼텐이 매수) 등과 함께 일본을 대표하는 전통의 영화 제작·배급사이다.

4 〈모모타로 바다의 신병桃太郎 海の神兵〉: 일본 해군성이 1944년 2차 세계대전 중에 제작한 국책 애니메이션 영화다. 개봉은 1945년 4월 12일, 일본 항복 4개월 전에 이루어졌다. 일본 최초의 장편 애니메이션 영화인 〈모모타로의 바다독수리〉(1943)과 같은 시리즈라고 할 수 있는 작품인데, 일본 해군 낙하산부대의 활약을 거액의 제작비와 100명 가까운 인원을 동원하여 제작했다.

5 이마무라 다이헤이今村太平, 1911~1986 : 일본의 영화평론가. 특히 영화이론 분야에서 많은 공적을 남겼고, 애니메이션 감독 다카하타 이사오와 프로듀서 스즈키 도시오가 젊은 시절 이마무라 다이헤이의 영향을 받은 바 있어 애니메이션 제작사 스튜디오 지브리에서 2005년에 대표 저서인 『만화영화론』(1941년 간행)을 복각했다.

6 스토리 만화 : 일본에서 만화의 분류로 사용되는 용어. 국내에서는 단어 자체가 일반적으로 느껴져서인지 그냥 '스토리를 갖고 있는 만화'라는 식으로 사용되고 있으나 일본에서는 '개그만화'의 상대어로서 사용되는 장르의 명칭이다. 즉 만화라는 장르가 대두된 초창기에는, 풍자로서의 카툰이나 캐리커처 등을 포함해서 만화 전반에 '웃음'을 강조하는 요소가 있었다. 그런 장르를 '개그만화'라고 구분할 때에 개그보다 작품의 스토리를 중시하는 만화를 '스토리 만화'라고 부르고자 했다는 것이다.

7 레프 쿨레쇼프Lev Kuleshov, 1899~1970 : 소련의 영화감독이자 각본가, 영화이론가. 1918년 첫 영화감독을 맡은 이후 1943년까지 영화를 만들었다. 1966년 베네치아국제영화제 심사위원 역임. 몽타주로 영화를 구성하는 것을 중시했고, 영화이론에서 유명한 실험인 '배우의 무표정한 얼굴을 클로즈업한 장면을 접시 다음에 배치하면 배우는 관객의 눈에 배고파하는 것처럼 보이고, 무덤 다음에 배치하면 슬퍼하는 것처럼 보인다'는 '쿨레쇼프 효과'로 잘 알려져 있다. 『영화연출의 실제』(1935), 『영화 연출의 기초』(1941) 등의 저서가 있다.

8 기타자와 라쿠텐北澤楽天, 1876~1955 : 일본의 만화가. 〈시사만화〉, 〈도쿄 팍東京パック〉 등 신문과 잡지에서 정치사회 풍자만화를 발표했다. 일본 최초의 '직업 만화가'로 일컬어지며 특히 만화 관련의 동호회를 만들어 후배 만화가의 양성에 힘썼다. 또한 근세 일본에서 『호쿠사이 만화北斎漫画』 등의 책 제목에서 사용되던 '만화'란 단어를 현대 만화를 가리키는 단어(영어 'comic'의 번역어)로서 최초로 사용한 인물이다. 대표작으로 1902년 연재 개시된 『다고사쿠와 모쿠베의 도쿄 관광』, 『마음의 룸펜』(1915), 일본 최초로 소녀를 주인공으로 등장시킨 연재만화 『엉뚱한 하네코』(1928) 등이 있다.

9 헤이노 모헤이지 : '헤노헤노모헤へのへのもへ' 혹은 '헤노헤노모헤지へのへのもへじ'는 일본 문자(히라가나) 7개를 사용하여 사람의 얼굴을 표현하는 그림을 만들어내는 놀이를 일컫는 용어다. 그 명칭과 발음이 비슷하게 사람 이름처럼 만든 것이 헤이노 모헤이지이고, 마찬가지로 데이노 누케사쿠의 '누케사쿠'란 어리석은 사람을 뜻하는 속어, '가네와 나시로'는 '돈이 없다'는 뜻, '하이카라 기도로'는 '하이칼라인 척 한다, 현대풍으로 꾸민 척 한다'는 뜻이다. 각 캐릭터의 성격을 그대로 이름으로 나타낸 것.

10 모거, 모보 : '모던 걸', '모던 보이'의 약자. 1920년대 일본에서는 서양 문화의 영향으

로 여러 가지 유행이 생겨났는데, 그러한 유행을 따라가던 젊은층을 모던 걸, 모던 보이라고 불렀다. 서민층에서는 그런 젊은이들을 내심 동경하기도 했지만, 전통을 무시하고 서양을 추종한다는 불편함도 가지고 있었다. 따라서 모거, 모보라는 용어에는 일종의 조소가 담겨 있기도 하다.

11 오다 쇼세이織田小星, 1889~1967 : 본명은 오다 노부쓰네. 일본의 정치가 겸 만화 원작자. 1920년 유럽을 여행하다가 보게 된 아동 신문과 잡지의 영향으로, 1922년 아사히신문사에 입사하여 아동 신문 발행을 기획했다. 1923년 〈일간 아사히그래프〉의 어린이 페이지를 담당하게 되었고, 거기에 본인이 직접 원안과 문장을 담당한 만화 『쇼짱의 모험正チャンの冒險』을 연재했다. 1928년 귀족원 의원으로 당선되었고 그밖에 농림정무차관 등을 지냈다. 전쟁 이후에는 각 기업의 이사 등을 역임했다.

12 도후인東風人, 1888~1965 : 가바시마 가쓰이치樺島勝―라는 필명으로 더 잘 알려져 있다. 일본의 삽화가, 만화가. 〈소년 구락부〉 등의 소년잡지에서 군사·모험소설의 세밀한 삽화를 그려 인기를 얻었다. 만화가로서도 『쇼짱의 모험』 등을 발표했다.

13 수수께끼 책謎本 : 일본에서 유행했던 책의 한 종류. 지금까지도 자주 발간되고 있다. 어떤 작품, 주로 만화나 애니메이션, 드라마, 소설 등에서 작중에 등장하는 의문점이나 설정에 대해 고찰해보는 서적을 가리킨다. 서양에서 명탐정 셜록 홈즈 팬들(셜로키언)들이 홈즈를 마치 실제 인물처럼 여기면서 여러 가지 개인적 연구를 발표했듯이, 일본에서도 1991년 일본 히어로물 드라마를 고찰한 『울트라맨 연구서설』을 시작으로(출간 당시 35만부 발행) 수많은 책이 기획·출간되었다. 그 중에서도 인기 만화이자 장기간 방영된 TV 애니메이션으로도 유명한 『사자에 씨』의 연구서인 『이소노 가의 수수께끼』(1992)가 180만 부라는 기록적인 판매를 기록하면서 유사 장르의 책들이 쏟아져 나왔다. 국내에서도 화제를 모은 번역서 『공상과학독본』 같은 것도 같은 계열의 책이라고 할 수 있다.

14 『철완 아톰』 : 일본 최초의 TV애니메이션으로 높은 인기를 구가했으며 지금까지도 일본을 대표하는 만화가 데즈카 오사무의 대표작으로 유명하다. 1951년 데즈카 오사무가 발표한 『아톰 대사』라는 작품에서 아톰이란 이름을 따서 1952년 4월 아동잡지 〈소년〉에 연재하기 시작하여 1968년까지 이어졌다. 1963~1966년에는 일본 최초의 TV애니메이션(흑백판)으로 만들어지기도 했다. 그 전인 1959~1960년에는 실사 드라마(흑백판)가 TV 방영되기도 했다.

15 『정글 대제』 : 데즈카 오사무가 1950~1954년에 발표한 만화. 아프리카의 정글을 무대로 레오라는 이름의 흰 사자를 중심으로 한 3대에 걸친 대하 드라마이다. 이 작품을 원작으로 한 TV애니메이션이 1965년, 1966년, 1989년에 제작되어 TV방영되었고, 1997년에는 극장용 애니메이션이, 2009년에는 단편 TV애니메이션이 제작되는 등 지금까지도 끊임없이 인기를 얻고 있는 작품이다. 한국에서는 〈밀림의 왕자 레오〉라는 제목으로, 서양에서는 주로 〈Kimba the White Lion〉이란 제목으로 방영되었다.

16 가지와라 잇키 원작·지바 데쓰야 그림의 만화 『내일의 죠』의 마지막 장면에 나오는 유

명한 대사이다.

17 다라오 반나이多羅尾伴内 : 일본 영화 시리즈의 주인공 탐정. 히사 요시타케 원작 · 각본, 가타오카 지에조 주연으로 1946년부터 1960년까지 열한 작품이 다이에이와 도에이에서 제작되었다. 1967년에는 TV 드라마로 방영되었다. 1978년에 리메이크 영화가 만들어지기도 했다. 일본 만화 등에서 자주 패러디된 "어떤 때에는 ○○○, 어떤 때에는 □□□, 하지만 그 실체는…!"란 대사가 유명하다.

18 『블랙잭』 : 데즈카 오사무가 1973~1983년에 연재한 만화. 데즈카 오사무의 후반기를 대표하는 작품이다. 의사 면허는 없지만 마치 신과 같다는 평가를 받을 만큼 뛰어난 외과 의술을 가진, '블랙잭'이란 별칭으로 불리는 의사의 활약을 그렸다. 1960년대 극화 붐이 일어나며 낡은 작가로 취급받던 데즈카 오사무를 다시 한 번 인기 작가로 자리매김하게 한 작품이자 지금까지도 그를 일본의 대표 만화가로 남게 만든 걸작으로 평가받는다.

19 『리본의 기사リボンの騎士』 : 데즈카 오사무가 1953년부터 1960년대까지 몇 번에 걸쳐 발표한 소녀만화. 현대 소녀 대상 스토리 만화의 선구적 작품으로 꼽힌다. 사파이어는 그 주인공으로, 남자의 마음과 여자의 마음을 함께 가진 공주인데, '남장 여자'인 공주가 악당들과 싸운다는 내용이다. 일본 애니메이션의 중요 장르 중 하나인 소위 '싸우는 미소녀물'의 기원이라 할 수 있는 작품. 한국에서는 〈사파이어 왕자〉란 제목으로 방영되면서 잘 알려졌다. 그 이전 TBC 방송국에서 방영되었을 때에는 〈낭랑공주〉라는 제목이었다.

20 『도로로』 : 데즈카 오사무의 만화 작품. 1967년에 연재를 개시했으나 어두운 내용 탓에 연재 당시 독자들에게 환영을 받지 못하고 중단되었다가 1969년 다시 재개되었으나 완결되지는 못했다. 1969년 TV애니메이션으로 제작된 바 있다.

21 『로스트 월드』 : 데즈카 오사무의 SF만화. 1948년판을 대표격으로 하여 같은 제목의 다른 작품이 존재한다. 1949년의 『메트로폴리스』, 1951년의 『와야 할 세계来るべき世界』와 함께 '데즈카 오사무 초기SF 3부작'이라고도 불린다. 데즈카 오사무가 중학생이던 1940년경 만들어진 최초의 판을 통칭 '사가판私家版'이라고 하는데, 이 판도 1982년 별도로 단행본화되었다. 1944년에는 친구들에게 보여주기 위한 별도의 습작이 만들어졌는데 원고가 분실되었다고 한다. 그밖에 1946년에 신문 연재된 판, 1955년에 연재되었으나 미완으로 끝난 판(2010년 복각) 등이 1948년 단행본 이외에 존재하는 버전이다.

22 얀 데 브리스Jan de Vries, 1890~1964 : 네덜란드의 신화학자. 게르만신화(북유럽신화), 켈트신화 등을 연구했다. 대표적인 저서로 『고대 게르만 종교사』 등이 있다

23 아베 고보安部公房, 1924~1993 : 일본의 소설가, 연극 연출가. 대표작은 요미우리 문학상 수상작으로 세계 30개국에 번역된 『모래의 여자』를 비롯해 『타인의 얼굴』, 『상자남箱男』, 『밀회』 등이 있다. 1968년 프랑스 최우수외국문학상을 수상했고 만년에 노벨문학상 후보로도 손꼽히는 등 일본을 대표하는 세계적 작가다. 포스트모던적 전위문학으로 평가받으며, 1967년 발표한 『다 타버린 지도』는 〈뉴욕타임즈〉 선정 외국문학 베스트 5위에 올랐다.

4강

1 교고쿠 나쓰히코京極夏彦, 1963~ : 소설가. 요괴소설을 많이 쓴다. 『우부메의 여름』, 『망량의 상자』, 『철서의 우리』 등 대표작 대부분이 국내에 번역 출간되어 있다.

2 〈포켓 몬스터〉: 일본의 게임 시리즈로서 이후 애니메이션과 만화 등으로도 '미디어믹스'되어 세계적으로 높은 인기를 끈 작품. 1996년에 최초의 게임판이 발매되었고, 1997년부터 TV 애니메이션판이 방송 개시되었다. 국내에는 1999년에 애니메이션판이 TV 방영되면서 어린이들 사이에서 큰 인기를 얻었다. 일본 위키피디아에 의하면 2011년까지 〈포켓 몬스터〉의 게임 소프트 세계 판매량이 2억 3천만 편이라고 한다. 이것은 1위인 〈슈퍼 마리오〉 시리즈에 이어 2위 기록이다.

3 산리오Sanrio : '헬로 키티'로 유명한 일본의 캐릭터 회사. 1960년 설립되었고 1973년에 주식회사 산리오란 이름으로 사명을 변경했다. 오리지널 캐릭터를 400종 이상 만들어 냈고 영화 제작, 출판, 외식업, 테마파크 등을 경영한다.

4 리카 인형リカちゃん : 일본의 완구업체 다카라(현재의 다카라토미TAKARA TOMY)에서 1967년 발매한 인형 시리즈. 프랑스와 일본의 혼혈이란 설정의 '카야마 리카'라는 이름의 인형을 중심으로, 프랑스인 아버지, 패션디자이너인 어머니를 비롯하여 언니, 여동생, 남자친구 등 여러 종류가 출시되었다.

5 〈울트라맨〉: 쓰부라야 프로덕션 제작으로 1966~1967년 TV 방영된 일본의 특촬(특수촬영) 드라마 작품. 큰 인기를 얻어 이후 시리즈화되면서 수십 년간 일본의 대표적 히어로로서 널리 알려졌다. 외계에서 지구로 찾아와 괴수나 우주인과 싸우는 우주경비대원 울트라맨의 모습을 그린 작품.

6 종이 연극 : 연기자가 그림을 보여주면서 목소리로 이야기를 들려주는 방식의 일본 전통의 퍼포먼스. 주로 아동을 대상으로 전국 각지를 떠돌면서 길거리에서 공연하는 형태로 유행했다.

7 『묘지 기타로墓場鬼太郎』: 일본의 만화가 미즈키 시게루의 대표작 『게게게의 기타로』와 주인공 이름이 동일한 요괴만화. 원래 1933년 경 일본의 민담을 각색한 〈하카바(묘지) 기타로墓場奇太郎〉라는 제목의 다른 가미시바이 작가에 의한 가미시바이가 존재했는데, 이 작품은 당시 〈황금박쥐〉를 능가할 만큼 인기가 높았다고 한다. 1954년에 가미시바이 작가로 계약하고 있던 미즈키 시게루는 제작사로부터 이 작품을 리메이크해보라는 의뢰를 받고, 원작자 허락 하에 주인공 이름을 기타로鬼太郎로 바꾼 가미시바이를 만드는데 이것이 이후 '기타로 시리즈'의 기원이 된다. 그 후 대본만화가가 된 다음 기타로가 등장하는 만화를 조금씩 그리던 미즈키 시게루는, 1960년에 『묘지 기타로』란 제목으로 만화를 내기 시작했다. 일본만화가 대본만화에서 잡지만화로 이행하던 시기였던 1965년에는 〈주간 소년 매거진〉에 기타로 시리즈를 게재하기 시작, 처음엔 인기가 없었으나 〈악마 군〉의 성공을 거쳐 1967년 정식 연재물이 되었다. 이때 애니메이션화를 위해 제목에서 '묘지'를 빼면서 현재의 『게게게의 기타로』가 되었다.

8 단게 사젠丹下左膳 : 하야시 후보林不忘(하세가와 가이타로의 필명)의 신문 연재소설『단게 사젠』및 그 영화판의 주인공 이름. 1927년 다른 작품에서 첫 등장 이래 외눈, 외팔의 검사로 유명해졌다. 1928년 영화화되어 큰 성공을 거두자 아예 제목을『단게 사젠』으로 한 소설을 1933년부터 연재하기 시작했다. 1935년 작가가 사망하면서 작품은 종료되었으나 그 후에도 영화와 TV 드라마 등은 계속해서 제작되었다.

9 『불새 봉황편火の鳥 鳳凰編』: 데즈카 오사무의『불새』는 불사조(피닉스)를 소재로 한 일련의 비연속 만화 작품군이다. 원작 만화만이 아니라 애니메이션이나 비디오 게임도 제작되었고, 데즈카 오사무가 데뷔 초기부터 사망하기 이전까지 계속해서 그린(지속적인 연재는 아니었다) '라이프워크'로서도 잘 알려져 있다. 불새의 피를 마시면 영원한 생명을 얻을 수 있다는 전설과 함께, 고대 일본, 현대 사회, 미래의 SF 세계에 이르기까지 다양한 시대와 세계를 바탕으로 인간 그 자체를 테마로 만들어낸 작품이다. 최초 연재작은 1954년 발표된『불새 여명편』이고, 데즈카 본인의 마지막 연재작은 1986년부터 데즈카 사망 1년 전인 1988년까지 연재된『불새 태양편』이다. 1980년에는 만화 원작이 아닌 오리지널 스토리를 데즈카 오사무가 직접 제작한 애니메이션 영화〈불새 2772 사랑의 코스모존〉이 발표되었다.

『불새 봉황편』은 1969~1970년에 연재된 편으로 일본 나라 시대를 배경으로 한쪽 눈과 팔을 잃은 주인공이 살인 강도로 생활하다가 사랑을 깨닫게 되는 과정과 윤회라는 불교적 세계관을 보여준다. 극장판 애니메이션으로도 제작되었다.

10 차크라chakra : 원, 바퀴를 뜻하는 산스크리트어. 고대 인도에서 만들어진 신비학적인 신체론의 일종이다. 힌두교의 요가에서 인체의 두부, 흉부, 복부에 원형의 빛나는 바퀴가 여러 군데 있다고 하여 수행에 사용한다고 한다. 또한 인도 불교의 탄트라 경전에도 차크라에 대한 언급이 있다. 일본에서는 과거『공작왕』등의 만화에서 몸 안의 차크라를 열면 일종의 초능력과도 같은 무술을 사용할 수 있게 된다고 하는 내용이 인기를 끌었다.『헌터×헌터』등의 만화에도 직접적으로 차크라를 언급하고 있지 않지만 비슷한 개념이 사용되고 있는 것을 볼 수 있다. 마치 한국 사회에서 무협소설이나 무협영화의 영향으로 소위 '내공'이나 '금강불괴'와 같은 용어가 유행하는 것과 마찬가지로, 한국과는 달리 중국계 무협소설의 영향이 거의 없는 현대 일본에서 내적이고 영적인 힘을 설명하기 위해 사용되는 개념이라고 할 수 있다.

11 『어스시의 마법사』: 어슐러 K. 르 귄의 판타지소설. 1968년 첫 작품인『어스시의 마법사A Wizard of Earthsea』부터 1972년까지 3권의 단행본이 출간되었고 그 이후 1990년과 2001년에 후속작이 발표되었다. J. R. R. 톨킨『반지의 제왕』, C. S. 루이스『나니아 연대기』와 함께 세계적으로 인기가 높은 판타지문학이다. 일본에서는『게드 전기』라는 제목으로 번역되어 더 잘 알려져 있다. 2006년 지브리 스튜디오에서 애니메이션 영화로 제작하였다.

12 이시노모리 쇼타로石／森章太郎, 1938~1998 : 일본의 만화가. 본명은 오노데라 쇼타로. 대표작은『사이보그 009(제로제로나인)』,『가면 라이더』,『HOTEL』등 다수. 히어로물이

나 SF는 물론 학습만화에 이르기까지 다양한 장르의 작품을 발표했다. 1989년에 만화가 다양한 표현이 가능해졌다는 이유로 표기를 '萬画'로 바꾸자고 제창했다. 2007년에 500권 770작품으로 구성된『이시노모리 쇼타로 만화 대전집石ノ森章太郎萬画大全集』(가도카와 쇼텐)이 발간되었는데, '한 명의 저자에 의한 가장 많은 만화의 출판'으로 기네스북에 올랐다고 한다. 대표작인『사이보그 009』는 라이프워크로 연재하고 있었으나 마지막 최종 완결편을 구상만 해둔 채 손대지 못하고 있다가 1998년 사망하는 바람에, 완결편은 아들인 오노데라 죠가 2006년 소설로 발표한 후 2012년에 제자들의 작화로 만화화되었다. 〈가면 라이더〉 시리즈에 관해서는『스토리 메이커』256쪽을 참조할 것.

13 뉴타입Newtype : 1979년의 일본 애니메이션 〈기동전사 건담〉 시리즈에 등장하는 가공의 개념. 구인류 '올드타입'과 대별하는 개념으로 '신인류'를 지칭하지만, 본래 작중에서도 개념이 애매모호했고 점점 포괄적으로 사용되면서 확실한 정의를 내리기 곤란한 단어가 되었다. 작중에서는 특수한 능력(일종의 초능력이나 정신 감응 능력, 혹은 텔레파시와 유사한)을 가진 사람들을 묘사할 때 쓰인다.

14 인면창人面瘡 : 팔꿈치나 무릎에 생기는 사람 얼굴 모양의 부스럼. 부스럼이 문드러지면서 여러 개의 구멍이 뚫려 모양이 사람 얼굴과 비슷해 인면창이라고 한다.

15 오바야시 노부히코大林宣彦, 1938~ : 일본의 영화감독. 1956년 대학 입학 후 재학 중부터 8mm 카메라로 단편영화를 만들었다. 1963년 첫 16mm 작품을 만들어 벨기에 국제실험영화제 심사위원 특별상 수상. 그 이후 TV CF감독으로 많은 활동을 했다. 1977년 상업영화의 첫 감독을 맡아 데뷔작 〈하우스〉를 만들었고 대표작으로 〈전학생〉(1982), 〈시간을 달리는 소녀〉(1983), 〈사비신보〉(1985), 〈표류교실〉(1987), 〈내일〉(1995) 등이 있다.

〈표적이 된 학원〉은 마유무라 타쿠眉村卓가 1973년 발표한 일본의 주브나일 SF 소설. 1970년대부터 90년대에 걸쳐 4번 TV 드라마가 제작되었고, 1981년 오바야시 노부히코 감독이 실사영화화하여 인기를 끌었다. 1997년에도 실사영화로, 또 2012년에는 극장판 애니메이션으로 제작되었다.

16 시마모토 가즈히코島本和彦, 1961~ : 일본의 만화가. 대표작으로『불꽃의 전학생』,『역경나인』 등이 있다. 2007년부터 연재한 최신작『아오이 호노오アオイホノオ』는 본인이 다녔던 오사카예술대학 시절의 일본 오타쿠 문화를 돌이켜보는 자전적 작품인데, 같은 시기에 오사카예술대학을 다녔던 안노 히데아키와 가이낙스 창립 멤버들, 그리고 본인이 만난 만화가 지망생(지금은 프로 만화가가 된) 등과 당시의 대학교 만화서클 이야기를 다뤘다.

17 먹지 않는 아내 : '입이 두 개인 여자二口女'라고 하는 일본 요괴 중 하나. 머리 뒤쪽에 입이 하나 더 달려 있는 여성의 모습이다. 일본 민담에서는 욕심쟁이라서 밥을 아끼고자 먹지 않는 여자와 결혼하겠다는 남성에게 시집와서 정말 아무 것도 먹지 않았는데, 사실은 밤에 몰래 머리 뒤쪽의 또 다른 입으로 먹고 있더라는 내용이 전해진다.

18 이와아키 히토시岩明均, 1960~ : 일본의 만화가. 대표작『기생수』는 일본을 대표하는 만화의 걸작으로 손꼽힌다. 1985년 데뷔했고『칠석의 나라』,『유레카』 등을 발표. 현재『히

스토리에』를 연재중이다.

19 아사노 아쓰코ぁさのぁつこ, 1954~ : 일본의 소설가. 대표작인 아동문학『배터리』는 발행 부수 1천만 부를 기록한 베스트셀러이며, 1997년 노마 아동문예상을 수상했다.

5강

1 『드래곤랜스Dragonlance』 시리즈 : TRPG 〈어드밴스드 던전&드래곤즈(AD&D)〉의 설정을 기반으로 매거릿 와이스Margaret Weis와 트레이시 히크만Tracy Hickman이 집필하여 1984년부터 간행된 판타지소설 시리즈. 전 세계에서 누계 5천만 부 이상 판매되었으며, 컴퓨터 게임과 게임북으로도 제작되었다.

2 『구로사기 시체 택배』: 오쓰카 에이지 원작의 만화로, 『이야기 체조』 초판(2000년)에 캐릭터 설정이 소개된 이후 2000년 출간되었다. 지금까지 연재중이며, 단행본 17권까지 누적 판매부수가 160만 부에 달한다. 이라크 전쟁, 라이브도어 사건, 베이비박스 문제 등 시사적인 소재와 도시전설을 바탕으로 한 오컬트 스토리가 주된 내용이다.

3 〈레드 드래곤Red Dragon〉: 2001년 제작된 미국 영화. 토머스 해리스의 소설『레드 드래곤』을 영화화한 것으로, 『양들의 침묵』, 『한니발』에 이어 한니발 렉터 박사가 등장하는 3번째 작품이다.

4 〈밀레니엄Millennium〉: 1996~1999년에 미국에서 방영된 TV 드라마. 전 67화의 사이코 서스펜스로, 특수 능력을 가진 전 FBI 수사관이 범죄 수사 컨설턴트 조직 '밀레니엄'과 협력하여 범죄를 수사하는 내용이다.

5 미이케 다카시三池崇史, 1960~ : 일본의 영화감독. 1991년 영화감독으로 데뷔하여, 만화나 애니메이션 원작 영화를 많이 만들었다. 대표작으로 〈제브라맨〉, 〈크로우즈 제로〉, 〈역전재판〉, 〈아이와 마코토〉 등이 있다.

6 『루팡 3세』: 일본의 만화가 몽키펀치가 1967년부터 발표해온 만화. 프랑스 소설가 모리스 르블랑이 20세기 초에 창조한 캐릭터 '괴도 루팡'의 손자로 설정된 루팡 3세를 주인공으로 한 넌센스 코메디 타입의 액션만화다. 1971년에 TV 애니메이션이 만들어진 이후 40년이 지난 지금까지 일본에서 큰 인기를 모으고 있는 장수 작품이다. 미네 후지코峰不二子는 『루팡 3세』에 등장하는 여성 캐릭터로 때로는 루팡 3세의 적, 때로는 같은 편으로 활동하는 홍일점이다.

6강

1 하쿠 : 미야자키 하야오 감독의 애니메이션 〈센과 치히로의 행방불명〉에 등장하는 캐릭터. 목욕탕에서 장부를 맡아 관리하며 일하는 12세 정도의 소년인데, 주인공 소녀 치히로를 도와준다. 실은 치히로가 어린 시절에 빠진 적이 있던 강의 신이었는데 그 사실을

잊고 있다. 하쿠는 탐욕스러운 성격의 목욕탕 경영자 유바바의 밑에서 일하느라 거의 한계에 달해 있다. 제니바는 유바바의 쌍둥이 언니로서 하쿠에게 저주를 내린 당사자. 하지만 실은 온화하고 착한 성격의 할머니이다.

2 『데스 노트DEATH NOTE』: 2003~2006년까지 연재된 일본의 만화 작품. 오오바 쓰구미大場つぐみ 원작, 오바타 다케시小畑健 그림. '데스 노트'에 이름을 적으면 그 사람이 사망한다는 설정으로, 그 노트를 줍게 된 천재 고교생 야가미 라이토와 세계적인 명탐정 L의 싸움을 그린 작품이다. 애니메이션과 영화, 소설 등 다양한 장르로도 제작되어 세계적인 인기를 끌었다.

보강

1 도쿄·사이타마 연속 유아 유괴 살인사건 : 1988~1989년에 일본에서 일어난 연속 살인사건이다. 어린 소녀를 대상으로 한 범죄로서 용의자로 체포된 미야자키 쓰토무의 이름을 따서 '미야자키 쓰토무 연속 유아 유괴 살인사건'으로 불리기도 했다. 미야자키 쓰토무는 2006년 사형을 언도받고 2008년 집행되었다. 범죄자가 6천 편 가까운 드라마 등의 비디오테이프를 소장하고 있었던 사실이 알려졌는데, 비디오테이프 가운데 극히 일부를 차지한 애니메이션이 마치 사건의 원인인 양 보도되어 '오타쿠의 범죄'로 호도되었다.

1980년대까지는 단순히 마니아일 뿐이었던 오타쿠 계층이 사회적 주목을 받으며 마치 '범죄 예비군'처럼 다루어지는 계기가 되었으며, 그에 대한 반동으로 사건 이후 몇 년이 지나 평론가 오카다 도시오가 『오타쿠학 입문』 등의 저서를 통해 오타쿠를 특별한 능력을 가진 미래의 진화된 인간의 모습인 것처럼 지나칠 정도로 찬미하게 된 이유가 되었다. 즉 일본에서 1990년대에 사회적으로 오타쿠에 대한 이미지가 부정적으로 치우치면서 오히려 그에 대한 반론을 통해 긍정적 이미지를 부여하고자 했던 것이다.

2000년대에 들어 미야자키 쓰토무가 소장한 6천 편의 비디오 가운데 성인물 등은 40여 편에 불과했고 대부분은 단순히 TV에서 녹화한 평범한 내용이었음이 밝혀지면서 일본 매스컴이 '특종' 보도를 위해 방송을 조작했다는 사실이 밝혀지면서(TV 매체에서 대량의 잡지 중에 있던 에로틱 잡지를 꺼내어 위에 올려놓고 촬영하여 마치 방 안의 잡지와 비디오가 전부 성인물인 것처럼 편향 보도했다고, 당시 보도에 동참했던 다른 기자가 발언) 물의를 일으켰다.

2 고베 연속 아동 살상사건 : 1997년 일본 고베 시에서 벌어진 연속 아동 살상사건. 용의자는 당시 14세였던 중학생이었는데, 본인을 '사카키바라 세이토'라고 칭하면서 경찰에 도전하는 내용의 범행 성명서를 지역 신문사에 보내 물의를 일으켰다. 범인이 특별히 불량하거나 문제를 일으킨 적이 없이 평범한 인물임이 밝혀지면서 기존에 범죄자에 대한 이미지와 전혀 다르다는 사실이 일본인에게 충격을 주었다.

3 옴진리교オウム真理教 : 1984년 일본에 설립되었던 신흥 종교 집단. 1995년 지하철 사

린 독가스 테러를 일으켰고, 자동소총, 화학병기 등을 보유하고 일본 내에 독립국가를 만들고자 했다. 1989년부터 살해 사건 등을 일으켰으나 범행 집단으로 특정되지 못했고, 1995년 도쿄 지하철 사린사건 때문에 비로소 교주 아사하라 쇼코를 비롯 단체 주요 인사들이 검거되었다. 소멸된 후에 일부 신자들이 다시 모여 2000년 종교단체 알레프 Aleph를 결성했다.

4 『쿠로코의 농구』 협박사건 : 2009년부터 연재된 만화 『쿠로코의 농구黒子のバスケ』는 여성, 특히 2차 창작(패러디) '동인지'를 만드는 여성들에게 인기가 높아 대형 동인지 판매전인 코믹마켓 등에서도 수많은 동인지가 나오고 있었다. 그러나 2012년 10월 작가 및 출판사, 관계 회사에 협박장이 도착하기 시작했다. 그로 인해 코믹마켓에서 『쿠로코의 농구』 동인지의 참가를 자중시키는 등 관련 이벤트가 중지되었다. 2013년 12월에 용의자가 체포되면서 사건은 일단락되었다.

5 나카가미 겐지中上健次, 1946~1992 : 일본의 소설가. 1965년 도쿄로 상경하여 문학을 목표로 했고, 1968년 알게 된 가라타니 고진으로부터 미국 소설가 윌리엄 포크너 작품을 추천받아 큰 영향을 받았다. 결혼 이후에 하네다 공항 화물 하적 등 육체노동에 종사했고, 1976년 아쿠타가와 상을 수상했다. 그의 소설 다수는 일본의 일본 혼슈 남단 태평양에 면한 기슈 지역의 구마노를 무대로 한 토착적인 작품 세계를 보여줬는데, 그것들을 '기슈紀州 사가'라고 통칭하기도 한다. 일본의 '피차별 부락' 출신이기도 하다.

6 고바야시 히데오小林秀雄, 1902~1983 : 일본의 문예평론가, 편집자, 작가. 미시마 유키오가 "일본에서 비평의 문장을 수립했다"고 할 만큼 근대 일본의 문예평론을 확립시킨 인물로 알려져 있다. 여동생의 남편이 『노라쿠로』로 유명한 만화가 다가와 스이호이다.

7 빌둥스로망Bildungsroman : 독일어로서 '교양소설', '성장소설' 등으로 번역된다. 주인공이 여러 가지 체험을 통해 내면적으로 성장하는 과정을 그리는 소설을 말하는데, 독일 철학자 빌헬름 딜타이가 괴테의 소설 『빌헬름 마이스터의 수업시대』(1796)를 비롯하여 그와 비슷한 작품들을 통칭할 때 사용하면서 널리 알려졌다. 교양소설의 대표작으로는 헤르만 헤세의 『데미안』, 토마스 만의 『마의 산』, 에리히 레마르크의 『서부전선 이상없다』 등이 꼽힌다. 최근에는 반드시 소설만이 아니라 영화는 물론, 만화 및 애니메이션에서도 유사한 작품을 다수 찾아볼 수 있다.

8 하치와레ハチワレ : '하치와레八割れ'라고 하여, 고양이나 개의 얼굴에 '팔八' 자 무늬가 있을 경우 재수가 없다는 이야기가 일본에 존재한다. 그런 무늬가 있으면 동물을 내다버린다고도 한다. 일반적인 것은 아니고 일부에서만 믿는 미신인 듯한데, 『노라쿠로』에 등장할 정도면 꽤 오래 전부터 전해져 내려오는 것으로 추정된다.

9 나쓰메 소세키夏目漱石, 1867~1916 : 일본을 대표하는 소설가. 대표작으로 『나는 고양이로소이다』, 『도련님』 등이 있다.

10 요사노 아키코与謝野晶子, 1878~1942 : 일본의 작가, 가인, 사상가. 1921년 남편과 함께 학교를 창설했다. 1901년 대표작인 가집歌集 『흐트러진 머리』를 발표했고, 일본의 고전문학 『겐지 이야기』를 현대어로 번역하기도 했다. 『흐트러진 머리』는 여성의 지위가 낮

던 시절 여성 시점에서의 관능을 그려내어 주류 가단에서 비판을 받았으나 대중적 인기
는 높았다. 여성의 자립이나 정치, 교육 문제에 대한 평론도 다수 발표했다.

11 후지시마 다케지藤島武二, 1867~1943 : 일본의 서양 화가. 당시 일본 서양화계의 중심적
역할을 했다. 1901년 요사노 아키코가 남편과 함께 내던 잡지 및 『흐트러진 머리』 표지
의 일러스트를 맡았다.

12 다케히사 유메지竹久夢二, 1884~1934 : 일본의 화가, 시인. 미인도를 많이 그린 낭만파
화가인데, 아동 잡지 등의 삽화도 많이 그렸고 광고미술 등 그래픽디자인 분야에서도
활동했다.

13 이토 세이우伊藤晴雨, 1882~1961 : 일본의 화가. SM(사도마조히즘)에 관한 그림이나 유
령화 등을 그렸다. 1928년 발행한 사디즘에 관련된 저서는 판매 금지 처분을 받기도 했
다. 관동대지진 이후, 도쿄 지역 풍속화를 많이 그려 풍속 고증에 자료가 되는 책도 남
겼다.

14 BL(보이즈러브Boy's Love) : 남성 캐릭터 간의 연애를 그린 만화나 소설을 가리키는 일
본의 용어. '야오이'나 '소년애', 혹은 잡지명에서 따온 'JUNE(주네)'라는 장르 명칭이 유
행한 적도 있었지만, 2000년대 이후 거의 'BL'로 통일되었다. 2차 창작물을 야오이, 오리
지널 작품을 BL이라고 구분 짓기도 했으나 지금은 2차 창작 동인지까지 포괄하여 BL이
라고 하는 경우가 많다. 일본 만화에서 여성 대상으로 중요한 한 장르를 이루고 있으며,
최근에는 소위 '부남자'라고 불리는 남성 팬도 조금씩 늘어나고 있다.

15 프리 레코딩prerecording : 애니메이션 등의 영상 작품에서 대사나 음악을 먼저 녹음하
는 것을 말한다. 프리스코어링prescoring이라고도 한다. 일본에서는 제작비 절감이나 스
케줄 때문에 '애프터 레코딩'(후시 녹음)을 주로 사용하지만 미국에서는 프리 레코딩으
로 제작되는 경우가 많다.

16 시라쿠라 유미白倉由美, 1965~ : 일본의 만화가, 소설가. 저자 오쓰카 에이지의 부인.

17 중2병 : 중학교 2학년생, 즉 사춘기의 특이한 행동을 성인이 된 후 돌이켜보며 자학적
으로 표현하는 단어로 유행하기 시작했다. 일본의 연예인 이주인 히카루가 진행하던 라
디오 프로그램에서 1999년 "나는 아직 중2병을 앓고 있다"고 발언한 것이 시초라고 일
컬어지는데, 그후 일본 인터넷에서 널리 사용되면서 의미가 확장되었다. 국내에서 자주
사용되는 '질풍노도의 시기' 등의 용어와 유사하다고 볼 수 있다.

18 다자이 오사무太宰治, 1909~1948 : 일본의 소설가. 1936년 첫 작품을 발표했고, 대표작
으로 『달려라 메로스』, 『인간 실격』 등이 있다. 1948년 여성과 함께 강에 뛰어들어 사망
했다. 「여학생」은 다자이 오사무가 1939년 발표한 단편소설인데, 19세 소녀가 보낸 일
기를 소재로 삼아 14세 여학생이 아침에 일어나 밤에 잘 때까지의 하루를 주인공 독백
체로 썼다. 사춘기 소녀의 자의식, 염세적인 심리 등으로 인해 가와바타 야스나리 등에
게 찬사를 받은 바 있다.

저자 후기

1 한국적 상황에 맞게 옮겨보자면, '당신이 타진요나 5·18 명예훼손 일베 재판 피의자가 되지 않기 위한 도구'라고 하면 이해하기 쉬울 듯하다.

2 넷우익 : 2000년대 이후 일본에 등장하여 최근 몇 년간 특히 일본의 인터넷에서 크게 활동하고 있는 집단. '인터넷 우익'의 약자인데, 단순한 우익이 아니고 인터넷상에서 주로 활동하며 인터넷상의 정보를 소스로 삼아 기존 매스컴이나 학계, 정계, 사회의 주류를 비난하거나 의심하면서 외국, 특히 한국, 중국을 비판하고 혐오하는 세력을 일컫는다. 그들은 자발적으로 헤이트스피치를 하거나 인종차별적인 감정을 갖고 있는 것이 아니고, 한국, 중국이 오랫동안 진행해온 '반일' 탓에 카운터컬처로서 발생했을 뿐이라고 주장한다. 자세한 내용은 국내에 번역된『거리로 나온 넷우익』(야스다 고이치 지음, 후마니타스, 2013)을 참고할 것.

3 유루캐러ゆるキャラ : 일본어 '유루이'(느슨하다, 헐겁다, 부드럽다, 허술하다)와 '캐릭터'를 합성한 용어로 '허술하고 귀여운 구석이 있는 캐릭터'를 뜻한다. 주로 특정 캠페인이나 어떤 지역, 혹은 명산품에 사용되는 마스코트 캐릭터를 의미한다.

4 아베 신조 일본 총리(2006~2007년 90대 총리, 2012~2014년 현재까지 96대 총리)가 자신의 페이스북을 통해 지지자(특히 '넷우익'도 많이 포함된)하고만 주로 교류하고, 그 지지자들이 아베 신조가 페이스북에 쓰는 글에 '좋아요' 버튼을 누르고 있는 상황을 말한다.

5 '라인LINE'은 포털 사이트 '네이버'를 운영하는 NHN의 일본 법인이 만든 휴대전화 및 PC용 메신저 서비스. '스티커'(일본에서는 '스탬프')는 라인 내에서 상대방과 채팅을 할 때에 사용할 수 있는 감정 표현을 위한 그림인데, 자체 오리지널 캐릭터 외에도 일본만화나 애니메이션과 제휴하여 많은 캐릭터가 등장하게 되면서 인기가 높아졌다.

6 후낫시ふなっしー : 일본 지바 현 후나바시 시에 사는 배(과일, 일본어로 '나시')의 요정이란 콘셉트의 마스코트 캐릭터. '후나바시+나시'를 합친 이름이다. 2011년 한 시민이 개인적으로 만들었으며, 인형 탈을 쓰고 지역 봉사활동 등을 한다. 자발적인 지역 이벤트 및 인터넷에서 활동하다가 점점 알려지게 되었다.

찾아보기

숫자·영문

15년전쟁 80, 81, 85, 94~95, 222
2채널(2ch, 니찬네루) 47, 52, 208
BL(보이즈러브) 217
KY어 47
SNS 17, 251
〈X 파일〉 17, 18

ㄱ

가라타니 고진 80
〈가면 라이더〉 37, 123~124
가미시바이(종이 연극) 112
가이요도 6, 242
가족 소설 55~59
가지와라 잇키 97
걸게임 49
고바야시 히데오 211~212, 214
고양이버스 66~67, 69
『곰돌이 푸』 63
교고쿠 나쓰히코 109
『구로사기 시체 택배』 153, 205, 237
구리모토 가오루 39
그레마스 146, 147, 179, 181, 183, 205
〈기동전사 건담〉 71
기타자와 라쿠텐 86, 88

ㄴ

나쓰메 소세키 214
나카가미 겐지 208
넷우익 221, 232, 234
『노라쿠로』 31, 95, 211~213, 238
노벨라이즈 53
뉴타입 124
니시자키 요시노부 8
니프티서브 19

ㄷ

다가와 스이호 31, 94, 211~212, 214, 217, 222
다라오 반나이 98, 110
다야마 가타이 50~51
다자이 오사무 220
『다중인격 탐정 사이코』 7, 18, 98, 122,
    143, 183, 185, 237
다지마 쇼 7
다카미자와 미치나오 31
다케히사 유메지 217
단게 사젠 112
『데빌맨』 37
『데스 노트』 201
데즈카 오사무 9, 13, 24~26, 30, 37~38,
    61, 77, 79~85, 87~89, 91, 93~98, 100, 103,
    113, 154, 159, 214, 217, 222, 238
데지코 23

도널드 위니콧 61
『도로로』 99~100
『도오노 이야기』 48
도쿠다 슈세이 58
도후인 93
『드래곤랜스』 151
디즈니, 월트 디즈니 12~13, 28~30, 88, 95,
150~151, 165

ㄹ

라이너스의 담요 63, 64, 67, 69, 71, 72, 74
라이트노벨 51, 61, 110, 133~134, 143, 212, 251
라인 29, 115, 222
〈레드 드래곤〉 161, 175
레프 쿨레쇼프 82, 83, 85
『로스트 월드』 99~100
루빅큐브 74~75
『루팡 3세』 169
『리본의 기사』 99~100
리카 인형 110

ㅁ

마쓰모토 도오루 61
마쓰모토 레이지 8
먹지 않는 아내 135
〈모노노케 히메〉 66
〈모모타로 바다의 신병〉 80
모빌슈트 13, 67, 71
모에 39, 49, 55, 63, 65, 69, 79, 96, 145, 220, 222
〈몬스터 주식회사〉 66
몽타주 82, 85, 117
『묘지 기타로』 112
무라야마 도모요시 31
〈미국너구리 라스칼〉 74

미네 후지코 169
미르치아 엘리아데 103
미시마 유키오 209
미야자키 하야오 65~67, 103, 196, 217~218
미이케 다카시 161, 261
미즈노 요슈 48~49, 51
미즈키 시게루 25, 112
『민담 형태론』 118~120, 125, 142, 144, 156, 162
민속학 20, 69, 70, 101, 117, 120, 157~158, 209
〈밀레니엄〉 161, 164

ㅂ

바토칸논 39
『배터리』 138
『불새 봉황편』 114
블라디미르 프로프 35, 117~120, 125,
141~146, 152, 155, 158, 159, 162, 165, 168,
187, 205, 229
『블랙잭』 98, 100, 104
빌둥스로망 212

ㅅ

사다모토 요시유키 7
사사키 기젠 48
사소설 10, 20, 21, 47, 51, 53, 209, 210, 211, 239
사이토 다카오 8
산리오 109
〈세계 명작 극장〉 시리즈 74
〈세컨드 라이프〉 17, 19, 23, 52
〈센과 치히로의 행방불명〉 66, 71, 157, 196
『쇼짱의 모험』 88~91, 93, 213
쇼치쿠 80
수수께끼 책 133
〈스타 워즈〉 151, 159~165, 184, 187~190

스토리 만화 26, 81, 88, 109, 143, 201, 225
『스토리 메이커』 224~225, 228, 237
스티그마 113, 114
쏜데레 35
시라노 드 베르주라크 56
시라쿠라 유미 218
시마모토 가즈히코 134
식완 6
〈신세기 에반게리온〉 7, 154

ㅇ

아베 고보 105
아사노 아쓰코 138
아즈마 히데오 53~54
아즈마 히로키 80, 229~230
아바타 15, 17~21, 23, 25, 27, 29~35, 37, 42, 47, 50~52, 79
아카시야 산마 23, 29
안노 히데아키 7
앨런 던데스 120, 121, 123, 158
야나기타 구니오 20, 48~49, 110~112, 209
야후 옥션 6
얀 데 브리스 101
『어디로 갔을까 나의 한쪽은』 115, 116
어빙 고프먼 114
『어스시의 마법사』 115, 192~195, 197, 201
에이젠슈타인 82, 83, 85
여동생 35, 49~51, 198~199
오다 쇼세이 90, 93
오바야시 노부히코 133
오시마 유미코 21~22, 42
오타쿠 89, 219, 229
오토 랑크 58
옴진리교 207, 210, 234

요사노 아키코 215~216
우바카와 68~71, 99, 101, 114, 155
〈우주전함 야마토〉 8
〈울트라맨〉 110
원형 19, 64, 166, 198
위Wii 23
유루캐러 222
이니시에이션 148, 151, 152, 159, 162, 181
이마무라 다이헤이 80
이시노모리 쇼타로 123~124
『이야기 체조』 53, 219, 224~225, 227~231
이와아키 히토시 135
〈이웃집 토토로〉 65, 67, 74
이토 세이우 215
이행 대상 62~67, 72~75, 99, 109, 127, 158, 196, 201

ㅈ

저패니메이션 5, 96
『정글 대제』 94, 213
조지 루카스 10, 164, 205
조지프 캠벨 147, 148
조지프 헨더슨 64
존 어빙 64, 252
중2병 219~220
지브리(스튜디오 지브리) 39, 68~70, 95, 193, 217

ㅊ

『천의 얼굴을 가진 영웅』 148, 153, 155, 157, 158, 160, 164, 167
『철완 아톰』 93~94

ㅋ

칼 구스타프 융 64, 165, 185, 190~192, 195

캐릭터 디자인/캐릭터 디자이너 6~8
코믹마켓 5
코스프레 5
『쿠로코의 농구』 208~210, 221, 232, 237, 238
크리스토퍼 로빈 63

ㅌ

『타이거 마스크』 39
테이블토크RPG(TRPG) 32, 133, 162
티파주 82, 88

ㅍ

〈파후〉 24~25
〈판다 아기 판다〉(〈팬더와 친구들의 모험〉) 65
페이스북 222
펠릭스 29~30
〈포켓 몬스터〉 109
〈표적이 된 학원〉 134
프로이트 55, 57, 58
프리 레코딩 218
핑키 스트리트 33~34

ㅎ

하기오 모토 21, 97
하쓰네 미쿠 9
하치카즈키 70
해비태트 18, 19, 32
헤이트스피치 208, 221, 231~233, 235, 237, 238
〈현대사상〉 191
후지시마 다케지 215~217
히지리 유키 8

국립중앙도서관 출판시도서목록(CIP)

캐릭터 메이커
/ 지은이: 오쓰카 에이지 ; 옮긴이: 선정우. — 서울 : 북바이북, 2014
    p. ;   cm

원표제: キャラクターメーカー : 6つの理論とワークショップ
で学ぶ「つくり方」
원저자명: 大塚英志
일본어 원작을 한국어로 번역
ISBN 979-11-85400-04-4 03800 : ₩15000

만화[漫畫]
캐릭터[character]

657.1-KDC5
741.5-DDC21   CIP2014023379

캐릭터 메이커

2014년 8월 28일 1판 1쇄 발행
2022년 3월 10일 1판 4쇄 발행

지은이   오쓰카 에이지
옮긴이   선정우
펴낸이   한기호
펴낸곳   북바이북
         출판등록 2009년 5월 12일 제313-2009-100호
         주소 121-839 서울시 마포구 서교동 484-1 삼성빌딩A동 2층
         전화 02-336-5675 팩스 02-337-5347
         이메일   kpm@kpm21.co.kr
         홈페이지 www.kpm21.co.kr

ISBN 979-11-85400-04-4 03800

북바이북은 한국출판마케팅연구소의 임프린트입니다.
책값은 뒤표지에 있습니다.